巴金

父親買新皮鞋回來的時候

·

아버지가
새 구두를 사오실 때

창 비 세 계 문 학

52

·

아버지가
새 구두를 사오실 때

·

바진

박난영 옮김

창비

차례

•

일러두기
1. 이 책은 『巴金全集』 第9~11卷(人民文學出版社 1989)에 수록된 작품을 번역저본으로 삼았다.
2. 본문 중의 각주는 옮긴이의 것이며 원서에 있는 각주는 '원주'라고 밝혔다.
3. 외국어는 되도록 현지 발음에 가깝게 표기하되, 우리말 표기가 굳어진 것은 관용을 따랐다.

사자
獅子

창밖에 비가 추적추적 내린다. 밤은 이미 깊었다. 멀리서 들려오는 노트르담 성당의 묵직하면서도 처량한 종소리가 12시를 알리고 있다.

책상 위에 펼쳐놓은 책의 글자가 어두운 등불 아래서 한줄 한줄 사라져간다. 내 눈앞에는 딱 한줄만 남았다.

"사자는 배가 고프면 울부짖는다."

이 구절이 점점 사라지면서 눈앞에 한 사람의 모습이 떠오른다. 그 사람은 바로 '사자'이다.

벌써 구년 전의 일이다. 그때 나는 샤또브리앙의 한 고등학교에 다니고 있었다.

어느날 점심식사 후의 휴식시간에 나는 학우들과 학교 풀밭에서 축구를 했다. 5반의 바이끄가 내게 찬 공을 맞받아찼는데 공교

롭게도 공이 수위실 유리창에 부딪쳐 유리를 박살내고 수위실 안으로 떨어졌다. 학우들이 모두 고함을 질러댔으나 나는 멍하니 서서 창문을 바라보기만 했을 뿐 꼼짝도, 찍소리도 하지 못했다. 이마에서 땀이 비 오듯 흘러내렸고 온몸이 후끈 달아올랐다. 모르디외 학감이 내 앞으로 다가오더니 내 귀를 비틀고 따귀를 너덧대 올려붙였다. 나는 너무나 아파 울면서 손으로 얼굴을 감쌌다. 눈물이 앞을 가렸다. 각 반의 학생들이 나를 둘러싸며 웃어댔다. 나는 이루 말할 수 없는 치욕감을 느꼈다. 모르디외가 미웠다. 나는 이 '사자'에게 복수를 하고야 말겠다고 다짐했다.

사실 '사자'란 별명을 지닌 모르디외는 온 학교를 통틀어 가장 미움을 받는 사람이었다. 우리는 학감장 게낭도 미워했지만 '사자'는 더 미워했다. 그의 긴 머리와 잔혹한 얼굴, 포악한 성격 때문에 우리는 '사자'라는 별명을 그에게 붙여주었다. 모르디외가 여기 온 지는 이년 남짓 되었다. 다른 학감 세명은 여러번 바뀌었는데 유독 그만이 바뀌지 않았다. 그는 웃을 줄도 몰랐고 다정한 말을 할 줄도 몰랐다. 그가 학생을 관리하는 수단은 때리고 욕하는 것밖에 없었다. 성이 났을 때는 두 눈을 부릅뜨고 입을 찢어지게 벌리곤 했다. 학생들은 이런 모습을 보면 사자가 포효하는 줄 알았고 곧 조용해지거나 멀찌감치 피하며 못 본 체했다. 어떤 때는 치밀어오른 화를 참을 수 없어서 일부러 그에게 맞서 약을 올리기도 했다. 그러면 그도 어쩌지는 못했다.

더욱 밉살스러운 것은 우리가 잠자리에 든 후 그가 하는 행동이었다. 다른 학감들이 당직을 설 때는 한두마디 소곤대도 별 문제가 없었다. 그러나 사자가 당직을 설 때면 한시간 동안 침실을 뚜벅뚜벅 걸어다니다가 10시 종이 울려서야 그만두곤 했다. 그는 우리에게 말을 한마디도 못하게 했지만 우리는 그의 구둣발 소리에 잠을 이룰 수가 없었다. 우리는 학감을 혼내줄 방법을 여러차례 의논해 봤지만 신통한 방법을 찾지는 못했다.

어느덧 시간은 쏜살같이 흘러 나는 이미 내가 받은 수모와 복수의 다짐을 잊어버렸다. 그런데 천행으로 기회를 얻게 되었다.

어느 일요일이었다. 교장 선생님 부부가 차를 타고 나갔다. 학교에는 집에 가지 못한 학생 이삼십명이 있었다. 오후 3시쯤 나는 배가 고팠다. 4시가 되어야 빵을 주는데 나는 그때까지 기다릴 수 없어서 빵을 가지러 혼자 살그머니 식당으로 갔다. 식당에 빵이 없어서 주방에서 일하는 아가씨에게 달라고 하려고 식당 옆 주방으로 살그머니 다가갔다. 주방 문턱을 막 넘어서려는데 문득 주방에서 남녀의 대화 소리가 들려왔다. 판자벽 틈새로 훔쳐보니 주방 아가씨 바이랑시가 빵을 써는 긴 탁자 위에서 다리를 꼬고 앉아 있고 사자가 그녀 앞에 서서 다정하게 무어라 속삭이고 있었다. 나는 그때 너무나 기쁜 나머지 빵을 달라고 하지도 않고 살금살금 걸어 나왔다. 나는 이 흥미로운 소식을 학우들에게 알려주지는 않고 그들을 바라보며 웃기만 했다. 그러면서 속으로 생각했다. '이제 사자를 제압할 방법이 생겼어.'

그날은 사자가 침실 당직을 서는 날이라 그 기회를 이용할 수 있었다. 나는 9시가 될 때까지 참고 기다릴 수가 없을 정도였다. 어쨌든 사자는 오늘 저녁에 내 올가미에 걸려들 것이며 나한테 항복하고 말 것이라고 생각했다.

우리는 모두 잠자리에 들었다. 사자는 여느 때와 다름없이 방 안을 거닐었다. 나는 느물느물 웃으며 그를 바라보았으나 그는 전혀 눈치를 채지 못했다.

"바이끄." 나는 왼쪽 침대에서 자는 5반 친구에게 말을 걸었다. "알려줄 게 있어……"

"조용히 해!" 사자가 내 쪽으로 고개를 돌리고 소리쳤다.

우리는 잠시 정적 속에 휩싸였다.

"주방 아가씨 바이랑시는 정말 예뻐요! 모르디외 선생님, 안 그래요?" 내가 웃으며 말했다.

"뭐라고? 이 돼지 새끼!" 성난 사자가 소리치며 뚜벅뚜벅 내 침대로 다가왔다. 내 침대맡에 선 사자는 눈을 부릅뜨며 불끈 쥔 주먹으로 나를 때리려고 했다.

기겁하여 기가 꺾인 나는 무심코 이렇게 말했다.

"주방에서 정담을 나누는 걸 봤어요. 주인님[1]께 이를 거예요."

사자는 내 눈앞으로 주먹을 들어올려 몇번 휘둘렀지만 때리지는 않았다. 이글이글 불타는 듯한 눈에 이를 사리문 그는 얼굴을 일그러뜨렸다. 그는 나를 잡아먹을 듯 한참 노려보다가 결국 한숨을 내쉬고는 내 침대를 떠났다. 그리고 자라고 하며 등을 껐다.

나는 이렇게 대승을 거두어서 속으로 몹시 기뻤다.

이튿날 아침 첫 시간, 아직 프랑델 선생이 오지 않았는데 사자는 우리 반 학생들을 데리고 교실로 들어갔다. 나는 맨 뒤에서 가고 있었다.

"점심 먹고 내 방에 와. 할 말이 있어." 사자가 내 귀에 대고 나지막이 속삭였다. 나는 고개를 끄덕이고 교실로 들어갔다.

'무슨 수작을 부리려는 거지?' 나는 의혹을 떨칠 수가 없었다. 교실에 앉아서 머리를 굴리고 있는데 프랑델 선생이 왔다. 오늘 또

---

1 원주 프랑스 고등학생들은 교장을 주인님이라 부른다.

나는 교단에서 과문을 암송해야 했다.

점심시간에 나는 게 눈 감추듯 점심을 먹었다. 교장 선생님의 "식사 끝" 하는 소리를 기다릴 새도 없이 식당을 나가 출입구에서 사자를 기다렸다. "브레망." 나를 보고 사자가 불렀다. 나는 그를 따라 그의 방으로 갔다.

그의 방은 별채에 있었다. 방은 아주 좁았고 가구도 별로 없었다. 그는 나에게 하나밖에 없는 의자를 내어주더니 자신은 침대에 걸터앉았다.

그가 무슨 짓을 할지 몰라 나는 앉아 있는 게 어색했고 불안하기 그지없었다. 나는 괜히 따라 들어왔다고 후회했다. 나는 운동장의 햇빛과 공기와 공놀이가 생각났다. 학우들의 웃음소리가 창문으로 날아들어왔고 내 마음은 그곳으로 이끌렸다. 그러나 내 앞에는 무서운 사자가 앉아 있다는 걸 나는 알고 있었다.

"브레망, 내 말 좀 들어봐." 사자는 오늘따라 다른 사람으로 변한 것 같았다. 이전에 본 적 없는 온화하고 다정한 모습이었고 목소리도 한결 부드러웠다. 나는 이상함을 느끼며 마음을 다잡고 그를 주시했다.

"얘야, 넌 아직 어려서 세상 물정을 몰라." 그가 말을 이었다. "어제저녁 너는 나를 통쾌하게 놀려주려고 그런 말을 했겠지만 다른 사람의 가슴에 비수를 꽂았다는 건 모를 거다. ……바이랑시, ……주방에서 일하는 바이랑시가 누군지 아니? ……내 여동생이야."

"뭐라고요? 모르디외 선생님의 여동생이라고요?" 놀란 내가 부르짖었다.

"그래." 사자는 고개를 끄덕이며 말했다. "넌 아직 어리지만 언젠가는 사회로 나가겠지. 내 사정을 알려주는 게 너한테 도움이 될 수도 있을 거야."

바이랑시가 사자의 여동생이라니! 정말 흥미로운 일이었다. 나는 상세한 사정을 알고 싶어서 그의 말에 귀를 기울였다.

"삶, 삶이 무엇인지 너는 아직 알지 못할 거야. 네가 가정 형편이 좋은 부잣집 자식이라는 걸 나는 안다. 많은 가난한 사람들이 단지 살아가기 위해, 그저 끼니를 때우기 위해 치욕과 고통을 견뎌내고, 심지어는 자신의 가장 고귀한 뜻까지 팔면서 살아간다는 걸 너는 모를 거다. 너희는 끼니 걱정을 해본 적도 없고 생활에 시달려본 적도 없이 매일 편안히 공부하고 있다. 너희는 가난한 사람들을 비웃으면서 욕하고 깔보곤 하지. 그리고 공부를 안했다고, 무식하다고 질책하곤 하지. 학문의 문이 어떤 사람들에게는 닫혀 있다는 것을 너희는 모를 거다. 나같이 나이를 먹은 사람이 왜 대학에 들어가 연구하지 않고 이렇게 무료하게 살며 시간을 낭비하고 청춘을 소모하느냐고 네가 물을지도 모르겠다. 또 그것 때문에 나를 깔볼지도 모르겠다. 하지만 내 말 좀 들어보렴.

삶, 산다는 게 무엇인지 너희는 몰라. 너희는 사람들이, 그 숱한 사람들이 어떻게 사는지 몰라. 여성 취사원만 하더라도 월급이 한 달에 백 프랑밖에 안돼. 보잘것없는 돈이지! 하지만 이 백 프랑을 벌려고 어쩔 수 없이 노예처럼 일하며 수모를 견딘단다. 그래, 내 여동생 바이랑시는 취사원이야. ……솔직히 말하면 우리 어머니도 예전에 취사원이셨어."

여기까지 말한 그의 얼굴에는 고통의 빛이 어렸다. 그는 주먹을 불끈 쥐고 침대를 쾅쾅 내리쳤다. 나는 공포에 질렸지만 감히 자리를 뜨지 못했다. 그는 잠시 쉬었다가 말을 이어나갔다.

"우리 어머니는 젊었을 때 어느 고등학교에서 취사원으로 일하셨어. 그곳의 학감장이 어머니를 마음에 들어했지. 어머니는 내키지는 않았지만 살기 위해, 그리고 그 보잘것없는 일자리를 지키기 위해 그의 청을 뿌리치지 못했어. 그 결과 어머니는 임신을 하게 되었고 학교를 떠나야 했어. 하지만 그 사람은 어머니를 본체만체했지. 어머니는 나를 낳은 후 내가 대여섯살이 될 때까지 여기저기 떠돌며 고생스럽게 일하면서 날 키웠어. 그후 어머니는 시집가서 바이랑시를 낳았단다. 바이랑시가 돌이 되기도 전에 아버지가 장티푸스에 걸려 돌아가셨어. 그분은 노동자여서 우리에게 남겨준 게 아무것도 없어. 어머니는 큰 결심을 품고 진종일 고된 일을 하셨지. 그리하여 우리 남매를 키웠고 나를 고등학교까지 보내주셨지.

당시 우리 생활은 정말 힘들었어. 수중에 용돈이 한푼도 없었을 뿐만 아니라 학교 교재마저 학우들한테 빌려 베껴서 쓰는 형편이었지. 그래서 학우들은 늘 나를 비웃고 놀리며 깔보았단다. 하지만 나는 꾹 참고 견디며 열심히 공부해서 과목마다 우수한 성적을 받았어. 나는 그때 졸업 후 대학에 진학할 수 있으리라는 희망을 품고 있었지. 철학에 흥미를 느끼고 있던 나는 빠리 대학의 브리에 교수가 유명하다는 것을 알고 그와 함께 연구하고 싶었지. 나는 학문의 문은 누구에게나 다 열려 있다고 믿었고 거기서 평생의 일을 찾을 수 있으리라고 생각했어.

그러나 이런 희망은 모두 물거품이 되고 말았어. 내가 졸업할 즈음에 어머니가 갑자기 세상을 떠나신 거야. 평생 고생스럽게 살아온 어머니는 이렇게 생을 마치셨어. 나는 눈물로 어머니를 묻었지. 어머니의 죽음 때문에, 또 깨져버린 내 희망 때문에 나는 울었어. 어머니가 운명하시기 전 나는 어머니를 뵈러 갔었지. 그때 어머니는 앙상한 손으로 내 머리를 쓰다듬으며 근심 어린 눈빛으로 나를 바라보면서 이렇게 말씀하셨어. '얘야, 너를 더 공부시킬 수 없게 됐구나. 졸업 후 네가 대학에 진학할 수 있게 되면 좋겠지만 그럴 수 없다면 그 망상을 버리고 사서 고생하지 말도록 해라. 이 사회에서 우리 가난한 사람들은 부잣집 자식들과는 비교가 되지 않는단다.'

어머니의 말은 그른 데가 없었어. 고등학교 졸업 후 대학의 문은 내 앞에서 닫혀버렸어. 아무리 두드려도 열리지 않았어. 나보다 성적이 나쁜 열몇명의 학우가 빠리 대학에 들어갔다는 소식을 듣고 나는 부러움에 통곡할 뿐이었어.

나는 대학에 갈 망상을 잠시 포기하고 학감 노릇을 하기 시작했어. 그렇다고 희망을 버리지는 않았어. 처음에 나는 이 일자리를 얻은 뒤 몇해 동안 돈을 벌어 저축을 하고 학문을 계속 연구하면 몇 년 후 대학에 입학할 수 있을 거라고 생각했어.

하지만 현실은 언제나 이상과 거리가 먼 법이지. 이 보잘것없는 월급으로는 바이랑시와 내가 살아가기에도 빠듯했어. 왜냐하면 내가 바이랑시를 먹여 살려야 했기 때문이지. 연구라니, 이런 환경에서 어떻게 학문을 연구할 수 있겠니! 책도 없고, 지도해주는 선생도 없는데 말이다. 나는 매일 무료한 이 일을 해야 했단다.

내 희망은 하루하루 멀어져갔어. 나는 컴컴한 심연 속에 빠진 것처럼 출구가 보이지 않았어. 사는 재미를 잃어 산다는 게 그야말로 고난의 가시밭길이었지. 미칠 듯 화가 나고 초조했어. 복수심이 점점 내 마음속에서 자라났어. 나는 공부할 돈이 있는 사람들을 모두 증오했단다. 부자들이 학문을 마음대로 하고 학교를 독점하는 바람에 우리 가난한 사람들이 공부할 수 없다고 여겼지. 그래서 나는 너 같은 부잣집 자식들을 미워하며 욕설과 구타로 다스렸어. ……

네가 알아차렸는지는 모르지만 나는 룬베르, 다라디외 등 몇몇 아이들에게는 호감을 가져 욕하거나 때린 적이 한번도 없어. 그애들은 나처럼 가난한 집 아이들이기 때문이었지. 이걸 보면 내가 본래부터 성질이 잔혹한 사람이 아니란 것을 알 수 있을 것이다.

나의 이런 심정은 바이랑시밖에는 알지 못한단다. 그러지 말라고 몇번이나 충고한 그애의 말에 나도 동의하긴 해. 하지만 이런 환경에서 내가 나 자신을 단속할 수 있겠니?

또 알려줄 게 있어…… 왜 바이랑시가 여기 와서 취사원 노릇을 하는지 아니? 나를 위해서야. 그애는 내 부담을 덜어주려고, 대학에 가려는 나의 희망을 하루라도 빨리 이루어주려고 왔단다. 이는 물론 그애의 호의에서 나온 거지. 하지만 그애는 고생만 했지 나한테 별로 도움을 주지는 못했어. 내가 오지 말라고 했는데도 그애는 왔지. 그런데 지금 여기 학감장이 그애한테 눈독을 들이고 있단다. 우리가 어제 의논한 건 바로 그 일 때문이야. 설사 노예가 되고 소돼지처럼 된다 할지라도 나는 내 누이를 보호할 거야. 어머니가 간 길을 다시는 걷게 하지 않을 거야. ……정의라는 건 존재하지 않아. ……이런 환경에서 내가 무엇을 할 수 있겠니? ……너희들이 나를 '사자'라고 부르는 걸 알아. 사자는 배가 고프면 울부짖기 마련이야. 나는 지금 굶주려 있어. 나의 마음은 굶주림으로 부들부들 떨리고 목구멍은 갈증으로 열불이 날 지경이야. 나는 갈기를 휘날리며 발톱으로 땅을 파헤치고 입을 쩍 벌려 울부짖고 싶어. 나는 내 원수를 붙잡아서 그의 심장을 꺼내 먹고 싶어……"

여기까지 말하더니 그의 얼굴색이 갑자기 변했다. 사자처럼 부릅뜬 그의 눈에서 흉악한 빛이 뿜어져나왔다. 그는 일어서서 야수의 발톱처럼 손가락을 구부리고 느릿느릿 내게 다가왔다. "난 지금 너를 찾아냈어." 그는 성난 소리를 지르며 내 목으로 두 손을 뻗었다.

나는 놀라서 비명을 지르며 얼른 의자를 밀어버리고 밖으로 내달렸다. 그러나 그는 한 손으로 나를 꽉 붙잡았다.

우리는 서로 말을 하지 않았다. 내 팔을 잡은 모르디외 선생의 손이 부들부들 떨렸다. 내 가슴도 두근두근 방망이질했다.

얼마의 시간이 흐른 뒤 나는 겁에 질린 눈으로 그를 바라보았다. 그의 얼굴색이 부드러워졌다. 방금 전 일이 한바탕 꿈에 지나지 않은 것처럼 보였다.

"얘야, 이제 가보아라. 아무것도 아니야. 방금 한 말은 그냥 농담일 뿐이야." 그가 내 어깨를 두드리며 부드럽게 말했다. "이제 날 이해할 수 있겠지. ……난 우리가 친구가 되었으면 해. 너도 알다시피 나는 이곳에 친구가 하나도 없잖니." 그가 내 손을 꼭 잡았다.

이상하게도 그는 마지막 말을 울먹이면서 했다. 사자가 울다니! 정말 뜻밖이었다.

나는 자못 감동해 진심을 담아 말했다. "모르디외 선생님, 안녕히 계세요." 그러고는 그의 방에서 나왔다. 자습시간의 종료를 알리는 종이 울린 지는 오래였다. 나는 수업시간을 알리는 종소리도 듣지 못했다.

그때부터 나는 모르디외 선생에게 호감을 가지게 되었다. 틈만 나면 나는 그의 방으로 찾아갔다. 그럴 때면 그는 언제나 정답게 재미있는 이야기를 들려주곤 했다. 그는 내가 부잣집 자식이라는 걸 잊어버린 것 같았다. 얼마 후 나는 중병에 걸렸고 어머니는 나를 병원에 입원시켰다. 병원에서 한달 이상 치료를 받느라 그 학기에는 더이상 학교를 다니지 못했다. 이듬해 개학 때 학감 네명이다 바뀌었다. 모르디외 선생은 더이상 없었고 바이랑시도 더이상 나오지 않았다. 그들의 소식을 아는 학우는 한명도 없었다. 그때부터 다른 사람이 그들에 대해 이야기하거나 그들의 이름을 꺼내는 것을 한번도 듣지 못했다. 오늘까지도 나는 그들이 살아 있는지 죽었는지 모르며 모르디외 선생이 이미 대학을 졸업했는지 어떤지도 알지 못한다. 물론 마지막 추측은 거의 가능성이 없다는 것을 알지만 그래도 나는 그것이 사실이기를 바란다. 그래야만 내가 빨리 대학에 다니는 동안 모르디외 선생처럼 대학에 가고 싶어도 가지 못하는 사람에 대한 생각으로 불안해하지 않아도 될 것이기 때문이다.

"사자는 배가 고프면 울부짖는다."

나는 내 방이 아니라 무수한 사자들이 울부짖는 황량한 산속에 있는 것 같다. 사자는 배가 고프면 공허한 마음으로 고통스럽게 울부짖는다. 배고픈 사자의 울부짖음이 온 세상에 메아리친다.

1930년

사랑의 십자가
愛底十字架

내 친구 ××에게

시끄러운 술집을 나와서 취한 눈을 게슴츠레 뜨고 사방을 둘러보았더니 주위의 모든 것이 흐리멍덩하면서 실재하지 않는 것처럼 공허하게 보였네. 마음이 둥둥 떠서 모든 것을 잊어버린 듯 잠시 쾌감을 느끼기도 했네. 그 술은 정말 축복의 술이었지!

자네 집에 와서야 나는 밤이 깊었다는 것을 알았네. 문을 한참 두드려도 인기척이 없더군. 손목이 시큰할 때까지 두드리자 그제야 하녀가 옷을 걸치고 나와 문을 열어주었네. 하녀는 아니꼬운 눈길로 나를 힐끔 흘겨보고는 뾰로통하니 말했네. "이제야 들어오시는군요!"

골방에 들어가 전등을 켜고 막 잠자리에 들려는데 책상 위에 놓여 있는 자네의 긴 편지가 보이더군.

나는 급히 읽어 내려갔네. 자네는 많은 말을 썼지만 결국 "떠나

주게"라는 말이라는 것을 나는 알았지. 그래서 뒷부분을 읽지 않았네. 읽지 않아도 자네 뜻을 알았으니까 말일세.

자네가 나더러 떠나라는 데에는 물론 많은 이유가 있겠지. 하지만 나는 그것을 알고 싶지 않네. 왜냐하면 나에게는 더 큰 이유가 있기 때문이지. 그것은 자네의 모든 이유를 뛰어넘는 것이네. 바로 그 이유 때문에 내가 떠나는 것은 변할 수 없는 일로 확정된 것이라네. 나는 자네 곁을 떠나야 할 뿐만 아니라 이 세상을 영원히 떠나야 한다네.

친구여, 나는 자네를 이해하기에 결코 자네를 원망하지 않네. 그뿐만 아니라 이 두달 동안 나를 받아주고 대접해준 자네의 호의에 대해 고맙게 생각하네. 나는 자네가 지적한 나의 모든 결점을 하나도 부인하지 않고 기꺼이 받아들인다네. 자네의 지적이 다 사실이기 때문이지. 자네는 조금도 지나치지 않네. 자네가 지적한 것처럼 나는 먹는 것만 좋아하고 일하기는 싫어하며 스스로 타락하려 드는 사람이고 정신병이 있는 사람이지. 자네 집에 있으면서 나는 공밥을 먹었을 뿐만 아니라 몇번이나 자네한테서 돈을 얻어 남몰래 도둑술을 마시곤 했네. 때로는 곤드레만드레 취해 한밤중에 돌아와서 소란을 떠는 바람에 아침부터 저녁까지 생활에 바쁜 자네는 편히 자지도 못했네. 심지어 자네는 자다가 일어나 술 깨는 약을 꺼내 나에게 먹였고 나는 쿨쿨 잠에 빠져들곤 했지.

이튿날 아침, 잠에서 깨어난 나는 잠자리에 누운 채로 자네가 계단을 내려가며 아내와 하는 이야기를 들었네. 자네 아내가 말했지. "아직 이른데 왜 그리 서두르세요?"

"일찍 출발해야 시간이 있어 천천히 걸을 수 있거든. 이렇게 더운 날 땡볕 속을 걸으면 정말 죽을 지경이야!" 이렇게 대답한 뒤

24

자네는 계단을 내려갔고 땅이 꺼지게 한숨을 쉬면서 문을 열고 나갔지.

나는 피로로 눈이 풀린 자네가 한걸음 한걸음 터벅터벅 걸어가는 모습을 보는 것만 같았네.

생각해보게. 그때 내가 침대에 누워 무엇을 할 수 있었겠나? 다시 어렴풋이 잠들어버렸겠나? 아니면 미련하다고 자네를 속으로 비웃었겠나? 아니면 자네가 고생한다고 가엾게 여겼겠나? 아니, 모두 아닐세. 나는 울었다네. 이불을 뒤집어쓰고 통곡했다네. 내 처지를 생각하며 울었다네. 또 자네를 생각하며 자네에게 깊이 감사했지. 나는 맹세했네. "나는 이제 반드시 버릇을 고치고 말 테야. 결코 다시는 이런 일을 하지 않겠어."

하지만 하루가 지난 뒤 나는 다시 멋쩍게 자네한테 손을 내밀었고 자네가 피땀으로 번 돈을 얻어서 떠들썩한 술집으로 달려가 몽땅 써버렸지. 나는 술집을 나와 자넬 볼 낯이 없어서 거리를 배회하다가 깊은 밤 자네가 잠자리에 들었을 때쯤에야 비로소 비틀거리며 집으로 돌아왔지. 그러곤 이튿날 아침 또 눈물을 흘리며 후회했지.

친구여, 나는 이렇게 고약하고도 불쌍한 사람이라네! 정말이지 자네 말마따나 구제불능일세. 그런데 어째서 자네는 진작에 지적해주지 않았나? 왜 늘 나에게 너그럽게 대하며 아무 말 없이 가만히 놔두었나? 처음에 자네는 내가 잘못을 고치고 예전으로 회복하기를 바란다고 했지. 그뿐만 아니라 나더러 떠나라고 하는 지금 이 시점에서조차 "자극을 받아 새 삶을 찾고 과거의 모든 것을 잊어버리며 새로운 사람이 되기를 바란다"고 말하고 있네. 어쨌든 자네는 나더러 구제불능이라고 하면서도 내가 새롭게 태어날 날이 있을 거라고 믿고 있네.

친구여, 자네는 잘못 생각했네. 나는 신생의 가망이 없어 아무리 큰 자극을 준다 해도 내 신경을 소생시킬 수는 없네. 게다가 나 자신도 새롭게 태어날 날이 오길 바라지 않네. 나 같은 사람이 일찍 죽지 않고 이 세상에 남아 있는 게 무슨 소용이 있겠나? 게다가 내 마비된 신경이 소생한다면 과거의 상처가 나를 심하게 다시 괴롭힐 터이니 내가 어떻게 새로운 힘으로 살아갈 수 있겠나?

친구여, 과거의 상처란 말에 자네는 틀림없이 놀라겠지. 이 지경까지 타락한 나 같은 비천한 인간에게 무슨 과거의 상처가 있을까 하고 말일세. 친구여, 그렇게 생각한다면 그건 잘못일세. 개나 돼지에게도 슬픔이 있는 법일세!

그리고 나 같은 사람도 옛날에 한 여인의 사랑을 받아본 적이 있다네!

이제 자네한테 말하겠네. 육년 전 나는 상하이에서 자네와 작별하고 돌아가서 결혼을 했네.

아내는 숙부가 정해준 여자였지. 그러나 내가 결혼하러 돌아갔을 때 숙부는 이미 세상을 떠난 후였네. 나는 혈혈단신이 된 거지. 바오주寶珠와 결혼한 뒤 나는 처가에서 살았네. 장인 장모는 나를 친자식처럼 살뜰히 대해주셨지. 나는 먹고 마시고 놀고 웃으며 만족스러운 생활을 했네.

바오주는 사랑스러운 여인이었네. 아름다운 자태만이 아니라 유순한 성격에 선량한 마음씨까지 지니고 있었지. 아내는 나를 사랑했고 살뜰히 보살펴주었네. 그녀는 내가 그저 먹고 마시고 놀고 웃으면서 일생을 보내지 않고 무언가 일을 하기를 바랐지.

나에 대해 말하자면, 자네는 내가 지난날 어떤 사람이고 어떤 생각을 가졌는지 알고 있을 걸세. 나는 물론 놀면서 지내긴 싫었고, 적당한 일을 찾아서 하고 싶었다네. 하지만 그 마을은 너무나 작아서 일자리를 구할 수가 없었네. 게다가 나는 시골에 파묻혀 지내고 싶지 않았네. 그래서 처가에서 다섯달을 산 후 떠나기로 작정했네. 나는 난징으로 갈 작정이었네. 난징에서 일하고 있는 친구가 있어서 거기 가면 어쨌든 일자리를 얻을 수 있을 거라 생각했기 때문이지.

장인 장모는 나를 붙잡으며 떠나지 말라고 만류하셨지. 일을 하지 않아도 괜찮고 그저 집에 있기만 해도 좋다고 하면서 말일세. 그분들은 그리 부유하지는 않았지만 밥술은 먹을 수 있는 처지였지. 아내도 내가 떠나기를 바란 건 아니었네. 그녀는 내가 그 마을에서 자그만 일자리를 얻는다면 그저 그걸로 만족할 수 있었지. 그러나 나는 장래에 대한 뚜렷한 계획도 없이 떠나기로 작정했네.

내 결심이 흔들리지 않자 장인 장모가 제의했네. "이 일은 자네 앞날과 관련된 일이니 우리가 억지로 붙들지는 못하겠군. 하지만 바오주는 여기에 두고 자네 먼저 가도록 하게. 자네가 일자리를 찾으면 그때 바오주를 보내겠네. 난징이든 상하이든 항저우든 어디든 보내겠네." 장인 장모는 울먹이며 이렇게 말씀하셨지만 내 마음은 꿈쩍도 하지 않았지. 나는 내 앞날에만 정신이 팔려 다른 것은 보이지 않았다네. 그래서 반드시 아내와 함께 가겠다고 고집을 부렸지. 아내가 승낙하니 장인 장모도 더이상 말씀을 못하셨네.

헤어질 때 아내와 장모, 처제는 몹시 슬퍼했지. 그때, 바로 그때, 장모가 눈물을 머금고 말씀하시더군. "자네 부부가 타지에서 잘살기를 바라네. 하지만 일이 뜻대로 되지 않으면 다시 돌아오게. 예전처럼 대해주겠네. 돌아올 땐 혼자 오지 말고 같이 오도록 하게."

아내는 또다시 슬퍼했지만 나는 속으로 비웃었지. 우린 절대 돌아오지 않을 거라고 생각하면서 말이야.

난징에 도착한 나는 친구들이 도와준 덕택에 교육청에서 일자리를 얻었네. 우리는 돈도 얼마간 모으면서 잘 지냈지. 나는 장모가 너무 걱정이 컸다고 여기게 되었지. 나의 일이 어떻게 뜻대로 되지 않을 수 있겠나?

그러나 뜻대로 되지 않는 일이 마침내 닥치고 말았네. 일년도 채 안되어 청장이 바뀌는 바람에 내 일자리는 남에게 빼앗기고 말았네. 나는 실직을 했고 내 친구는 어디론가 가버렸지. 나는 사방으로 뛰어다니며 소개 편지를 써달라고 부탁했고 만나기 싫은 사람들을 수없이 만나보았지만 결국 아무 성과도 없었다네. 실직, 여전히 실직을 면할 수 없었지. 실직 후에는 절약하며 살았으나 곧 생활고에 허덕였다네. 한달, 두달, 석달, 넉달, 반년 뒤 포동포동하던 아내의 얼굴은 핼쑥해졌고 값나갈 만한 물건은 이미 태반이나 저당 잡혔지만 취직의 희망은 여전히 보이지 않더군. 나는 그만 지치고 말았네. 밤마다 마주앉아 묵묵히 생각에 잠긴 아내를 볼 때면 형언할 수 없는 비애가 가슴을 짓누르더군. 나는 후회가 막심했지. 그래서 쓰라린 마음으로 아내에게 미안하다는 말을 했고 괜히 아내를 데리고 와서 고생시켜 후회된다는 말도 했네. 아내의 눈에 눈물이 맺히더군. 그러나 아내는 한마디 원망도 없이 도리어 나를 위로해주고 격려해주었다네. 그런 아내가 나는 너무나 고마웠네. 하지만 그것이 나를 욕하고 외면하는 것보다 더 마음을 아프게 했네.

일곱달째가 되어서도 여전히 희망이 보이지 않았네. 앞날은 더욱 막막했지. 어쨌든 그런 형편으로는 계속 지낼 수 없었네. 말없이 꾹 참고 있던 아내가 인내심을 잃고 제의하더군. "이렇게 지내다가는 방법이 없어요. 내가 여기 남아 있는 건 아무 도움도 안돼요. 당신에게 도움이 되기는커녕 부담만 되니까요. 당신 혼자라면 방도를 찾기가 더 좋을 거예요. 다른 고장에 있는 친구를 찾아갈 수도 있고요. 그러니 나는 집으로 돌아가는 게 나을 것 같아요. 그러면 당신의 부담도 덜 수 있고요. 당신에게 좋은 일자리가 생기면 나는 그때 다시 와서 함께 있을게요." 나를 위로해주는 아내가 나는 너무나 고마웠네. 타고난 성미가 완고한 내가 이런 처지에서는 결코 처가로 돌아가지 않으리라는 것을 알고 아내가 자기 혼자 돌아가겠다고 말했기 때문이라네. 그러나 '혼자 돌아오지 말고 함께 돌아오라'던 장모의 말이 생각나 아내 혼자 돌려보낼 면목이 없었네. 게다가 이제 아내는 내게 더없이 귀한 존재가 되어 있었네. 아내는 내 생명이나 마찬가지여서 나는 아내를 잃을 수가 없었네. 내 삶의 유일한 반려를 잃을 수 없었단 말일세.

나는 아내의 제의에 반대했네. 나는 절대로 헤어질 수 없다는 기색을 강력히 내비쳤지. 이에 감동했는지 아내가 그뒤로는 집에 돌아가겠다는 말을 더이상 꺼내지 않더군.

나는 다시 온 힘을 다해 일자리를 찾으려고 발버둥을 쳤네. 아내는 언제나 웃는 얼굴로 나를 위로해주고 격려해주었지. 앞날에 한 가닥 빛이 보일 것 같았네. 우리는 기대했지.

기다리고 기다렸지만 결과는 절망뿐이었네. 한가닥 희망도 환상에 지나지 않았다네. 희망은 완전히 사라져버렸지. 나는 드러누운 채 피할 수 없는 멸망을 기다리고 있는데 상황이 갑자기 바뀌었네. 어느날 밖에 나갔다가 뜻밖의 기쁜 소식을 듣고 아내에게 전하려고 급히 집으로 돌아왔네. 그런데 아내는 침대에 누워 있었네. 입에서는 피가 흘러내렸고 숨을 헐떡이고 있었으며 얼굴이 백지장 같왔다네.

나는 가슴이 갈기갈기 찢기는 것 같았네. 나는 만사를 잊고 아내한테 달려갔네. 침대 앞에 가서 아내를 그러안고 마구 흔들면서 그녀를 불러댔네. 온몸의 피가 끓어오르는 것 같았고 심장이 터질 것 같았지.

갑자기 아내가 지그시 감았던 눈을 뜨고 나를 바라보면서 쓴웃음을 짓더군. 간신히 손을 들어 내 머리를 쓰다듬으면서 아내가 말했네. "먼저 가니 용서해주세요. 이래야 당신 부담이 덜어질 테니까요. 방해물인 제가 없으면 당신은 일을 더 잘할 수 있을 거예요. 앞으로 사정이 나아지면 저보다 훨씬 나은 아내를 얻을 수 있을 거예요." 아내는 띄엄띄엄 이렇게 말하고는 눈을 감더군.

나는 아내를 마구 흔들며 미친 듯이 불러댔네. 아내의 귓가에 입을 갖다대고 내가 가져온 기쁜 소식을 큰 소리로 알렸지만 아내는 이미 들을 수 없었지.

얼마의 시간이 흐른 후 아내가 눈을 뜨더니 고개를 저으며 말했네. "너무 늦었어요." 아내는 초점 없는 눈으로 나를 바라보았는데 날 알아보지 못하는 것 같더군. 아내가 신음하기 시작했네.

대체 무슨 독약을 먹었는지 물어도 아내는 대답을 안할 게 뻔했네. 나는 아내에게 더이상 말을 시킬 방법이 없었네. 나는 절망하여 미친 듯 뛰어나갔네. 의사를 불러왔을 때 아내의 몸은 이미 싸늘하게 굳어 있었네. 나는 아내의 시체를 부둥켜안고 한바탕 통곡했네. 무섭게 변한 아내의 얼굴을 차마 다시 볼 수가 없었네.

나는 좋은 소식을 가져왔고 나 자신은 절망에서 빠져나왔는데 내 소중한 아내는 죽은 채 침대에 누워 있었지.

나는 아내의 시체 옆에서 하룻밤을 지새웠네. 밤새 나는 방 안을 거닐었지. 나는 어찌해야 할 바를 몰랐네. 하지만 끝내 결단을 내렸지.

나는 입고 있는 옷 외의 나머지 물건을 몽땅 팔았네. 나는 관을 사서 아내의 시신을 염습해 넣고 배를 세내어 집으로 싣고 갔네. 이렇게 해서 우리는 함께 집으로 돌아간 셈이지.

나는 마을에 도착하자 배를 강변에 정박시켜놓고 혼자 처가로 갔다네.

내 옷차림이나 행동거지 모두 정신 나간 사람 같았지만 처가 사람들은 다정하게 나를 맞이해주었네. 그러나 그들은 나 혼자 돌아온 것을 보고 이상하게 여기면서 묻더군. "자네 돌아왔나? 바오주는?"

친구여, 내가 뭐라고 대답했겠나? 내게 무슨 할 말이 있었겠나? 나는 그들을 속일 낯짝도 없었고 사실대로 말할 용기도 없었네. 그래서 하는 수 없이 이렇게 말했지. "아내는 배 안에 있어요. 가보세요." 나는 아무런 내색도 하지 않고 눈물을 참으려고 무진 애를 썼지.

"그앤 왜 뭍으로 올라오지 않았나? 병이 났나? 아니면 무슨 일이라도 있는가?" 그들은 궁금해서 이것저것 캐묻더군.

나는 대답하지 않고 이렇게만 말했네. "배에 가서 보면 아실 거예요."

그리하여 나는 장인과 장모를 모시고 집을 나섰네. 저 멀리 배가 보이더군. 우리는 다리를 지나 배에 가까이 다가갔네.

다리를 건널 때 극심한 고통으로 가슴이 찢어질 것 같더군. 나는 겁이 났고, 창피했고, 슬펐다네. 그들을 배까지 데리고 갈 용기가 나지 않았네. 아주 비통해하고 실망할 그들을 대면할 용기가 나지 않았던 거지. 내가 바로 그들의 딸을 죽인 살인자이기 때문에 얼굴을 마주할 면목이 없었단 말일세. 그래서 나는 다리에서 훌쩍 뛰어내렸다네.

나는 물에 빠졌고 사람 살리라는 그들의 외침을 들었네. 나는 머리가 멍해지면서 가슴이 터질 것 같더군. 나는 버둥거리다 의식을 잃고 말았네.

정신을 차리고 보니 나는 어느새 처갓집에 누워 있더군. 좁은 방 침대에 누워 있는데 장모가 곁을 지키고 있었지. 장모는 눈물을 글썽이며 나를 타이르시더군. 사람은 이미 죽었으니 나를 책망하지 않겠다고 말일세. 이건 자네 잘못이 아니고 딸의 팔자가 사나워서 그런 거니 죽은 사람 때문에 너무 비통해하지 말고 자네 몸이나 잘 돌보라고 말일세. 그리고 앞으로 둘째 딸을 줄 테니 집을 떠나지 말고 여기서 살라는 말씀도 하셨다네. 나는 이 말을 다 귀담아들었지. 한마디 한마디 바늘로 내 가슴을 콕콕 찌르는 것 같았네. 나는 장모에게 감사하면서도 자신을 더욱 미워하고 저주했다네.

병으로 인해 나는 그 집에서 묵게 되었지. 나는 매일같이 위로와 보살핌을 받았다네. 장인 장모와 처제(장모가 나에게 주겠다던 열여덟살의 소녀 말일세)는 나를 진심으로 대해주었네. 원수가 아니라 오히려 은인처럼 말일세. 그런데 이런 위안과 보살핌이 도대체 무엇을 나한테 주었겠나? 오히려 그것은 가장 가혹한 형벌처럼 나를 괴롭혀 한순간도 편할 때가 없었네. 시도 때도 없이 내 눈앞에는 뚜껑 열린 검은 관이 가로놓여 있었고 관 속에 누워 있는 아내의 백지장 같은 얼굴과 피로 얼룩진 입이 보이곤 했네. 그래서 나는 남몰래 나에게 벌이 내려지길 기도했네. 나는 그들이 나를 때리고 학대하고 비난하길 바랐네. 장모와 처제에게 차라리 나를 벌해

달라고 애원했지만 그들은 처량한 미소만 지을 뿐이었네. 그러는 동안 내 마음은 너무나 괴롭고 아팠지.

시간이 흐를수록 나는 더욱 참을 수가 없었네. 나는 그 집을 떠나 상하이나 난징 또는 다른 곳으로 가서 내가 받아야 할 벌을 받기로 결심했네. 어느날 달밤에 남들이 다 잠든 틈을 타서 나는 살그머니 침대에서 내려와 문을 열고 나갔네.

대문을 막 나서려는데 누가 내 옷자락을 잡아당기더군. 놀라서 돌아보니 처제가 내 뒤에 서 있었네. 머리를 풀어헤친 처제가 달빛 아래 서 있었지. 처제의 예쁜 얼굴에는 단호하고 처연한 표정이 어려 있어 달빛 아래서 더욱 성스럽고 순결하게 보였네. 나는 여신의 석상을 우러러보듯 얼빠진 사람처럼 그녀 앞에 서 있었지.

친구여, 나같이 하찮은 인간도 성스럽고 순결한 이 여신을 어떻게 숭배해야 되는지는 알고 있다네!

"형부, 왜 떠나려고 하세요? 우리가 정말 형부의 마음을 돌리지 못했나요? 이 세상에 형부가 사랑할 만한 사람은 언니 한 사람밖에 없는 건가요? 왜 떠나려고 하세요?" 슬픈 목소리로 말하는 처제의 눈에서 눈물이 흘러내렸네.

친구여, 그녀의 목소리는 아직도 내 귓가에 쟁쟁히 울리고 있다네. 자네가 만일 이 소리를 듣는다면……

마을에서 재색을 겸비한 것으로 유명한 이 소녀에게 청혼한 사람이 여럿 있었지만 그녀는 다 마다했다네. 그런 그녀가 나한테 이런 말을 한 것일세. 친구여, 이럴 때 내가 어떻게 해야 된다고 생각하나? 나는 목석이 아니라 감정이 있는 사람일세. 나는 그녀를 사랑하지 않을 수 없었네. 하지만 나의 머릿속에서 되살아난 관이 우리 둘 사이에 가로놓여 있었지.

나는 무릎을 꿇고 눈물을 흘리며 일의 자초지종을 있는 그대로 그녀에게 이야기해주었네. 없던 일을 보태지도 않고 있었던 사실을 하나도 감추지 않고 말일세. 내가 여기 머물러 있을 수 없는 이유와 나란 인간이 어떤 사람인지, 왜 처제의 사랑을 받을 자격이 없는지를 이야기했네. 마지막에 나는 일어나 성큼성큼 걸어서 나왔네.

나는 그래도 미련이 남아 처제를 다시 한번 돌아보았네. 우두커니 서 있는 처제의 얼굴을 달빛이 어루만져주고 있더군. 눈물이 그렁그렁한 채 달빛 아래 서 있는 처제의 모습은 너무나 숭고하고 아름답게 보였네. 그 순간 나는 되돌아가 그녀 곁에 머물고 싶었네. 하지만 도저히 그럴 수 없었네. 나는 의연히 떠나버렸네. 친구여, 정말이지 이런 경우엔 눈물을 흘리지 않을 수 없다네. 그녀의 가슴 속에 내가 슬픔의 씨앗을 뿌렸으니 말일세……

그때부터 나는 딴사람이 되었네. 정신병자가 된 거지. 내 마음은 이미 죽은 상태였네. 어디를 가도 내 눈엔 그 관밖에 보이지 않았네. 나 때문에 희생된 한 여인과 나 때문에 애간장을 태운 한 소녀가 생각나 내 가슴은 더욱 찢어질 것 같았네. 나는 벌을 받음으로써 마음의 위안을 찾으려 했지만 결국 아무 소용이 없었네. 결국 나는 술을 찾기에 이르렀네. 술은 비록 나에게 고통을 주지는 못했지만 나를 마취시켜 머리가 멍해지도록 했고 현실을 아득하게 변모시켜주었네. 실성한 사람처럼 울고 웃는 가운데 나는 한순간이나마 위안을 얻을 수 있었네. 이렇게 나는 마음에 위안을 얻곤 했네.

나는 빈둥빈둥 돌아다니며 술을 마셔댔네. 모든 것을 쉽사리 잊어버리기 위해서였지. 사회는 너무 어둡고 삶은 너무 고통스러웠네. 과거의 상처는 내 두 어깨를 짓누르고 있었네. 나 같은 인간은 이 모든 것을 짊어지고 일어설 용기가 마땅히 없어서 오로지 망각

속으로, 마비 속으로, 타락 속으로 도피할 수밖에 없었네. 친구여, 생각해보게나. 내게 다른 길이 어디 있었겠나? 망각과 마비와 타락 말고 내가 갈 길이 어디 있었겠나?

　나는 나를 사랑한 한 여인을 죽게 만들었고, 나를 사랑한 한 소녀의 인생을 그르쳤네. 나는 한 가정의 안녕을 깨뜨렸는데 이 가정은 나의 은인이라네! 친구여, 생각해보게나. 이런 일을 모두 경험한 내가 아무 동요 없이 '인간'처럼 살아갈 수 있겠는가? 아니, 이제 난 '인간'이라고 할 수도 없네. 나는 자신을 망각 속에, 마취 속에, 타락 속에 매장해버렸네. 이제 남은 내 몸은 이미 인간의 몸이 아닐세. 이 몸에는 인간의 심장도 뛰지 않고 인간의 영혼도 없네. 이것이 생존하는 것은 썩기 위해서이고, 이것이 살아 있는 것은 남에게 폐를 끼치기 위해서일 뿐이네. 이런 놈은 자네 말마따나 집에서 떠나야 할 뿐만 아니라 이 세상에서도 떠나야 하네.

　친구여, 나는 이제 떠나려 하네. 나는 더이상 이 짐을 질 수 없다네. 그 안에서, 이름 없는 죽음 안에서 나는 아마 진정한 안식을 얻을 수 있을 거라 생각하네. 나는 십자가를 지고 몇년을 걸었으니 이제 목적지에 도착할 수 있을 것 같네. 내가 십자가를 진 모습은 예수가 아니라 예수와 함께 십자가에 못 박힌 그 도적과 같은 모습일세. 자네가 그를 위해 흘려줄 눈물이 있다면 나를 위해서도 몇방울 흘려주게.

　이 시각 나에게는 미련이 물론 없지는 않네. 나는 머나먼 시골에서 눈물을 글썽이며 나를 기다리고 있을 그 소녀를 아직도 잊을 수 없네. 그러나 내 앞에는 죽음의 길만이 가로놓여 있어서 한순간도 미련을 가질 수 없게 등 뒤에서 채찍으로 나를 후려치며 앞으로 가도록 몰아대고 있네. 친구여, 이런 모습을 보면 정말 울어줄 만하겠지! 나처럼 보잘것없는 인간일지라도 말일세.

친구여, 나는 가네. 영원히 떠나가네. 더이상 자네에게 폐를 끼치지 않겠네. 내 운명을 슬퍼하지 말게나. 나는 자네의 동정을 받을 가치도 없는 사람이네. 나는 이제 나의 십자가를 지고 그 목적지로 떠나가네. 하지만 나는 최후의 이 순간에도 여전히 자네의 호의를 기억하면서 자네에게 복이 가득하길 기원하네.

무덤으로 가는 자네의 친구 ×× 1931년

나의 눈물
我底眼淚

바로 음력으로 새해 초하룻날이었다. 나는 벗 차이충蔡從이 머나먼 아메리카에서 부쳐준 책을 받았다. 그 책은 두 이딸리아 사람(제화공과 생선 장수)의 서한집이었다. 노리끼리한 표지에는 "삶의 공포와 아름다움을 위해 울 각오가 되어 있지 않은 사람은 읽지 마라"라는 어떤 잡지의 서평이 인쇄되어 있었다.

하지만 나는 그 책을 펼치거나 책의 첫 구절을 읽기도 전에 눈물이 앞을 가렸다. 잊을 수 없는 사년 전의 일이 또다시 나의 마음에 떠올랐던 것이다. 나는 흘러간 그 시절로 되돌아간 듯했다.

그때 나는 빠리 라땡 지구에 있는 한 여인숙의 오층에 묵고 있었다. 대낮이건 밤중이건 나는 창문을 활짝 열어놓고 지냈다. 아래는 조용한 거리였다. 거리 모퉁이에 까페가 있었는데 창문을 통해 그 까페에 드나드는 사람들을 볼 수 있었다. 여인숙 맞은편에는 고층 건물이 우뚝 솟아 있었는데, 내 시선을 가로막았을 뿐만 아니라 햇빛까지도 막아버려 내 방은 암울하고 어두침침했다.

따뜻하고 아름다운 나라에서 태어난 내가, 그것도 산 좋고 물 맑은 장난[1]에서 온 내가 이제는 햇빛도 들지 않는 우중충한 도시에 거주하고 있었다. 추적추적 장맛비가 내리는 때에 말이다.

나는 이 도시에 친구 몇명이 있었다. 그들은 종종 날 보러 왔다. 혼자 오거나 두셋이 함께 오기도 했고, 대여섯이 함께 오는 때도 있었다. 그렇게 즐거운 모임을 가지노라면 나는 잠시나마 외로움을 잊을 수 있었다. 그러나 이런 일은 고작 한주에 두세번뿐이었다. 친구들은 모두 각자의 일이 있었다. 어떤 친구는 대학에서 공부를 했고, 어떤 친구는 공장에서 일을 했다. 친구들이 오지 않거나 왔다가 가버린 밤이면 나는 외로움에 사로잡히곤 했다. 가스 냄새로 가득한 방은 더욱 숨이 막혔다. 창밖을 내다보면 우뚝 솟은 옛 건물들이 앞을 가렸고 그 아래로는 비에 젖은 거리가 컴컴하고 한적하게 누워 있었다. 조용하다가도 어떨 때는 갑자기 공기가 진동하면서 거리와 내 방을 뒤흔들어놓았다. 귓가에는 윙윙거리는 소리밖에 들리지 않았다. 그럴 때는 누가 방 안에서 이야기를 한다 해도 들을 수가 없었다. 그러면 기다리는 수밖에 없었다. 머잖아 그 소리는 사라진다. 경험이 알려주다시피 그것은 무거운 짐을 실은 트럭이 지나가는 소리였다. 다시 모든 것이 정적에 휩싸인다. 창가에 선 나는 고개를 숙이고 희미한 불빛 속에 잠긴 거리나 거리 모퉁이에 있는 까페를 바라보며 사람들의 이야기 소리나 이따금 지나가는 남녀의 흥얼거리는 노랫소리를 듣곤 했다. 나는 자신이 딴 세상에 있는 듯 느껴졌다.

---

1 江南. 중국 창장(長江) 강 하류의 남쪽 지역.

어찌된 영문인지 내 마음은 갑자기 공허해지곤 했다. 마치 가슴 속이 아무것도 없이 텅 빈 것 같았다. 조금만 더 있는다면 온몸이 굳어져버릴 것 같아 나는 더이상 방에 머물 수가 없었다. 그래서 나는 모자를 집어들고 외투를 걸치고는 급히 방문 밖으로 뛰쳐나온 뒤 계단을 내려가 거리 한가운데로 나갔다.

거리 한가운데에 선 나는 어디로 가야 할지 몰라 망설였다. 나는 멍하게 서 있다가 모자로 머리를 가리고 외투로 몸을 감쌌다. 하지만 빗방울이 계속 내 얼굴에 날아들어왔다. 나는 마침내 까페로 발걸음을 옮겼다.

까페에 들어서니 몸이 훈훈해졌다. 카운터에서 나는 블랙커피를 시켰다. 옆에 앉아 있는 무명 작업복을 입은 성실한 얼굴의 노동자들을 바라보면서 커피를 마신 나는 돈을 치르고 비틀거리면서 까페를 나왔다. 까페는 불빛이 환하고 따스하며 사람들의 목소리가 있긴 했지만 나는 아무런 미련도 없이 한적하고 어두운 비에 젖은 거리로 나왔다. 나는 도대체 무엇을 찾으려고 하는가? 나 자신도 말할 수 없었다.

나는 그저 정처 없이 걷기만 했다. 거리에는 행인이 두어명밖에 없었다. 특히 빵떼옹 부근은 아주 적적했는데 심지어 약간 무시무시한 느낌까지 들었다. 나는 빵떼옹 앞을 지나 루소 동상의 발치로 갔다. 나는 차가운 동상의 받침돌을 어루만지며 거의 꿇어앉았다시피 했다. 나는 고개를 들고 우뚝 서 있는 그 거인을 우러러보며 많은 말들을 중얼거렸다. 나 자신도 그 의미를 알지 못했지만 내 마음속에서 나온 말이었다. 이 구석진 곳에는 다른 사람은 아무도 없었다. 오로지 손에 책과 모자를 든 '제네바 공민'²과 나뿐이었다. 노트르담 성당의 무겁고 구슬픈 종소리가 울려퍼졌다. 나는 비틀거리며 일어나 북적거리는 쌩미셸 거리로 갔다.

나는 가랑비가 내리는 거리를 걸었다. 어떤 사람의 집으로 갈 생각도, 누군가를 찾아 이야기를 나눌 생각도 하지 않았다. 북적대는 거리도 지나갔고 한적한 거리도 지나갔다. 나는 숱한 사람을 보았다. 즐거운 얼굴을 한 사람도 보았고 우수에 잠긴 사람도 보았다. 귓가에 까페 음악소리, 웃으며 이야기하는 소리와 노랫소리가 들려왔고, 슬픔에 잠긴 이야기와 하소연하는 소리도 들려왔다.

정답기도 하고 낯설기도 한 이 모든 것이 내 마음을 더욱 아프게 했다. 이 도시는 나쁜 곳이 아니었다. 하지만 나는 이 도시에서 이방인이었다. 내가 추구하는 것을 나는 찾지 못했다. 사람마다 집마다 비밀을 간직한 채 기쁨이건 슬픔이건 나와 나누려고 하지 않았다. 나는 안내자를 잃은 맹인처럼 방황하다가 거의 방향을 잃을 뻔했고, 절망하면서 내가 사는 여인숙으로 겨우 돌아왔다.

이와 같은 일은 나에게 결코 우연이 아니었다. 낮에는 대학에 가서 강의를 듣거나 도서관에 가서 책을 베끼곤 했다. 강의에서나 책에서 무언가를 찾아보려 했지만 결과는 여전히 같아서 공허한 마음밖에 남지 않았다. 밤에 친구들이 찾아오지 않을 때에는 외로움이 밀려들어 맹인처럼 거리를 헤매곤 했다. 고독은 밤마다 쌓여갔으며 날이 갈수록 마음이 더욱 괴로웠다. 내 눈에는 일에 시달려 시름에 잠긴 모습만 보였고 귀에는 구슬픈 울음소리만 들렸다. 더욱이 이전에 유쾌했던 얼굴에서는 슬픔의 흔적까지 찾을 수 있었다. 내 눈앞에서 어둠이 나날이 짙어져갔다. 어떤 곳에서는 많은 사람들이 기아 때문에 아우성치고 있고, 또다른 곳에서는 사람들이 개 돼지처럼 도륙당하는 것을 나는 신문에서 보았다. 심지어 아주 외진 곳에서는 비참한 소식마저 들려왔다. 무수한 사람들이 수난을 당하는 시대였다. 이밖에도 살인, 자살, 분쟁, 소송, 실업 등의 개인적 불행이 있었다. 거의 모든 소식마다 비참한 이야기뿐이었다. 신문지상에서 피비린내가 풍기는 것 같았다. 눈물이며 신음이며 곡소리가 그칠 날이 없었다. 온 서방세계가 어둠의 고해로 전락하여 어느 곳에서도 한줄기 빛을 찾을 수 없었다. 나는 공허한 마음을 품은 채 여러 곳을 방황했다. 나는 삶의 목표를 완전히 잃고 말았다. 나는 매일 밤마다 루소 동상 앞에 서서 그 거인에게 내 절망을 하소연했지만 그는 아무 대답도 해주지 않았다.

나중에 나는 대학에도 가지 않았고 도서관에도 거의 발길을 끊어버렸다. 나는 안내자 없는 맹인처럼 여러 곳을 방황하며 구조될 수 없는 심연 속으로 떨어질 각오를 하고 있었다.

나는 곧 멸망할 지경에 이르렀다. 그러다가 어느날 문득 책방에서 이딸리아 생선 장수가 쓴 영문 소책자를 보게 되었다. 그 속에는 이런 구절이 있었다.

나는 모든 가정마다 주택이 있고 모든 사람마다 먹을 빵이 있으며 모든 사람이 다 교육을 받고 지혜를 발전시킬 기회가 있기를 바란다.

내 마음은 마치 비가 그친 뒤의 하늘처럼 확 트였다. 나는 그 소책자를 샀다. 그리고 이 생선 장수와 관련된 책을 두세권 더 사가지고 돌아왔다. 나는 그 책들을 읽고 또 읽었다. 그리고 이딸리아 생선 장수의 자서전 『한 무산계급의 인생 이야기』를 다 읽었다.

내 앞에 갑자기 한 사람이 나타나 자기 이야기를 하기 시작했다. 그는 햇빛이 맑고 화사한 남유럽의 한 시골에서 태어나 열세살까지 부모의 슬하에서 지냈다. 그후 그의 아버지가 그를 다른 고장에 견습생으로 보냈다. 그는 육년 동안 고생하다가 큰 병을 앓게 되었고, 그제야 아버지는 그를 집으로 데려와 어머니의 보살핌을 받을 수 있게 해주었다. 그가 병이 나은 지 얼마 안되어 그의 어머니가 몸져눕게 되었다. 병석에 누운 어머니는 바스락거리는 소리만 들어도 심한 경련을 일으켰다. 그래서 그는 거리로 나가 산책하는 젊은이나 지나가는 행인들에게 어머니가 놀라지 않도록 다른 길로 가달라고 수시로 사정을 해야만 했다. 어머니의 병세는 점점 심해졌다. 아버지와 친척들은 어머니 곁에 감히 얼씬조차 하지 못했다. 이 스무살 청년만이 온종일 어머니 곁에 붙어서 위로해주고 시중들어주었다. 그는 꼬박 두달을 편히 자지 못했고 옷을 입은 채로 지냈다. 그러나 "과학도 소용없었고 사랑도 소용없었다." 어머니는 앓아누운 지 석달 만에 그의 품에서 운명하고 말았다. 그는 손수 어머니를 관에 넣어 매장했다. 그는 고향에서 살 수가 없었다. 그래서 소위 '희망의 땅'이라 불리는 미국에 가기로 결심했다. 작별할 때 그의 아버지는 슬픔에 목이 메어 한마디도 하지 못했고 여동생은 통곡을 했다. 동네 사람들은 모두 그를 배웅해주러 나왔다. 모두들 희망 어린 말을 하고 축복을 해주면서 눈물을 흘렸다. 그들은 무리 지어 아주 멀리까지 그를 배웅해주었다. 그는 친구 하나 없이 미국에 이르러 혈혈단신으로 뭍에 올랐다. 수중에는 헌옷 몇가지와 몇 푼 안되는 돈밖에 없었다. 후에 그는 어느 식당에서 설거지 일을 하게 되었다. 매일 지옥 같은 주방에서 열두시간 이상 일을 했지만 개만도 못한 음식을 먹었다. 작업환경은 몸서리쳐질 정도였다. "창문이 하나도 없어 온종일 전등을 켜놓아야 했다. ……접시, 냄비, 칼,

포크, 수저를 씻는 곳에서는 뜨거운 물에서 나온 수증기가 천장에 맺힌 뒤 물방울로 변했고, 그것이 먼지와 오물에 엉겨붙었다가 머리 위로 뚝뚝 떨어졌다. 작업시간에 주방은 더워서 숨이 막힐 지경이었다. 손님들이 먹고 남긴 음식 찌꺼기를 통에 담아 주방 구석에 쌓아두었는데 구역질 나는 악취가 풍겼다. 배수구는 하수구와 연결되어 있지 않아서 구정물이 차면 흘러넘쳐 주방 바닥에 흥건히 고이곤 했다. 주방 한가운데에 배수관이 하나 있었지만 저녁이 되면 배수관이 자주 막혀 구정물이 빠져나가지 못했다. 그러면 사람들은 구정물 위로 절퍽절퍽 다닐 수밖에 없었다." 그는 폐병에 걸릴 것이 두려워 팔개월 만에 그곳을 떠났다. 그는 사방으로 돌아다니며 온갖 일을 하다가 결국 생선 장수가 되었다.

그의 이야기는 이렇게 간단히 끝났다. 마지막으로 그는 우리에게 자신의 정신생활을 알려주었다. 그는 매일 고된 노동을 한 다음에도 지식을 탐구했다. 수많은 밤에 그는 책상머리에 엎드려 희미한 가스 등불 밑에서 동이 터올 때까지 책을 읽곤 했다. 그는 각양각색의 책을 읽으면서 책 속의 인물들과 함께 눈물을 흘리기도 했다. 날이 새면 책을 덮고 베개에 머리를 대고 눈을 붙였다. 오래지 않아 공장에서 고동 소리가 울리면 그는 피곤한 몸을 이끌고 공장이나 광산으로 갔다.

이렇게 해서 그는 놀랍게도 소설 『보스턴』[3]의 작가가 묘사한 것처럼 '이 세상에서 가장 아름다운 영혼'이 되었다. 그는 그 소책자에서 네 페이지에 걸쳐 자신의 정신생활과 신념에 대해 썼다.

---

3 원주 미국 작가 업튼 씽클레어(Upton Sinclair, 1878~1968)의 장편소설. 당시 그는 진보적인 작가였다.

내 마음속에는 사랑의 싹이 자라고 있다. 나는 인류에 대한 사랑을 품고 있다…… 나는 대중의 자유 속에서 나의 자유를 찾고, 대중의 행복 속에서 나의 행복을 찾는다. ……나는 성실하게 땀을 흘려 내가 먹을 빵을 얻는다. 내 손에는 지금까지 다른 사람의 피가 묻은 적이 없으며, 내 양심 역시 아주 결백하다.

위대한 영혼은 인민 속에서 나오기 마련이다!

그런데 놀랍게도 이런 사람이 체포되었다. 그는 서른두살에 친구 한명과 같이 체포되었다. 그들을 살인강도라 하는 사람도 있었고 거리에서 남의 돈을 강탈했다고 하는 사람도 있었다. 법정에서는 그들에게 사형을 판결했다. 그들은 '범죄의식'을 가지고 있고, 신과 약탈제도를 믿지 않으며, 1차 세계대전 때 미국 자본가를 위해 프랑스에 가서 싸우는 대신 멕시코로 도주했으며, 비천한 외국인이라는 것이 그 이유였다. 첫번째 재심 청구는 기각되었다. …… 연달아 일곱번이나 청구가 기각되었으며 새로운 증거는 모두 말살되었다. 피고 측 변호사가 마지막에 진짜 살인범의 자백에 근거하여 여덟번째 재심 청구를 했으나 소용이 없었다. 사형수 감옥에서 '희망 고문'에 육년간이나 시달린 그 생선 장수와 제화공에게는 끝내 7월 10일에 전기의자로 사형을 집행한다는 최종 결정이 내려졌다.

그러자 저항의 함성이 일어났다. 세계 각지로부터 각계각층 각 당파의 인사들이 구원의 손길을 내밀었고, '관용'을 베풀라거나 '정의'를 요구하는 함성이 쏟아졌다. 마치 전세계가 생선 장수와 제화공을 위해 활동을 시작한 것 같았다.

내 삶에도 커다란 변화가 일어났다. 그 생선 장수의 자서전을 읽을 때마다 내 눈앞에는 감방의 모습, 중년 사내의 소박한 얼굴, 짙은 눈썹, 조용한 눈길, 덥수룩한 수염이 나타났다. 이어서 큼직한 손이 그 모든 것을 가려버렸다. 큼직한 손이 사라지면 내 눈앞에는 다시 남자의 손, 여자의 손, 노인의 손, 아이들의 손 등 헤아릴 수 없는 작은 손들이 나타났다. 무수한 손들이 함께 흔들리는 이 장면은 정말 감동적인 한폭의 그림이었다.

거리마다 큼직한 포스터들이 붙었다. '사형수 감옥에서의 육년'이라는 큰 제목 아래 무슨 '강연회' '원조회' '항의회'의 선언과 회의 일정이 적혀 있었다. 이 포스터에는 전세계적으로 추앙받는 학자들의 이름도 씌어 있었다. 나는 까페의 계산대 앞이나 공원 입구에서 사람들이 그 생선 장수와 구두장이에 대해 열을 올리며 이야기하는 소리를 종종 듣곤 했다. 나는 신문에서 많은 사람들이 그들을 위해 모금한다는 기사를 보았다.

그뒤로 나는 루소 동상 앞에서 다시는 하소연하지 않았다. 나는 더이상 안내자를 잃은 맹인처럼 방황하지 않았다. 나는 안내자를 이미 찾은 것이다. 데딤 감옥 안의 죄수인 이딸리아 생선 장수가 내게는 '제네바 공민'보다 더 위대한 거인으로 보였다. '이 세상에서 가장 아름다운 영혼'은 이제 더이상 대학이나 서재나 연구실에 있는 게 아니다. 그는 금권 국가의 감옥, 형사범 감방에 있다.

이에 나는 감동과 긴장감으로, 성지순례를 하는 신도처럼 경건한 마음으로 쓸쓸하고 싸늘한 방에 앉아서 커다란 편지지에 나의 슬픔과 몸부림, 희망 등을 모두 써서는 데딤 감옥의 죄수들에게 보냈다. 내 눈물과 희망을 모두 그 편지에 쏟아부었던 것이다.

편지를 띄운 후 두려움이 다시 나를 압박해왔다. 비록 전세계의 수많은 사람들이 그들의 목숨을 구하기 위해 애쓰고는 있지만, 내 편지가 데덤 감옥에 전달되지 못할까봐 두려웠고 금권 국가의 사람들이 그 편지를 불살라버릴까봐 두려웠다. 그들에 대한 소식은 신문지상에서 나날이 많아져갔다. 나는 신문에서 여성과 어린이들이 쓴 감동적인 편지들을 자주 보았다. '우중충한 도시' 전체에서는 이 두 사람의 목숨을 구하기 위해 소동이 일어나고 있었다. 이와 동시에 그 생선 장수는 감옥에서 끊임없이 세계 각지에 편지를 띄웠다. 그 편지는 모두 불후의 숭고한 문헌으로, 삶의 공포와 아름다움으로 가득해서 읽는 사람마다 모두 눈물을 흘리지 않을 수 없었다.

7월 10일이 다가오자 나의 두려움은 더욱 커져갔다. 내 눈앞에는 전기의자의 무서운 장면이 자꾸만 떠올랐다. 추적추적 비가 내리는 어느날 아침, 나는 보스턴에서 부쳐온 우편물을 받았다. 책 한보따리 외에도 네장의 커다란 편지지 양면에 씌어진 긴 편지가 있었다. 떨며 쓴 듯한 필체와 이상한 맞춤법과 문법을 보자 눈물이 마구 쏟아졌다. 나는 편지를 열렬히 읽었다. 목소리가 떨렸고 손도 부들부들 떨렸다. 몇줄 읽으니 목이 메어 한참씩 쉬곤 했다.

그의 편지는 고맙다는 말로 시작하고 있었다. 그는 내가 보여준 연민과 믿음에 감사를 표했다. 그는 "청년은 인류의 희망이다"라고 했으며, "참혹한 세월을 몇년 더 살아본 뒤에야 비로소 자네는 죽어가는 이 바르토⁴에게 얼마나 큰 기쁨과 위안을 주었는지 알게 될 것"이라고 했다. 이어서 그는 간곡한 말로 나를 위로하고 격려하며 "낙심하지 말고 즐겁게 살라"고 했다. 그리고 현 사회제도의 폐해와 미래의 혁신, 인류의 진화와 장래의 추세에 대해 힘차게 논

---

4 생선 장수인 바르톨로메오 반제티를 가리킴.

증하면서 단떼, 셰익스피어, 발자끄, 그리고 다른 많은 사람들에 대해서도 말했다. 그는 아버지가 아들에 하듯, 혹은 형이 아우에게 하듯 내게 말했다. 이런 것을 다 알아두어야 비로소 내가 장차 환멸을 느끼지 않고 삶의 투쟁을 마주할 용기를 가지게 될 것이라고 했다. 그리고 충실하게 살면서 인간을 사랑하고 남을 도우라고 했다. 마지막으로 그는 형제처럼 기쁜 마음으로 나를 포옹한다고 했다.

네장의 편지는 이렇게 끝을 맺고 있었다. 나는 꿈을 꾼 것처럼 책상 앞에 멍하니 앉아 있었다. 나는 편지를 손에 들고 읽고 또 읽었다. 그리고 끝내 책상에 엎드려 울고 말았다.

이때부터 나는 삶에 목표가 생겼다. 그리고 삶의 투쟁을 마주할 용기가 생겼다. 나는 살아가리라고, 참혹한 세월을 견뎌내리라고 다짐했다. '이 세상에서 가장 아름다운 영혼'이 전기의자에서 사라진다 하더라도 나는 살아서 그가 하라고 한 일을 해야겠다고 결심했다.

이러는 사이에 기쁜 소식이 전해졌다. 매사추세츠 주지사가 그 죄 없는 두 사람의 형기를 한달간 연장하고 '고문단'을 초빙해서 이 안건을 심의하게 한 것이다. 이 세명의 위원은 현직 하버드 대학 총장과 MIT 공대 총장 그리고 퇴직한 노법관이었다. 희망이 생긴 것이다. 하버드 대학 총장이 기꺼이 살인범 역할을 하리라고는 아무도 생각하지 않았다. 모두들 그들이 죄 없는 두 사람을 꼭 구하리라고 믿었다. 어느날 나는 까페 입구에서 손님들이 서로 손을 잡고 경축하는 것을 보았다. 그들은 공정한 판결이 내려질 거라고 믿었다. 이때 '관용'과 '정의'를 외치는 함성이 온 세상 가득 더욱 크게 울려퍼졌다.

그런데 청천 하늘에 갑자기 날벼락이 떨어졌다. 어용학자들이 자신들의 진면모를 드러낸 것이다. 하버드 대학 출신의 한 소설가는 그 학교 총장에게 편지를 보내 이렇게 말했다. "총장님은 자신을 정치적 살인범으로 만들었을 뿐만 아니라 잔혹하고 우둔한 일을 했으며, 인간성과 문명에 반대하는 죄를 범해 하버드 대학의 명예를 더럽혔습니다." 큰 잡지의 주필도 "하버드 대학은 장차 망나니를 양성하는 곳이라는 낙인이 찍힐 것"이라고 했다. 알고 보니 학자들의 심사 결과는 이러했다. 하버드 대학 총장은 "어쨌든……유죄!"라고 했고, MIT 공대 총장 역시 "그렇다"라고 했으며, 퇴직한 노법관은 "법정은 사람들의 비난을 받아서는 안된다"라고 했다. 주지사는 당연히 그들의 주장에 동의했고 결정을 발표했다.

8월 10일이 다가왔다. '정의'와 '관용'을 외치는 함성이 갈수록 높아졌지만 금권 국가의 '귀족'들은 이를 외면했다. 운명의 날이 마침내 오고야 말았다. 보스턴이 한밤중일 때 빠리는 새벽 5시였다. 그날밤 얼마나 많은 사람들이 눈물을 흘리며 잠을 이루지 못했는지 모른다. 나는 이미 더이상 흘릴 눈물이 없었다. 나는 정처 없이 거리를 헤맸다. 내 눈에는 모든 것이 꿈속 풍경처럼 보였다. 나는 '우중충한 도시'의 붉은 하늘을 쳐다보았고, 밤이나 낮이나 온종일 울리는 노트르담 성당의 종루를 바라보았다. 나는 한밤중까지 거리를 헤맸다.

집에 돌아왔지만 눈을 붙일 수가 없었다. 나는 제화공이 여섯살난 딸에게 쓴 편지가 실려 있는 신문을 찾아서 읽었다.

……아빠는 너를 더없이 사랑한단다. 네 오빠를 사랑하고 네 엄마를 사랑한단다. 내가 우리 가족과 함께 살며 손바닥만 한 밭뙈기 위에서 너한테 진실의 언어와 따뜻한 사랑을 배울 수 있다면 생활고에 허

덕이며 살아온 나에게는 더할 나위 없는 행복일 것이다. 여름에 우리 온 가족이 집에 모인다면 나는 도토리나무 그늘 밑에 앉아 널 무릎 위에 앉히고 글자를 가르쳐주든가 푸른 풀밭에서 마음껏 웃으며 노래하고 뛰노는 너를 보게 되겠지. 그리고 숲속에서 꽃을 따려고 이 나무에서 저 나무로 뛰어다니는 너를 보게 되겠지. 혹은 졸졸 흐르는 시내에서 엄마 품으로 뛰어가 안기는 너를 보든가. 나는 우리 가족이 이렇게 행복한 삶을 누릴 날을 꿈꾸어왔단다. 나는 모든 가난한 사람들의 아이들이 부모와 함께 이런 삶을 즐겁게 누릴 수 있기를 바랐단다. 그러나 현실은 그렇지 못하구나. 하층계급의 악몽으로 인해 네 아빠의 마음은 몹시 근심에 휩싸이게 되었단다. 본래 이 세상의 아름답고 선한 모든 것들은 어머니 대자연이 우리에게 자유롭게 누리라고 준 것이다. 그러나 죽어가는 낡은 사회의 사람들은 네 오빠와 불쌍한 네 엄마품에서 산 채로 나를 끌고 가버리는구나……

나는 더이상 읽어내려갈 수가 없었다. 나는 사형 집행의 순간을 상상해보았다. 그리고 고향에서 빠리로 왔다가 다시 대서양을 건너 헤어진 지 십구년이 되는 오빠와 영원히 이별할 여인을 그려보았다. 또한 남편의 목숨을 구하기 위해 칠년 동안 싸워온 여성도 그려보았다. 나는 다시 낡은 신문을 들추어보다 무심결에 '원조회'의 두 전보에 눈길이 가닿았다.

하나는 제화공한테 보내는 것이었다.

딸에게 보내는 당신의 고별편지를 막 읽었습니다. 그 편지는 모든 양심 있는 사람들을 감동시킬 것입니다. 저들은 이 편지를 읽고도 당신을 살해할 수 있을까요? 우리는 당신을 사랑합니다. 우리에겐 희망이 있습니다.

다른 하나는 생선 장수에게 보내는 것이었다.

우리는 아주 슬픕니다. 하지만 온 세계가 당신들 편에 설 것입니다.
우리는 미국이 반대편에 서지 않을 것이라고 믿습니다. 당신들은 살
아야 합니다. 당신의 누이가 오늘밤 배를 타고 갑니다. 우리를 대신해
당신을 안고 키스해줄 시간이 있기를 빕니다.

오, 나의 마음이여!
이 밤은 결국 지나갔다. 이튿날 아침, 나는 밖에 나가 신문을 사
볼 용기가 나지 않았다. 나는 홀로 방 안에 앉아 생각에 잠겨 있었
다. 친구 우롯 군이 기척도 없이 들어왔다. 그는 내 손을 덥석 잡더
니 기쁨에 겨워 열렬히 말했다. "그들은 아직 살아 있어! 절대 죽지
않을 거야."
그제야 나는 어젯밤 사형을 집행하기 이십육분 전, 바로 전세계
의 양심 있는 사람들이 고통 속에 잠겨 있을 때, 주지사가 다시 사
형 집행을 열이틀 후로 연기하는 결정을 선포했음을 알게 되었다.
"정말 '희망 고문'이군. 중세 에스빠냐의 종교재판소에서 하던
수법과 다를 바가 없어." 나는 이렇게 냉소를 지으면서도 가슴속에
서 차오르는 기쁨을 감추지는 못했다.
낙천적인 친구인 우 군이 간절하면서도 기쁜 표정으로 나에게
말했다. "내 장담하건대, 그들은 절대 이 두 사람을 죽이지 못해."
그의 눈에서 눈물이 반짝이며 빛났다. 너무나 기뻐서 흐르는 눈물
이었다.

이에 나는 희망과 두려움 속에서 또 열이틀을 보냈다.

희망은 하루하루 엷어져갔다. 여기저기서 무시무시한 검은 그림자가 보였다. '우중충한 도시'는 몽환적 색채에 덮여 사람과 사물이 다 꿈속에 있는 것 같았다. 내 귓가에는 '정의'와 '관용'을 외치는 함성이 계속 울려댔다. 그 목소리는 예전에 비해 심하게 떨렸고 눈물과 분노로 가득했다. 거리에서, 까페에서, 공원에서, 도처에서 사람들은 눈물 어린 목소리로 사형수들의 육년간의 일들을 이야기했다. 온 빠리가, 향락에 빠진 온 빠리가 두 사람을 위해 우는 것 같았다.

나는 살아오면서 비통한 날이 많았다. 앞으로 오랜 시간 또다시 침통한 세월을 보낼지도 모른다. 그러나 나는 이 열이틀처럼 삶의 아름다움과 공포를 느껴본 적이 없었다.

희망은 완전히 사라져버렸다. 대통령은 낚시하러 가버렸고 주지사는 골프를 치러 갔다. 연방 법정의 수석 법관도 캐나다로 피서를 떠났다. 그 몸서리치는 8월 22일 밤, 사람들에게 무슨 희망이 있었겠는가? 법률은 집행되기 마련이다. 온 빠리의 슬픔과 두려움과 소동 속에서 나는 이 고통스러운 밤을 보냈다.

나는 꿈을 꾸지 않았다. 꿈을 꿀 수도 없었다.

나는 이튿날 날이 새는 것도 보기가 두려웠다.

햇빛이 창문으로 들어왔다. 나는 침대에 누운 채 멍하니 창문을 바라보았다. 나는 내가 어디에 있는지조차 알 수가 없었다. 나는 흐리멍덩한 채로 밖에 나가서 신문 한부를 샀다. 나는 내 눈을 의심했다. 첫 면에 이런 큰 글자가 있었던 것이다.

여태껏 전세계의 양심 있는 사람들은 오늘 아침 죄 없는 두 사람이 죽임을 당한 소식을 들었을 때처럼 허망했던 적도 없다.

나는 하마터면 신문을 떨어뜨릴 뻔했다.

나는 다시 읽어보았다. '이 세상에서 가장 아름다운 영혼'이 보스턴의 찰스턴 감옥에서 사망했음을 나는 알게 되었다.

허둥지둥 집에 돌아와보니 우 군이 내 방에 와 있었다. 머리를 신문지 위에 떨구고 있던 우 군이 내 발자국 소리를 듣고 고개를 들면서 말했다. "그들이 죽었네." 우 군은 참지 못하고 울음을 터뜨렸다.

나는 그저 입술만 깨물며 대꾸를 하지 않았다. 한동안 괴로운 침묵이 흘렀다.

"칠년 전에 법률은 그들의 행동이 죄인 같다고 하면서 곧바로 그들이 살인죄를 범한 걸 알았다고 했다. 그러나 죽음에 임하는 그들의 행동은 역사상의 또다른 한 사람(예수)과 같았다. 아울러 그 사람처럼 '나는 너희들을 용서하노라'고 했다. 아쉽게도 이제 너무 늦고 말았다. 다시 판결할 기회가 사라져버린 것이다." 친구 우 군이 갑자기 가져온 신문지를 뒤지더니 울먹이는 소리로 이 단락을 읽었다. 그러고는 "아쉽게도 이제 너무 늦고 말았다"라는 구절을 되풀이해 읽었다. 그는 벌떡 일어나더니 손수건을 꺼내 눈물을 닦았다.

우 군이 가고 나만 홀로 방에 남게 되었다. 나는 방 안에 틀어박혀 밥 먹을 생각도 하지 않고 온종일 편지만 썼다. 나는 이 소식, 내가 느낀 모든 것을 친구들에게 알릴 것이다. 온 세상을 향해 "죄 없는 두 사람이 죽임을 당했다!"고 외칠 것이다.

밤이 깊었지만 나는 편지를 계속 써내려갔다. 친구 웨이衛 군이 화가 나 씩씩거리면서 문을 열고 들어왔다. 웨이 군을 못 본 지는 일주일 남짓 되었다. 한밤중에 되는대로 옷을 걸치고, 헝클어진 머리에 시뻘건 얼굴을 하고, 평소 늘 쓰고 다니는 안경도 쓰지 않은 그를 보자 이상한 생각이 들었다.

"무슨 일이야? 왜 그 모양인가?" 웨이 군이 앉기를 기다려 내가 물었다.

"난 이제야 프랑스 정부도 살인자 편에 선 것을 알았네." 그가 분개하며 말했다.

나는 놀라 그를 바라보았다.

"나는 친구들과 함께 미국 영사관에 가서 시위를 했네…… 많은 사람들이…… 여러 거리를 가득 메웠지…… 군중들이 '살인자' 하고 외쳐댔네. 함성이 마치 천둥소리 같았다네. 경찰이 영사관을 보호하며 군중을 해산시키려고 했지. ……나중에 충돌이 생겨 질서가 문란해지고…… 신문 파는 가판대도 몇 개 넘어졌지…… 경찰들이 우르르 몰려와 군중을 해산시켰어…… 우 군과 나는 까페로 떠밀려 들어갔네. 시위에 참가한 사람들이 뒤따라 들어왔지…… 그런데 갑자기 이 까페가 포위되어버렸다네. 문을 막아선 경찰들이 안쪽의 사람들에게 다 나오라고 고함을 쳤지. 그런데 나가는 사람마다 경찰의 몽둥이에 다 얻어맞았다네. ……나는 우 군이 몇대 얻어맞는 걸 보았네. 나는 경찰과 맞붙었는데 땅바닥에 고꾸라졌다네. 경찰들이 발로 마구 차더군. 내가 일어서자마자 한 무리의 사람들이 나를 둘러싸며 데려갔어. 안경이 어디에 떨어졌는지도 알 수 없었네. ……나는 우 군을 찾아보았네. 한 경찰이 우 군을 쫓고 있더군. 우 군은 놀라 남의 집 초인종을 마구 눌러대더군. ……나중에 우 군이 나를 찾았다네. 나는 풀이 죽은 우 군을 집까지 바래다주고 여기 오는 길일세. ……나는 다친 데는 없어…… 개새끼들……!" 웨이 군은 분노로 목이 메었다.

우리는 서로 바라보면서 말로 표현할 수 없는 감정을 눈으로 교환했다. 우리는 서로를 이해했다.

갑자기 노트르담 성당의 종소리가 울렸다. 이미 한밤중이었다.

"웨이, 돌아가게나." 나는 짤막히 말했다.

웨이 군이 벌떡 일어나서 손을 내밀더니 내 손을 으스러지게 잡았다. 그가 단호한 어조로 말했다.

"진쑤, 우린 그래도 살아야 되네. 우린 더 많은 세월을 살아야 하고, 더 비참한 세월을 견뎌야 하네. 우리는 영원히 이 밤을 기억해야 하네."

그는 결연히 떠나갔다.

이제 사년이란 세월이 또 흘렀다. 친구 우 군은 이미 이 세상을 떠났는데, 장티푸스에 걸렸던 것이다. 그의 고향에는 연로한 어머니와 젊은 아내가 있었다. 나는 그들이 지금 어떻게 살아가고 있는지 모른다. 친구 웨이 군은 아직도 빠리에 있지만 그의 소식을 듣지 못한 지 일년이 다 되어간다. 그가 살아 있는지 죽었는지 나는 알지 못한다. 나는 여기저기 떠돌다 다시 산 좋고 물 맑은 장난으로 돌아왔다. 나는 좋은 꿈도 꾸고 나쁜 꿈도 꾸면서 변화무쌍한 삶을 살아왔다. 또한 생선 장수처럼 "들판의 신록, 바다의 푸른 파도, 꽃향기, 달콤한 과일, 호수에 비친 하늘, 노래하는 시냇물, 속삭이는 개울, 골짜기와 준령, 신비로운 여명, 장밋빛 먼동, 아름다운 달빛, 낙조, 황혼, 별이 빛나는 밤" 등이 내게도 있었다. 그렇지만 나는 언제 어디서나 내게 커다란 영향을 준 그 사람을 결코 잊을 수 없었다. 그를 생각할 때마다 나는 상념에 잠기곤 했다. 나는 '선생님'의 뜻을 저버렸고 그분이 내게 가르쳐준 이야기를 잊어버렸으며 그분에게 한 약속을 지키지 못했다. 나는 사년을 허송세월하며 보냈다. 앞으로 더 많은 세월을 허비할지도 모른다. 그런데 다시는 돌아오지 못할 내 아름다운 청춘이 이제 다 지나가려 한다.

이런 상황에서 머나먼 아메리카에서 차이충이 보내온 '선생님'의 서한집을 받으니 내 어찌 눈물을 흘리지 않을 수 있겠는가?

1931년

아버지와 아들
父與子

1

밍뼈이가 요즘 부쩍 더 성질을 부린다.

나는 이 아이가 장차 언젠가는 아내와 나 사이에 장애물이 될 거라는 생각을 종종 했다. 이런 생각을 하면 내 가슴은 떨리기 시작한다.

이것은 결코 나의 지나친 걱정이 아니었다. 밍이 때문에 나는 아내와 다툰 일이 요즘 여러차례 있었다.

그끄제만 해도 내가 밍이를 네댓대 가만히 때리자 아내는 화가 나서 점심도 먹지 않았다. 그리고 밍이를 데리고 친정에 가 있다가 저녁때가 돼서야 돌아왔다. 귀가했을 때 아내의 마음은 이미 가라앉아 있었다. 아내는 웃으며 밍이와 어떻게 놀았는지 이야기해주었다. 귀엽게 웃는 밍이의 얼굴을 보자 내 마음은 몹시 불편했다.

나는 아내가 이제 나보다 밍이를 더 사랑한다는 생각이 들었다. 밍이가 조금 울었을 뿐인데도 나는 하루 종일 벌을 받은 것이다.

밍이는 하루가 다르게 커갔다. 아이가 자라는 모습을 보는 것은 정말 유쾌한 일이다. 그러나 어찌된 일인지 아내와 나 사이의 거리는 하루하루 멀어져가는 것만 같았다.

2

막 결혼했을 당시만 해도 나는 "한 여인의 마음을 확실히 얻었다"고 득의양양하게 혼잣말을 하곤 했다. 그때 아내는 정말 나를 사랑하면서 보살펴주었다. 아내는 내 마음을 꿰뚫어보는 것 같았다. 나도 마찬가지였다. 우리는 아무 다툼도 없이 즐겁게 함께 생활했다. 나는 아내가 우는 것을 본 적이 없다. 아내는 잘 웃는 편으로 항상 웃는 모습이었다. 아내의 웃음 덕분에 나는 정말 행복한 나날을 보냈다. 아내와 나 사이에 사랑이 커가는 것을 나는 보았다. 우리는 매일 새롭고도 행복한 나날을 보냈다. "결혼은 연애의 무덤이다"라고 한 친구들의 말이 생각날 때마다 나는 그들이 결혼생활이 무엇인지 진정으로 이해하지 못했다고 여겼다.

그러나 이런 삶은 오래가지 못했다. 일년간의 행복한 세월을 온전히 보낸 후 밍이가 태어난 것이다.

밍이의 출생은 완전히 우연이었다. 아내와 나는 지금 이 나이에 아이 가지는 걸 원치 않았다. 아이를 가질 만한 형편도 못되었다. 하지만 밍이는 우리의 삶속으로 뛰어들어왔다. 뜻밖에도 아내가 임신한 것을 알았을 때 아내와 나는 처음엔 놀랐고 그다음엔 기뻐했다. 앞으로 어떤 문제들이 생길지는 생각도 하지 못한 채 우리는 사랑의 결실이 곧 태어날 거라고만 생각했다. 그후로 나는 아내를 더욱 사랑하게 되었고 어느 때보다도 더 아내를 사랑했다.

밍이가 태어났을 때 내 마음은 기쁨으로 가득했다. 그때 나는 자기 자신을 잊을 정도로 바빴으나 바쁜 가운데 희열과 만족을 얻었다. 우리의 살림 형편이 더욱 나빠지고 밍이 때문에 빚을 지기 시작했지만 쉽게 해결할 수 있을 것만 같았다. 빚을 지긴 했지만 그것은 우리의 사랑을 방해하기는커녕 오히려 사랑을 더욱 굳건하게 해주었다.

그렇다. 어려움 속에서 우리는 두 사람의 마음이 더욱 가까워짐을 느꼈던 것이다.

밍이가 태어난 지 일개월 후 임시 고용 가정부를 그만두게 했다. 우리는 가정부를 쓸 형편이 못되어 모든 일을 아내 혼자서 해야 했다. 매일 집 안의 그 많은 일들을 아내가 어떻게 해나가는지 모르겠다. 나는 매일 아침 8시 반에 출근하여 저녁 6시 반이 되어서야 퇴근했다. 퇴근하면 저녁식사가 대체로 차려져 있었다.

아침에 시장에 가서 찬거리를 사는 것 말고 나는 아내에게 전혀 도움이 되지 못했다. 하지만 장 보는 것을 나 혼자 하는 것도 아니었다. 이런 일에 나는 완전히 문외한이었기 때문이다. 아내는 "아무 쓸모도 없어"라고 하며 종종 웃곤 했다. 아내는 아이가 요람에서 잠잘 때에야 겨우 시간을 내 장을 보러 갔던 것이다.

내가 매일 저녁 집에 돌아오면 아내는 요리를 하나하나 식탁에 내놓았다. 마주 앉아 식사를 하면서 아내는 오늘 하루 있었던 자질구레한 일들을 이야기했다. 아내의 진지하고 열성적인 모습에 나는 대개 눈물이 날 정도로 감동했고, 그녀의 많은 말들을 듣고 가

숨이 벅차올랐다. 그런데 아이가 깨어 요람에서 울기 시작하면 아내는 얼른 아이를 품에 안고 방 안을 거닐곤 했다. 아내가 앉아서 젖가슴을 풀어헤치면 아이는 조그만 입으로 잘 나오지도 않는 젖을 빨아대곤 했다.

몸이 허약한 탓인지 아내는 밍이를 낳은 후 젖이 별로 나오지 않았다. 아이는 안 먹으면 안되니 분유를 먹일 수밖에 없었다. 매달 식비만 해도 우리 부부보다 아이에게 들어가는 것이 더 많았다. 무거운 쇳덩이가 내 어깨를 짓누르는 것 같았지만 나는 고통의 비명을 지르지 않았다. 묵묵히 일을 곱절로 할 뿐이었다.

일을 곱절로 해도 별 소용이 없어서 수입이 별로 늘어나지 않았다. 소비는 하루하루 늘어났고 이와 더불어 걱정도 늘어났다. 밍이가 태어난 지 반년도 안되어 나는 자주 걱정에 잠기곤 했다. 이것이 장난이 아니란 걸 나는 점점 깨닫기 시작했다.

아내는 아무 불평도 하지 않았다. 사실 아내가 나보다 더 바쁘고 힘들었을 것이다. 점점 수척해져가는 아내의 얼굴을 보노라면 내 마음은 몹시도 안타까웠고 나 자신이 말라가는 것보다 더 견디기 어려웠다. 가정부를 고용하여 아내를 쉬게 해주고 싶었지만 빚 갚는 게 얼마나 어려운지 알기에 가정부 이야기를 꺼낼 용기가 나지 않았다.

"참아보자. 몇달 지나면 무슨 방법이 있겠지." 나는 이렇게 스스로를 위로하곤 했다. 나는 일하고 있는 아내의 옆모습을 말없이 바라보면서 마음속으로 몰래 아내의 몸이 나날이 튼튼해지기를 기도했다.

친구들의 아내에 비하면 나의 아내는 가장 젊은 편이지만 가장 고생하는 편이었다. 친구들의 아내에 대해 말하자면 온종일 집에서 마작을 하거나 온종일 수다만 떨었다. 또는 자신을 꾸미는 일에만 열심이거나 종일 집에서 아무 일도 하지 않고 빈둥거리거나 오락실에 가서 놀거나 영화관에 가서 시간을 보내곤 했다. 하지만 모두들 집에 적어도 한명 이상의 가정부를 두고 있었다. 시장에 가서 찬거리를 사는 것 말고 모든 일을 혼자서 다 하는 사람은 내가 아는 여성 중에서는 아내 한 사람밖에 없을 것이다. 그래서 매번 친구들의 아내가 나의 아내를 솜씨 좋다고 칭찬할 때마다 나는 늘 죄짓는 듯한 심정이 되곤 했다. 한번은 여자 손님 몇명이 우리 집에 놀러 와서 아내가 바삐 일하는 모습을 보고 역시 솜씨 좋다고 칭찬한 적이 있었다. 이는 나더러 들으라고 한 말이었다. 그 말 속에는 아내를 보살펴주지 않는 나를 비난하려는 뜻이 숨어 있었다. 나는 자신을 변호할 수가 없어 몰래 아내를 훔쳐보았다. 아내는 말없이 웃기만 했는데 그 미소는 나에게 몹시 낯설게 느껴졌다. 나는 아내가 이렇게 웃는 모습을 처음 본 것이다. 그제야 나는 비애가 이미 아내의 마음속에 스며들어 있다는 것을 알게 되었다.

그러나 아내는 한번도 나를 원망한 적이 없었다. 이런 고역 같은 생활에도 아내는 만족하는 듯 보였다. 아내는 나한테 무슨 요구를 한 적도 없었다. 언제나 똑같은 모습으로 내가 시키는 대로 할 뿐이었다. 석유 난로의 점화장치가 고장 났으나 나는 새것을 살 돈이 없었다. 그래서 아내는 석유 냄새를 그대로 다 맡을 수밖에 없었다. 콜드크림이 떨어졌으나 내가 사오는 걸 잊어버리면 아내는 아예 콜드크림을 바르지 않았다. 외출할 때면 아내는 오래된 서너벌의 옷을 번갈아 입곤 했다. 밖에서 다른 여인들이 새 옷을 입은 것을 보아도 나한테 사달라고 요구하지 않았다.

하지만 아내가 원래부터 예쁜 것에 관심이 없거나 놀 줄 모르는 여자는 아니었다. 처녀 시절에는 마작도 좋아했고 영화 관람도 즐겨 했다. 하지만 지금 이런 취미는 저절로 다 사라져버렸다. 아내는 이전과 다른 생활을 하기 시작했으며 이런 생활에 익숙해진 것 같았다. 때로는 나 자신이 너무 미안해서 아내의 친구에게 집에 놀러 오라고 하고 싶었지만 아내는 한사코 이를 막았다. 친구를 만나러 가라고 해도 아내는 원치 않았다. 아내가 옳을지도 모른다. 마작을 하러 갈 돈도, 다른 사람들의 아내처럼 유행하는 옷으로 치장할 돈도 나는 아내에게 줄 수 없으니 말이다. 힘든 일로 고단한 아내를 나는 사랑으로 위로해줄 수밖에 없었다.

이런 환경에서도 세월은 빠르게 흘러갔다. 우리는 평범하게 아무런 다툼 없이 평온하게 잘 지냈다.

3

병 때문인지 아니면 아내가 그렇게 키웠기 때문인지 몰라도 밍이는 원래부터 잘 울었다. 우리는 아이를 키워본 경험이 없어서 아이가 한번 울었다 하면 멈추게 할 수가 없었다. 임시로 고용한 가정부도 우리보다 별로 나을 게 없었다. 젖 먹일 때를 빼고 아이가 울 때마다 가정부는 아이를 안고 방 안에서 서성거렸으며, 아이가 깊이 잠든 후에야 요람에 뉘었다. 나중에 아내도 이 방법을 썼다.

아이는 거의 매일 밤 울어댔다. 시간은 들쑥날쑥했지만 새벽 2, 3시가 가장 많았다. 처음에 나는 울음소리에 잠을 깼지만 따뜻한 이불을 떠나 아이를 안아주는 일이 내키지 않았고 게다가 아이의 응석을 다 받아주어서는 안된다고 생각했다. 나는 아내를 바라보았다. 아내는 낮일이 너무 고되어서인지 아이가 몇번 울어야 잠을 깼다. 나는 아내가 잠결에 "밍이 깨어났구나. ······울지 마. 엄마가 안아줄게"라고 말하는 것을 들었다. 아내는 손으로 나를 밀었지만 나는 잠이 안 깬 척했다. 그러자 아내는 일어나서 속옷 바람으로 밍이를 안고 방 안을 거닐었다.

"여보, 내버려둬. 울게 놔둬. 아무도 거들떠보지 않으면 울다가 그칠 거야. 그렇게 안아주면 성질만 나빠져. 게다가 당신 감기 걸리겠어."

내 몸보다 아내 몸을 더 소중히 여기는 나는 더이상 잠자는 척을 할 수 없었다. 겉옷도 안 입은 채 추운 방 안을 거니는 아내를 보고 나는 걱정하는 말을 하지 않을 수 없었다.

"난 괜찮아요. 당신이나 푹 자도록 하세요." 아내는 말하면서도 여전히 아이를 안은 채 왔다 갔다 했으며 한편으로 피곤한 목소리로 아이에게 자장가를 불러주기도 했다.

이런데 내가 어떻게 잠잘 수 있겠는가? 밤은 이토록 춥고, 아이는 울고 있고, 아내는 겉옷도 안 입은 채 피곤한 목소리로 자장가를 부르며 방 안을 거닐고 있는데 말이다.

나는 마침내 따뜻한 이불을 미련 없이 걷어젖히고 먼저 아내에게 옷을 걸쳐준 다음 의자에 앉아 아내가 아이를 재우기를 기다렸다가 아내와 함께 잠자리에 들었다.

그날밤 우리는 서로 전에 없는 사랑을 느꼈다. 하지만 미움의 씨앗이 나도 모르는 사이에 내 마음에 몰래 자라고 있었다.

이런 생활이 한동안 지속되자 우리는 조금씩 점점 견디기 힘들어졌다. 낮에 나는 회사에서 종종 자곤 했고 집에 돌아와서는 아내로부터 요즘 쉽게 피로를 느낀다는 말을 듣곤 했다.

나는 그 원인을 알고 있었다. 나와 이야기할 때 아내는 그저 피곤한 미소만 지을 뿐이었다.

"이대로는 절대 안돼. 요즘 당신 예전보다 많이 수척해진 것 안 보여? 나도 마찬가지야. 밤에 충분히 자지 않으면 안돼. 밍이 응석을 죄다 받아주어선 안돼!" 내가 화난 것처럼 말했다.

여전히 아내는 피곤한 미소를 지으며 말없이 나를 바라보았다. "당신 말이 옳다는 건 알아요. 하지만 애가 울면 안아줘야지 어쩌겠어요?"

나에게 무슨 할 말이 있겠는가?

4

우리에게는 아이의 울음을 멈출 방법이 없는 것 같았다. 아내는 하루하루 더 야위어갔다.

"매일 밍이 기저귀가 너무 많이 나와요." 아내가 이렇게 불평하는 소리가 들리기 시작했다. 그때 방 안의 화로에 쇠 덮개를 걸어놓고 기저귀를 말리고 있었는데 마를 때 나는 오줌 냄새가 온 방 안에 가득했다. 아내는 빨아서 물기가 축축한 기저귀를 아래층에서 가져왔던 것이다.

아내의 피곤한 말소리와 피곤한 발소리를 듣고 피곤한 얼굴을 보면서 나는 갑자기 죄지은 듯한 심정이 되었다. 전에 남산만 한 자신의 배를 가리키며 아내가 했던 말이 생각났다. "이게 다 당신 탓이에요!" 이 몇 마디의 말이 모든 것을 다 설명해주지 않을까?

다 내 탓이다. 그렇다. 하지만 이제 너무 늦지 않았을까? 아직 만회할 방법이 있을까?

'그럼 가정부를 쓰자. 어쨌든 꼭 가정부를 써서 아내를 좀 쉬게 해주자. 아내가 너무 힘들어해.' 나는 마음속으로 이렇게 말했다.

나는 이 생각을 아내에게 말했다.

"좋아요." 아내가 처음에 망설이더니 대답했다.

"그런데 안되겠어요." 갑자기 아내가 나의 제의를 단호하게 반대했다. "당신은 이미 밍이 때문에 몇백 위안이나 빚을 졌잖아요? 매달 이자 내는 것만 해도 빠듯한데 우리가 어떻게 가정부를 둘 수 있겠어요?"

여기까지 미처 생각하지 못했던 나는 아내의 말을 듣고 좀 난처했다. 그렇다, 아내의 말은 하나도 그른 데가 없었다.

"그러니 좀더 참아봐요. 지금 나는 아직 버텨낼 힘이 있어요. 가정부를 쓰지 않아도 괜찮아요. 회사에서 당신 월급을 올려주거나 다른 곳에서 수입이 생기면 그때 가정부를 두기로 해요." 아내가 말했다.

"그럼 그렇게 합시다." 내가 우물거리면서 말했다. 하지만 마음속으로는 '언제까지 참아야 한단 말인가?'라고 나 자신에게 질문을 던졌다. 회사는 요즘 인원 감축에 감봉하는 분위기였다. 봉급 인상은 아마도 한바탕 꿈에 지나지 않을 것이다. 다른 곳에서 수입이 생기는 것도 내겐 이룰 수 없는 희망 사항일 뿐이다. 나는 그럴 능력도 시간도 없다. 나는 그저 피곤할 뿐이다.

이런 생각을 아내에게 말할 수가 없었다. 나는 이미 많은 고통을 아내에게 안겨주었는데 한가닥 희망을 주는 것조차 아까워해야 한단 말인가?

이렇게 해서 나는 처음으로 아내를 속였다.

그러나 이는 나의 죄책감을 가볍게 해주지도 못했으며 우리의
삶에 보탬이 되는 것도 전혀 없었다. 우리의 삶이 막다른 골목으로
내몰리지 않기 위해서는 반드시 무언가 만회할 방법이 필요했다.

나는 요람에 누워 있는 아이를 바라보았다. 낯선 사람의 눈길로
이 조그만 생물을 바라보았다. 부성애 대신 아이에 대한 증오심이
일기 시작했다. 이 아이가 우리의 행복한 삶을 깨뜨렸기 때문이다.

5

밤에 아내와 나는 희미한 전등불 아래 마주 앉았다. 나는 밍이에
게 줄 덧저고리를 뜨고 있는 아내 옆으로 다가가 앉았다.

책을 앞에다 펼쳐놓고 있었지만 내 눈길은 아내의 얼굴로 향하
고 있었다. 아내가 고개를 숙이고 열심히 뜨개질하는 모습을 보자
갑자기 아내가 요즘 살아가는 형편에 생각이 미쳤다. 그리고 우리
가 처음 사랑에 빠졌을 때 보인 아내의 모습이 떠올랐다. 가슴이
저려왔다. 나는 우리의 사랑에 어두운 그림자가 드리워졌음을 느
꼈다. 그러나 이는 전혀 아내 탓이 아니었다.

"여보." 내가 애처롭게 아내를 불렀다.

아내는 뜨개질을 멈추고 고개를 들어 피곤한 눈빛으로 나를 바
라보았다.

나는 아내가 전에 비해 아주 많이 늙은 걸 발견하고 놀랐다.

"여보, 이래선 안되겠어. 이러다간 밍이 때문에 당신 목숨이 결
딴나고 말겠어." 나는 울먹이는 목소리로 아내에게 말했다.

"그런 말을 하다니 당신 진짜 이상하네요!" 하며 아내가 비웃었

다. 그녀는 다시 고개를 숙이고 뜨개질을 했다.

"당신은 옛날에 비해 아주 많이 늙었단 말이야! 좀 쉬어야 해."

"이상하네요!" 아내는 고개를 들어 나를 보면서 여전히 피곤한 미소를 지으며 말했다. "늙지 않는 사람을 본 적 있어요? 누구나 다 늙는 법이에요. 당신도 전에 비해 많이 늙었는걸요."

"밍이가 태어난 후 우리의 생활이 완전히 변한 걸 알아야 돼. 밍이가 당신의 행복과 내 행복을 망쳐버렸어."

"하지만 달리 무슨 방법이 있나요? 모두 당신 탓이에요!" 아내는 다시 고개를 숙이고 여전히 미소를 띤 채 뜨개질을 했다.

아내의 농담에 나는 정색을 하고 말했다. "물론 내 탓이지만 우리 이제 바로잡을 방법을 생각할 수 없을까? 저기, 오늘밤부터 밍이가 울어도 내버려두자고. 또 앞으로 당신은 예전처럼 밍이의 응석을 다 받아주지 마."

아내는 말없이 고개를 들어 눈도 깜박이지 않고 한동안 나를 바라보았다. 그러고는 갑자기 한숨을 내쉬며 뜨개질거리를 탁자에 내려놓고 침대 탁자로 가서 차를 따라 두어모금 마셨다. 아내는 요람 앞으로 가서 고개를 숙여 아이에게 입을 맞추었다.

나는 말없이 아내의 이런 동작을 바라보다가 갑자기 탁자 위로 머리를 숙였다. 질투 같은 감정이 일어났던 것이다.

6

밍이가 밤에 우는 것을 고칠 방법이 생각났다.

이 방법은 과연 효과가 있었다.

며칠 후 저녁식사 때 아내가 갑자기 웃으면서 말했다. "이상해요. 밍이가 요 며칠 동안 밤에 울지 않는군요. 덕분에 난 잠을 푹 잘 수 있었어요. 아이가 밤에 우는 건 병이라고 내가 말한 적이 있잖아요. 몸이 좋아지면 울지 않을 거라고요. 그런데 당신은 응석을 받아주지 말라고 나를 계속 나무랐지요."

아내의 목소리에는 아이에 대한 사랑이 드러나 있었다. 내가 보기에 이 사랑은 세상의 어떤 어머니보다 더 강한 것 같았다.

나는 마음이 살짝 쓰라렸다.

나는 손으로 가슴을 어루만진 뒤 탁자 위에 내려놓았으나 아내는 이를 보지 못했다.

나는 아내에게 말하고 싶었다. '밍이가 울지 않았다고? 정말 꿈꾸고 있네. 요 며칠간 얼마나 지독하게 울어댔는데!'

진실을 말하자면 나는 거짓말을 한 게 아니다. 그건 사실이니까.

하지만 나는 아무것도 말해주지 않았다. 나는 아내를 보면서 미소를 지었다. 억지웃음이었지만 아내는 눈치채지 못했을 것이다. 아내의 눈은 또 한번 사랑으로 멀어버렸다. 그러나 그것은 나에 대한 사랑이 아니라 밍이에 대한 사랑이었다.

밍이가 내 애인을 빼앗아갔음을 나는 알 수 있었다.

한밤중 침대에 누워 있던 나는 또 밍이의 울음소리를 들었다.

나는 얼른 침대에서 일어나 옷을 걸치고 살금살금 요람 앞으로 가서 우는 아이를 안고 토닥이며 방 안을 거닐었다.

밍이를 품에 안고 있을 때 나는 아버지로서의 기쁨은 하나도 없었다. 나는 붉게 달군 숯을 안고 있는 것처럼 속으로 초조하게 말했다. "애를 땅바닥에 내던져버리자."

하지만 내 손이 느슨해지자 아이는 내 마음을 알아챈 듯 울기 시작했다. 나는 이 울음소리에 용기가 사라져버렸다. 나는 푹 잠들어 있는 아내가 깰까봐 아이를 미워하면서도 때릴 수가 없었다.

나는 사랑도 없이 아이를 안고 있었다. 나는 가만히 아이를 토닥이다가 멈춘 뒤 세게 한대 때려주었다. 아이가 응애 하고 울자 다시 가만히 토닥이며 왔다 갔다 했다.

나는 밤에 이런 일을 여러번 되풀이했다. 때로는 너무 크게 울어대서 손으로 아이 입을 틀어막기도 했으나 힘껏 막지는 못했다. 어둠속에서 빛나는 두 눈이 나를 바라보고 있었기 때문이다. 물론 그것은 아내의 눈이었다. 이때 아내는 조용히 침대에 누워 있었지만 내가 무엇을 하고 있었는지는 알 수 없었을 것이다. 하지만 어찌된 영문인지 내가 매일 밤 요람에서 밍이를 안고 나올 때면 아내의 두 눈은 어둠속에서 아이를 해치지 못하도록 나를 감시하며 쳐다보는 것 같았다.

어쨌든 내가 안아주는 게 편하지 않았을 테지만 아이는 곧 내 품에서 잠이 들곤 했다. 나는 아이를 요람에 눕힌 뒤 다시 침대로 와서 단꿈을 계속 꾸곤 했다.

자면서 내 손이 아내의 몸을 건드렸다. 아내는 잠결에 뒤척이며 "밍아……" 하고 중얼거렸다.

아내는 원래 꿈속에서 말을 했다. 예전에도 아내는 꿈속에서 누군가의 이름을 불렀는데 그 사람은 바로 나였다.

그런데 지금 아내의 꿈속에서 나는 죽은 상태이다. 다른 사람이 나를 대신했으니 그는 바로 밍이다.

7

밤에 잠을 잘 잔 덕분에 아내의 몸은 조금 좋아진 듯했다. 하지만 나의 정신은 하루하루 시들어갔다. 나는 아이를 사랑하지도 않는데 아이 때문에 나 자신을 희생해야 했다.

"다른 방법이 없을까? 이렇게 나가선 안돼." 나는 남몰래 혼잣말을 했다.

"아내에게 말하자. 매일 밤 일어나서 아이를 안아주었다고. 아내를 위해 내가 한 일이라고." 나는 자신을 이렇게 격려했다.

"쓸데없는 짓이야. 아내에게 사실을 말하는 건 아무 도움도 안돼. 아이가 밤마다 계속 울어대면 아내는 아이를 안고 어를 테고, 그러면 아내의 몸은 다시 나빠질 거야."

하지만 몸이 쇠약해지자 정신까지 약해져서 나는 걸핏하면 화를 내곤 했다. 아내와 싸운 적은 없지만 아내의 사랑이 식기 시작했음을 나는 이미 느끼고 있었다. 나는 아이를 전혀 사랑하지 않았다. 나의 애인도, 내 정력과 체력도 다 앗아가버렸기 때문에 나는 아이가 미웠다.

어느날 나는 아내와 거의 싸울 뻔했다. 그래서 밤에 울다가 죽든 말든 나는 이제 밍를 그냥 내버려두기로 작정했다.

하지만 깊은 밤 새벽 2, 3시경 아이가 울기 시작하자 나는 곧 달려가 아이를 안아주었다. 나는 아이를 품에 안고 이전과 마찬가지로 방 안을 서성거렸다.

나는 부성애라고는 조금도 없이 아이를 안았다. 나는 아이가 미우면서도 무서웠다. 나는 아이를 몇대 때리고 꼬집었다. 입으로는 자장가를 불렀지만 마음속으로는 저주의 말을 퍼부었다.

그날밤 아이는 울음을 그치려 하지 않았다. 나는 온갖 방법을 다 써서 얼러보았지만 아무 소용이 없었다. 나는 화가 나서 결국 아이를 바닥에 내동댕이치고 말았다.

쿵 소리가 났고 아이는 더욱 악을 쓰며 울어댔다.

나는 다시 허리를 숙이고 아이를 안았다. 나는 범죄를 저지른 것 같은 심정이 되었다. 나는 허겁지겁 아이를 안고 방 안을 왔다 갔다 했다.

"무슨 일이에요?" 아내가 갑자기 일어나 놀란 얼굴로 물었다.

나는 아무 대답도 하지 않았다. 아이는 여전히 내 품에서 울고 있었다.

"아이를 떨어뜨렸군요!" 화가 난 아내가 내 앞으로 달려와 내 품에서 아이를 빼앗았다. "이리 줘요." 아내가 밀쳐서 나는 넘어질 뻔했다.

나는 어둠속에 서서 아이를 어르며 걷는 아내를 곤혹스럽게 바라보았고, 아내가 아이에게 "아빠 나빠"라고 하는 말을 들었다.

나는 더이상 참을 수가 없어 침대로 돌아와 이불을 뒤집어쓰고 가만히 울었다. 나는 생활에 의해 부서져버린 사랑 때문에 울었다.

아내를 만나서 결혼한 이래 이것은 나의 첫번째 울음이었다.

8

밍이는 하루하루 커갔다. 나를 "아빠"라 부르고 몇마디 간단한 말도 나누게 되었다.

아이가 밤에 우는 일은 이미 없어져 아내와 나는 매일 밤 편안하게 잘 수 있었다.

우리의 삶이 행복 쪽으로 돌아서는가 싶었다. 아이의 얼굴에도, 아내의 얼굴에도, 내 얼굴에도 웃음이 넘쳤다.

내가 보기에는 밍이가 잘 자라고 있는 것 같은데 아내는 여전히 불만스러워했다. 어느날 아내가 말했다.

"밍이가 정말 귀여운데 당신은 왜 그애를 좋아하지 않나요?"

"내가 좋아하지 않는다고? 내가 그애를 좋아하지 않는다고 말한 적 있어?"

"당신 행동을 보면 알 수 있어요. 왜 아이를 자꾸 때려요?"

"아이 성질이 드세서 때린 거야. 지금 잘 교육하지 않으면 큰 후에는 방법이 없어."

"그렇지만 아직 어린애잖아요. 만 두살도 되지 않았어요. 그애 성질대로 놔두어도 나쁠 건 없어요."

"당신처럼 응석을 다 받아주고 제멋대로 하게 놔두다가는 나중에 아이를 망치게 돼. 나뭇가지가 비뚤게 자라면 곧게 되기 어려운 법이지."

"하지만 당신이 아이를 때리면 내 마음이 아파요. 아이가 내 몸의 일부분 같아요."

"여보, 당신은 나를 더이상 사랑하지 않는군." 나는 한참 생각하다가 괴로운 듯 화제를 바꿔 말했다.

"내가 왜 당신을 사랑하지 않는다는 거예요? 당신을 사랑하지 않으면 내가 누구를 사랑하겠어요?"

"당신이 사랑하는 사람은 밍이……"

"피." 아내가 비웃었다. "아빠가 되어서 아이를 질투하다니, 다른 사람이 들으면 비웃지 않겠어요?"

아내의 말이 실상을 말해주고 있었다. 사람들이 비웃건 말건 상관없이 나는 많은 힘을 쏟고 큰 댓가를 치러서 얻은 여성의 사랑을 아들에게 빼앗겨버린 것이다.

이때부터 우리의 삶은 행복과는 반대되는 방향으로 어긋나기 시작했다.

9

어느날 회사에서 돌아오니 밍이가 나를 붙잡고 사탕을 사달라고 졸랐다. 나는 이튿날 사주겠다고 약속했다.

갑자기 밍이가 내 옷자락을 잡고 큰 소리로 울기 시작했다. 나는 아이를 때릴 새도 없었건만 아내가 아래층에서 급히 달려와 어두운 낯빛으로 나에게 말했다. "집에 돌아오자마자 아이를 때려 울리다니, 앞으로 당신은 집에 안 들어오는 편이 나아요!"

"누가 때렸다고 그래? 애가 스스로 운 건데."

"당신이 때리지도 않았는데 아이가 울었다고요? 나하고 함께 있을 때에는 왜 울지 않았을까요?"

"뭐든 그애 말을 다 들어주니까 안 울지."

내 말이 채 끝나기도 전에 아내는 아이를 데리고 아래층으로 내려가버렸다. 어두워져가는 방에 나는 혼자 덩그러니 남았다.

회사에서 하루 종일 힘들게 일하고 집에 돌아와서 이런 대접을 받은 것이다.

"연애란 원래 한바탕 꿈인 거야. 과거의 행복은 다시 오지 않을 거야." 나는 탄식하며 말했다.

10

"잠시 동안의 평안을 위해서 참자. 아내의 행복을 위해서 참자."

울려고 하는 밍이를 보면 나는 마음속으로 이 말을 되뇌곤 했다. 밍이는 여전히 나만 보면 울어댔다.

침울해지는 아내의 얼굴을 보며 나는 들어올린 손을 가만히 내려놓을 수밖에 없었다.

나는 모든 것을 참았다. 참으면 빼앗긴 아내의 사랑을 되찾을 수 있을 거라고 여겼다.

처음에 나는 한가닥 희망을 언뜻 보았다. 그러나 결국 이 희망은 흔적도 없이 사라져버렸다.

아내는 나보다 밍이를 훨씬 더 사랑한다는 사실을 자주 드러냈다. 심지어 농담으로 밍이는 우리 사랑의 결정체이며 나의 대역이라고 말하기까지 했다. 밍이가 있으니 나는 더이상 필요 없다는 것이었다.

물론 농담으로 말한 것이지만 내가 생각하기에 실제 상황이 정말 그런 것 같았다.

이 작은 가정에서 나는 전혀 필요 없는 사람이 되어버렸다. "당신은 집에 안 들어오는 편이 나아요"라는 말을 아내가 하지 않았던가? 다른 사람이 내 지위를 앗아가버렸고, 그 사람은 바로 밍이였다.

밍이와 나는 함께 살 수 없을 것 같았다. 밍이가 있으면 나는 더이상 아내의 사랑을 얻을 방법이 없었다.

11

밍이는 하루하루 커갔다. 밍이란 존재는 정말 아내와 나 사이에 커다란 장애물임을 누구라도 알아챌 수 있었다.

인내하는 것에는 끝이 없었다. 아내와 나의 사랑은 이미 흔들리고 있었다.

12

밍이 때문에 나는 아내와 또 싸웠다. 아내는 울었고 하루 종일 식사도 하지 않았다. 나는 온종일 집에서 아내와 함께하며 그녀를 위로하느라 회사에도 가지 않았다. 하루치 봉급이 깎이리라는 것을 알면서도 말이다.

밤에 밍이가 방구석에서 조그만 주먹을 꼭 쥐고 혼잣말을 했다.

"이담에 크면 권총을 사서 탕 하고 아빠를 쏘아 죽일 테야!"

13

"당신이 보기에 밍이가 맞아야 되겠어요, 안 맞아야 되겠어요?"

어느날 회사에서 돌아오는데 아내가 문간에서 나를 맞이했다. 밍이가 자갈길에 누워서 흥흥거리고 있었다.

아내는 나한테 이 말을 하고는 밍이의 개구쟁이 짓을 낱낱이 고했다.

"그렇다면 맞아야지." 이제 이유가 생겼다고 속으로 생각하면서 나는 밍이 손을 붙잡고 일으켜세우려 했다.

밍이는 일어서기는커녕 도리어 더 크게 울어댔다.

나는 아이의 뺨을 세게 두대 때렸다.

"됐어요. 그만 때려요!" 옆에 있던 아내가 다급히 외쳤다.

"안돼. 더 맞아야 돼!" 나는 화가 나서 말했다.

아내가 다가와 붙잡았지만 소용없었다. 나는 계속 아이를 때리려고 했다. 아이는 죽어라 울어댔지만 사실 내 손은 아이 몸에 거의 닿지 않았다.

아내가 갑자기 아이와 나 사이에 끼어들었다. 그녀는 아이를 안고 화를 내며 말했다. "아이를 때리려거든 나를 먼저 때려요!"

이 말은 철퇴처럼 내 머리를 때렸다. 나는 온몸의 힘이 다 빠져나가는 걸 느꼈다. 나는 고개를 떨군 채 위층으로 올라갔고 피곤해서 침대에 드러누웠다.

나는 또다시 아내와의 첫사랑 시절부터 결혼에 이르기까지를 회상했다.

"연애는 부서지기 쉬운 꿈이야. 생활에 쫓겨 금세 산산조각이 나는군."

이런 생각이 들면서 삶에 염증을 느꼈다.

14

지금 같은 삶이 지속되면 안된다. 이런 삶은 반드시 결말이 나야 한다.

어쨌든 우리 세 사람 중 두명만 있어야 한다.

아내는 물론 살아야 한다. 밍이와 나 중 한 사람은 사라져야 한다. 우리의 행복을 위해 이런 생각이 들었다. "권총을 사서 탕 하고 아빠를 쏘아 죽일 테야!" 나는 이 말을 잊을 수가 없었다.

15

어두운 밤, 밖에는 장대비가 내리고 있었다.

조그만 일로 밍이가 또 울어댔다. 아내가 얼러보았지만 소용이 없었다. 밍이는 오히려 더 크게 울어댔다.

"안 때릴 수가 없군!" 나는 초조해서 소리쳤고 아이의 뺨을 한대 세게 때렸다. 나는 자기 아이를 때린 것이 아니라 아내의 사랑을 나에게서 빼앗아간 사람을 때린 것 같았다.

"됐어요. 밤이 깊었으니 그만 때려요." 옆에서 아내가 말렸다.

"안돼. 말리지 마." 나는 분노하면서 아이를 안고 때렸다.

"아이를 때려죽일 참이에요?" 아내는 화를 내며 달려와 아이를 빼앗아갔다.

"안돼, 더 맞아야 돼!" 나는 보복하듯 말하며 아이의 궁둥이를 몇번 세게 때렸다.

아이는 엉엉 울었으나 창밖에 장대비가 후두둑 세차게 내려 울음소리가 밖으로 새나가지는 않았다.

"놔줘요! ……때리려면 나를 때려요!" 아내가 큰 소리로 울며 힘껏 밍이를 잡아당겼다.

아내가 아이를 잡아당겼지만 내가 다시 잡아당겨서 아이를 되돌아오게 했다. 나는 힘껏 아이를 때렸고 아내는 필사적으로 아이를 보호했다. 그래서 나는 더욱 화가 났다.

"오늘 이놈을 때려죽이고 말 거야!" 나는 거의 미쳐버렸다. 나는 갑자기 밍이를 안고 아래층으로 달려갔다. 나는 계속 되뇌었다. "죽여버릴 거야…… 죽이고 말 거야……"

아내가 황급히 아래층으로 내려와 울부짖었다. "애를 안고 어디로 가는 거예요?" 아내의 목소리가 떨리기 시작했다. 겁을 먹은 것 같았다.

"이놈을 죽이고 말 거야!" 아내도 잊고 나 자신도 잊어버린 채 나는 격분해서 말했다. 증오, 나는 이것밖에 생각나지 않았다. 밖에 장대비가 내리는 것도 아랑곳하지 않고 나는 문을 열고 나갔다.

아내도 따라 나왔다. 아내의 울음소리는 장대비 속으로 삼켜져버렸다. 아내는 나를 따라올 수가 없었다.

머리에 빗방울이 떨어지건 말건, 발이 물에 잠기건 말건, 아내가 쫓아오건 말건, 밍이가 울건 말건 상관없이 격정에 사로잡힌 나는 죽어라 앞으로 달려갔다. 더이상 아무 생각도 나지 않았다.

나는 두 거리를 채 못 가서 온몸이 비에 젖고 말았다. 갑자기 춥고 피곤해졌다. 나는 여전히 아이를 꼭 안고 있었다. 입으로는 "널 죽여버릴 거야"라고 되뇌었지만 나는 아이를 어떻게 해야 할지 몰랐다.

나는 어떤 상점 처마 밑에 서서 비를 피했다. 나의 마음은 점점 평온해져갔다.

아이는 이미 울음을 그친 상태였다.

나는 이마의 빗방울을 훔치고 머리를 가다듬었다. 그런 후 가로등 불빛을 이용해 손에 안은 아이를 바라보았다. 마음속으로 이제 내가 승리했다고 생각했다.

아이는 놀라서 얼굴이 파래져 있었고, 머리카락은 비에 젖어 이마에 착 달라붙어 있었다. 아이의 작은 몸이 비에 젖은 옷 속에서 오들오들 떨고 있었다. 아이는 차갑게 굳은 두 손으로 내 목을 꼭 붙잡고 겁에 질린 눈으로 내 얼굴을 바라보며 말했다.

"아버지, 잘못했어요. 이제 안 울게요. 앞으로 다시는 안 울게요. 돌아가요. 여기는 너무 추워요." 아이가 헐떡이며 가련하면서도 다정하게 두려움에 떨면서 말했다.

나는 아이의 말을 알아듣지 못한 것처럼 말없이 아이의 조그만 얼굴을 바라보았다. 이때 나의 분노는 이미 어디로 달아나버렸는지 알 수가 없었다. 주위에는 아무도 없었다. 사람 그림자도 보이지 않았다. 아이와 나 둘뿐이었다.

"아버지, 돌아가요. 엄마가 기다리잖아요. 밖은 너무 추워요. 앞으론 울지도 않고 떼도 안 쓸게요. 말 잘 들을게요."

겁먹은 아이가 띄엄띄엄 가련하면서도 다정하게 다시 말했다. 아이는 비에 젖어 차가워진 조그만 얼굴을 내 얼굴에 갖다댔다.

나는 멍한 상태로 꿈을 꾸고 있는 게 아닌가 하고 의심했다. 나는 한동안 망설이며 이 아이를 어떻게 할지를 생각했다. 그러나 나는 갑자기 깨달았다. 내 눈에서 눈물이 흘러내렸다.

나는 갑자기 나 자신을 잊은 채 밍이의 작은 얼굴을 잡고 입맞춤했다.

"밍아, 네 말이 맞다. 엄마가 기다리고 있으니 이제 돌아가자."

나도 띄엄띄엄 다정하게 말했다.

나는 아이를 품에 꼭 껴안고 집으로 향하는 길을 달렸다. 내 품속에 있는 아이는 마치 새로 발견한 보배 같았다. 내 일생에서 처음으로 아버지로서의 희열을 느꼈다. 나는 처음으로 이 아이와 나의 관계를 느꼈으며 내가 짊어져야 할 아이에 대한 책임을 느꼈다.

골목 어귀에 이르자 아내가 골목에 기대 울고 있는 것이 보였다.

"여보, 돌아왔어." 내가 부드럽게 아내 귓가에 속삭이며 손을 잡아끌었다.

"밍이는요?" 아내가 눈물로 얼룩진 얼굴을 들면서 물었다.

"여기 있잖아?" 내가 밍이를 가리키며 말했다. "얼른 들어가서 옷 갈아입혀. 온몸이 다 젖었어."

"당신도요――" 아내가 한 손으로 내 옷을 만지며 말했다. 그리고 걱정스레 물었다. "당신 정말 아이를 다치게 하지 않았나요? 정말 아이를 놀라게 하지 않았나요?"

"엄마, 집에 가요. 밖이 너무 추워요." 밍이가 말했다.

"모두 내 탓이에요――" 아내가 이렇게 말을 뱉고 나서 말을 더이상 잇지 못한 채 내 가슴에 얼굴을 묻고 다시 울기 시작했다.

결국 나는 한 손으로 밍이를 안고 다른 한 손으로 아내를 이끌며 천천히 집으로 돌아갔다.

1932년

어머니
母親

사람들은 모두 나를 고아라고 부른다.

　우리 부모님은 아주 일찍 돌아가셔서 나는 부모님의 얼굴이 분명히 기억나지 않는다. 나는 숙부의 집에서 자랐다. 숙부는 아이가 없어서 나를 아들처럼 여겼다.

　숙모는 이년 전에 세상을 떠났으며 숙부가 자주 집을 비워 머슴 하나와 어멈 한명만이 나를 돌봐주었다. 그밖에도 중년 하인이 한 명 있었는데 종종 숙부와 함께 밖으로 나다녔다. 집은 널찍했으며 작은 화원이 있었다. 나는 온종일 밖에서 놀았으나 또래 동무를 찾을 수는 없었다. 머슴과 어멈의 세계는 나 같은 아이의 세계와는 도대체 달랐다. 나는 아직 아이였지만 때때로 외로움을 느끼곤 했다.

　숙부가 내 교육을 위해 엄격한 노선생님을 모셔와 나는 매일 공부방에서 네댓시간을 보내야 했다. 선생님은 아무 소리 없이 책을 읽곤 했다. 나는 피곤한 목소리로『천자문』같은 서적에 나오는 기이한 자구들을 반복해 읽었지만, 마음속으로는 실현될 수 없는 일들을 멋대로 상상하곤 했다. "됐다. 이제 수업 끝이다"라는 선생님의 엄숙한 목소리가 들리면 나는 그제야 희희낙락하며 죄수 압송 우리 같은 공부방에서 뛰쳐나왔다.

나는 밤에 종종 꿈을 꾸었으며 꿈에 항상 선생님의 얼굴이 보였다. 그 얼굴은 온갖 기묘한 모습으로 바뀌어 나타나곤 했다. 때로는 좀 유쾌한 꿈을 꿀 때도 있었지만 그런 꿈도 공부에 의해 깨지기 일쑤였다. 꿈속에서 나는 공부를 하고 있었던 것이다. 어쨌든 내가 무서워하는 유일한 사람은 언제나 굳은 얼굴을 하고 있는 선생님이었고 내가 싫어하는 오직 한가지는 공부였다.

숙부는 온화한 사람이어서 함께 있으면 편안했다. 하지만 자주 출타 중이었고 자신은 책 한권 읽는 법이 없었지만 공부를 가장 중요한 일로 여겼다.

숙부님은 하루 종일 무슨 일을 하실까? 대체 어디에 가시는 걸까? 아무도 나에게 가르쳐주지 않았다. 나중에 나는 숙부가 연극 관람을 좋아한다는 사실을 알게 되었는데 나를 데리고 극장에 간 적도 있었다.

"린콴林冠 도련님, 새 숙모가 생겼네요." 어느날 하인이 갑자기 농담조로 말하며 익살맞은 표정을 지어 보였다.

"우리 숙모님은 이미 돌아가셨는데 어디에 새 숙모가 있다는 거야? 날 속이지 마!" 나는 불쾌하다는 듯 대답했다. 숙모는 쌀쌀맞은 여인이라 나를 키워주긴 했지만 따뜻함보다는 무서움을 느꼈었다. 내 생활이 이렇듯 외롭긴 하지만 나는 그런 숙모가 우리 집에 오는 것은 싫었다.

하인의 그 말을 나는 곧 잊어버렸다. 나는 여전히 전과 다름없는 생활을 했다. 하인의 야위고 세모난 얼굴, 어멈의 주름진 얼굴, 머슴의 원숭이 같은 얼굴, 선생님의 신상神像 같은 얼굴, 그리고 숙부의 둥글둥글한 웃는 얼굴, 그외에도 몇몇 친척의 낯선 얼굴이 있었다. 나는 세상에 이런 얼굴만 있는 줄 알았을 뿐 사람의 눈을 즐겁게 해주는 아름다운 얼굴이 있을 거라고는 꿈에도 생각하지 못했다.

머슴은 나보다 나이가 많고 아는 게 많았다. 그러나 그는 그리 총명한 것 같지는 않았다. 왜냐하면 그는 내게 수많은 말을 하고 수많은 일들을 이야기했지만 주제는 '어머니' 하나뿐이었기 때문이다. 그는 어머니를 '친엄마'라고 불렀다. 그의 이야기는 항상 어머니에 관한 것이었고 어머니를 무엇보다도 소중하게 생각했다.

그는 아주 가난했고 그의 어머니도 아주 가난했다. 그래서 그는 우리 집에 와서 머슴살이를 할 수밖에 없었다. 그의 어머니는 다른 사람 집에 가서 어멈으로 일했다. 중년의 과부인 그의 어머니는 얼굴이 그보다 더 수척했고 옷도 더 허름했다. 한달에 두번씩 아들을 보러 오는 그녀는 아들을 조용한 곳으로 불러내 이야기하곤 했다. 처음에는 아들을 어루만지며 웃다가 나중에는 껴안고 울기까지 했다. 그들은 항상 그랬다.

어쨌든 어머니와의 만남이 이 아들에겐 가장 큰 즐거움이었다. 그 즐거움은 그로 하여금 고통을 잊게 했다. 그래서 그는 종종 득의양양해 내게 말하곤 했다.

"우리 엄마가 내일 오셔."

처음에 나는 그의 이 말을 별로 이상하게 여기지 않았다. 그러나 나중에 나는 그를 심지어 부러워하기까지 했다. 왜냐하면 그는 '엄마'라고 부를 사람이 있었지만 내게는 없었기 때문이다. 특히 그가 자기 어머니의 이런저런 좋은 점을 자랑처럼 말하는 것을 들은 후, 또 그 어머니가 아들을 사랑스레 어루만지는 모습을 본 후, 나는 어머니가 없다는 것이 얼마나 슬픈 일인가를 느끼게 되었다.

이따금 그의 어머니는 새 옷이나 먹을 것을 그에게 갖다주곤 했다. 그러면 그는 항상 득의양양해하며 나에게 과시했는데, 옷 입은 모습을 내게 보여주면서 자기 어머니가 손수 지은 거라고 자랑하거나 먹을 것을 내게 나눠주곤 했다. 그럴 때마다 나는 내게는 더 멋진 새 옷과 더 좋은 음식이 있다고 거만하게 대답하곤 했다. 하지만 내 옷과 음식은 다 돈 주고 산 것이었기 때문에 마음속으로는 그에게 샘이 났다. 우리 집에는 돈이 얼마든지 있어서 돈으로 물품을 사는 것은 아주 일상적이고 쉬운 일이었다.

나는 그를 부러워하기 시작했다. 나도 이런 어머니가 있었으면 싶었다. 하지만 부러워하는 것도 소용없는 일이었다. 허공에서 어머니를 만들어낼 수는 없으니까 말이다. 나는 비록 나이는 어리지만, 사람은 한번밖에 태어나지 못하기 때문에 어머니도 한분밖에 없다는 것을 알고 있었다.

그런데 뜻밖에도 어느날 내게 어머니가 생겼다. 나는 이 어머니 덕분에 유년의 단조로운 생활에 즐거움이 더해졌고 따뜻한 나날을 보낼 수 있었다……

어느날 숙부가 나를 데리고 연극을 보러 극장에 갔다. 나는 즐겁게 숙부를 따라갔다. 귀빈석에 들어가니 다른 사람은 아무도 없었다. 우리는 자리에 앉았다. 무대에서는 무술극이 상연되고 있었는데 많은 사람들이 맨몸으로 재주넘기를 했다. 나는 난간에 엎드려 기댄 채 열심히 연극을 바라보았다.

신나게 보고 있는 중에 갑자기 어떤 여성의 소곤거리는 소리가 귀에 들려왔다. "애가 당신 조카인가요?"

내가 놀라 고개를 돌려서 보니 뒤에 서른살쯤 되어 보이는 여성이 똑바로 앉아 있었다. 그녀는 웃는 얼굴로 나를 바라보며 숙부와 이야기를 하고 있었다.

나는 멍하니 그녀를 바라보았다. 갸름한 얼굴에 가는 눈썹, 붉은 입술과 발그레한 볼을 지닌 여인이었다.

그녀는 멍하게 있는 내 모습을 보며 웃었다. 그러자 그녀의 양볼에 보조개가 파였다. 그녀는 숙부와 낮은 목소리로 이야기를 나누었다.

그녀가 웃어서 나는 좀 계면쩍었고, 동시에 이상함을 느꼈다. 그래서 숙부의 옷자락을 잡아당기며 귀엣말로 가만히 물었다. "누구예요? 친구예요?"

숙부는 웃기만 할 뿐 대답을 하지 않았다. 오히려 그 여인에게 이를 알려주었다. 그녀가 웃으며 내게 말했다. "어린애가 총명한데! 이리 와봐. 내가 천천히 알려줄게."

숙부는 나를 그녀 곁으로 보냈다. 그녀는 고개를 기울여 부드러운 손으로 내 얼굴을 어루만지더니 나를 안아 그녀의 무릎에 앉혔다. 그러자 무대가 더 잘 보였다.

그때 나는 연극 관람에만 정신이 팔려 있어서 그녀가 던지는 여러가지 질문이 연극 보는 데 방해가 되었다. 그러나 나중에 그녀는 더이상 묻지 않고 무대 위에서 상연되는 게 무슨 연극인지 자세히 설명해주어 연극이 더 재미있게 느껴졌다.

나는 그녀가 좋아지기 시작했다. 내 귀에 대고 속삭이는 그녀의 목소리는 너무나 부드러웠다. 때때로 고개를 돌려 바라보니 그녀의 볼은 발그레했고 눈빛은 부드럽고 기쁨에 차 있었다.

연극이 끝나자 우리는 모두 일어나 나갈 준비를 했다. 갑자기 그녀가 고개를 기울이면서 내 어깨를 붙잡더니 웃으며 말했다. "이제 집에 돌아가야겠구나. 오늘 나와 이렇게 오래 놀았는데 날 한번도 부르지 않았구나. 나를 뭐라고 부를래?"

나는 고개를 들고 휘둥그레진 눈으로 그녀의 얼굴을 바라보았다. 왠지 나는 자신도 모르게 갑자기 "엄마" 하고 부르고 말았다. 나중에 생각한 것인데 이는 내가 언제나 나를 보살펴주고 친절하게 대해주는 어머니가 있었으면 하고 바랐기 때문일 것이다.

"미련한 녀석, 어떻게 아무한테나 엄마라고 부르니?" 숙부가 옆에서 웃기 시작했다.

"그러지 마세요. 애가 그렇게 부르니 전 좋은데요. 애는 정말 총명해요. 애가 나를 좋아하는군요." 그녀가 내 머리를 가만히 쓰다듬었다. "내가 네 엄마가 되었으면 좋겠니?" 그녀가 웃으며 물었다. 나는 문득 그녀의 눈에서 반짝이는 것을 보았다. 그녀의 눈에 눈물이 맺혀 있었던 것이다.

나는 호칭을 잘못 부른데다 숙부 앞이라 쑥스러워 가만히 고개를 숙이고는 조그만 목소리로 그렇다고 대답했다.

그녀가 숙부 앞으로 가서 나지막이 몇마디 하자 숙부가 고개를 끄덕였다. 나는 몰래 그녀를 훔쳐보고 있었다. 그녀는 기쁜 낯으로 내 곁으로 오더니 내 손을 잡고 사람들 뒤를 따라 천천히 밖으로 나갔다.

"네 숙부님께 말해두었으니 우리 집에 놀러 가도록 하자." 극장 문을 나와 가마가 기다리고 있는 것을 보고 그녀가 웃으며 내게 말했다.

숙부를 쳐다보니 온화한 미소를 짓고 있었다. 숙부 뒤에 있던 하인이 나에게 놀리는 표정을 언뜻 지어 보였으나 나는 거들떠보지 않았다. 방금 내가 '엄마'라고 불렀던 여인이 나를 가마에 데려가 태웠다.

가마 안에서도 나는 아까와 같이 그녀의 무릎에 앉았다. 그녀는 나에게 이것저것 물으며 내 머리와 얼굴을 수시로 쓰다듬어주었다. 그녀의 손은 너무나 부드러웠고 목소리는 너무나 달콤했다. 나는 엄마 품에 안긴 것 같았다. 그녀는 내가 집에서 어떻게 지내는지, 집에 어떤 사람들이 있는지, 숙부는 내게 어떻게 대하는지, 내가 무슨 책을 읽고 있는지, 그녀 집에 놀러 가고 싶은지 물었고, 나는 하나하나 다 대답을 했다. 내 대답에 흐뭇해하며 그녀는 나를 칭찬해주었다.

얼마 지나지 않아서 가마가 멈추었다. 우리는 가마에서 내렸고 그녀가 품삯을 주자 가마꾼은 떠났다. 그녀가 말했다. "숙부님은 좀 있다가 오실 거야. 우리 먼저 들어가자." 그녀는 나를 왼쪽의 작은 마당으로 데리고 들어갔다. 우리는 조그만 화단을 지나 돌계단을 올라갔다. 마당에는 화초가 자라고 있었고 가운데에 자갈길이 나 있었다.

막 집으로 들어가려는데 안에서 하녀가 나와 그녀에게 웃으며 인사했다. 그녀가 몇마디 분부를 하자 하녀는 다른 방으로 갔다. 그녀는 나를 자기 침실로 안내했다.

시간이 아직 일러 어두워지기 전이라 방 안의 장식이 똑똑히 보였다. 가구는 많지 않았지만 잘 배치되어 있었다. 방 안은 깨끗하고 정갈하여 아주 좋아 보였다.

"여기 좀 앉아 있으렴." 이렇게 말하면서 그녀는 나를 등의자에 앉게 했다. 그녀는 탁자로 가더니 도자 항아리에서 사탕을 꺼내 접시에 담아 내 앞에 내놓으며 또 말했다. "사양하지 말고 잘 먹고 있으렴. 이따 다시 와서 놀아줄게." 그러고 나서 그녀는 뒷방으로 들어갔다. 물병을 든 하녀가 밖에서 들어오더니 뒷방으로 갔다.

나는 등의자에 앉아서 사탕을 먹었다. 하녀가 나가는 것이 보였다. 그녀가 뒷방에서 움직이는 소리가 들렸고 물 따르는 등의 소리도 들렸다. 그녀는 한동안 나오지 않았다. 사탕을 다 먹고 혼자 등의자에 앉아 있노라니 심심했다. 나는 일어나 서성거리며 탁자 위에 있는 물건들과 벽에 걸려 있는 것들을 바라보았다.

벽에 걸려 있는 그림은 우리 집에서 본 적이 있는 그림 같았다. 피리와 비파가 벽에 비스듬히 걸려 있었다. 창가 탁자에는 백자 관음이 놓여 있었다. 나는 이 관음보살을 보고 무척 놀랐다. 틀림없이 우리 집에 있던 물건이었다! 예전에 숙부의 책상에 놓여 있던 것이었다. 한동안 보이지 않더니 뜻밖에도 여기 있었다. 내 눈은 틀리지 않았다. 하얀 옷, 붉은 물병, 초록색 버들가지가 다 똑똑히 생각났다.

숙부님의 물건이 어떻게 여기에 와 있지? 나는 정말 이상함을 느꼈다. 그외에도 탁자 위에 놓인 옛날 자기로 된 큰 화병, 벽에 걸려 있는 금테 거울, 액자에 든 외국 풍경화, 그리고 전에 숙모가 쓰던 많은 물건들이 지금 다 여기에 와 있었다.

그녀는 대체 어떤 사람일까? 숙부님과 어떤 관계일까? 갑자기 하인이 했던 말이 생각났다. 그녀는 바로 나의 새 숙모일까? 이런 생각이 들자 나는 더이상 참을 수가 없었다. 뒷방 문이 열려 있고 안에 전등이 켜져 있는 것이 보였다. 나는 뒷방으로 들어갔다.

그녀는 몸에 꽉 끼는 옷을 입고 전등 밑 화장대 앞에서 한창 분을 바르고 있었다. 그녀는 고개를 돌려 내가 들어온 것을 보더니 나에게 미소를 지어 보였다. 그녀가 손짓하며 말했다. "밖에 앉아 있기가 심심했니? 사탕은 다 먹었니? 그래, 여기 와서 놀아도 돼."

나는 다소 겁에 질린 얼굴로 그녀 앞으로 다가갔다. 그녀는 덥석 내 손을 잡더니 웃으며 말했다. "가지 말고 여기에 서 있으렴. 아까 극장에서 숙부님께 내가 어떤 사람인지 물었는데, 이제 맞혀보려무나."

나는 그녀를 바라보는 게 좀 쑥스러워서 한마디도 하지 못했다. 이렇게 화장을 하고 나니 아까보다 더 예뻐 보였다. 나는 이 아름다운 얼굴을 바라보면서 자신도 모르게 과연 이렇게 아름다운 숙모가 내게 생긴 것일까 하고 생각했다.

"수줍어하는 거니? 여기서는 괜찮아. 내가 네 엄마 같은지 좀 볼래?" 입을 떼지 못하는 나를 보며 그녀가 친절히 물었다.

"이리 와봐. 머리 빗어줄게." 이렇게 말하고 그녀는 나를 안아 자신의 무릎 위에 앉히더니 내 머리를 꼼꼼히 가르고 기름을 발라 반들반들하게 빗어주었다.

거울 속에 두 얼굴이 비쳤다. 그녀의 머리와 내 머리가 바싹 붙어 있었다. 그녀는 나를 바라보며 아주 부드럽게 웃었다.

"다시 나를 엄마라고 불러봐!" 그녀가 내 귓가에 속삭였다.

"엄마! ……저는 정말 당신 같은 엄마가 있으면 좋겠어요!" 내가 감동해서 말했다.

"얘야, 정말 나한테 너 같은 아들이 있다면 얼마나 좋을지 모르겠구나! ……하지만 나는 오늘만 해도 충분히 즐거웠어. 요 근래 오늘처럼 즐거운 날도 없단다." 여기까지 말했을 때 그녀의 눈이 반짝였다. 눈가에 눈물이 맺혀 있는 것이 보였다.

"울었어요?" 내가 놀라서 그녀에게 말했다. 그리고 눈물을 닦아주려고 손을 뻗었다. 그녀가 갑자기 내 얼굴을 받쳐들더니 이마에 쪽 하고 입맞춤을 했다.

"보세요. 제 얼굴이 온통 빨갛게 칠해졌어요." 내가 연지 자국을 가리키며 말했다. 그녀가 미소를 짓더니 물수건으로 내 얼굴을 깨끗이 닦아주었다.

"자, 먼저 나가 있으렴. 네 숙부님이 곧 오실 거야." 그녀는 나를 내려놓으며 밖에서 자신을 기다리라고 했다. 그래서 나는 먼저 나왔다.

바깥방은 상당히 어두웠다. 나는 등의자에 앉아서 그녀를 기다렸다. 그녀가 나올 때 전등이 켜지며 방 안이 갑자기 밝아졌다. 그녀는 벌써 옷을 갈아입은 상태였다. 저고리와 바지의 색깔이 잘 어울렸다.

"그분은 왜 안 오실까! 너 배고프지?" 그녀가 나오며 물었다.

"아니요." 내가 짧게 대답하며 일어섰다.

"그럼 좀더 기다려보자. 넌 여기 있는 게 좀 어색한가보구나. 걱정하지 마. 좀 놀다보면 괜찮아질 거야. 네 숙부님이 오늘밤에 틀림없이 널 데리러 오실 거야." 그녀는 말을 마친 후 또다른 도자 항아리에서 간식을 꺼내 먹으라고 나한테 주었다.

그후 그녀가 웃으며 말했다. "피리 불어줄까?" 그녀는 걸상을 옮기고 그 위에 올라가 벽에 걸려 있는 피리를 꺼냈다. 그녀는 등의자에 앉은 뒤 나더러 옆에 오라고 하더니 피리를 불기 시작했다.

나는 그녀가 부는 게 어떤 곡인지 알지 못했다. 하지만 피리 소리를 들으며 그녀의 얼굴을 바라보노라니 나도 모르게 울고 싶어졌다. 나는 그녀 곁에 바싹 달라붙었다.

그녀가 한곡을 다 연주했다. 숙부는 여전히 오지 않았다. 그녀는 가만히 한숨을 내쉬더니 피리를 무릎 위에 놓고는 부드러운 눈길로 내 얼굴을 바라보았다.

"네 숙부님이 오늘밤 널 데리러 오시지 않으면 여기서 자도록 해. 괜찮지? 무섭지 않겠지?" 그녀가 웃으며 내게 물었다.

"당신만 있으면 전 무섭지 않아요." 나는 솔직하게 대답했다.

"정말 총명하구나. 정말 내 동생 같아." 그녀는 나를 안고 내 머리를 쓰다듬어주었다. 얼마 후 그녀가 갑자기 내게 물었다. "너 비파 연주 듣고 싶니?"

나는 비파가 벽 높은 곳에 걸려 있는 것을 보고 말했다. "오늘밤에는 연주하지 마세요. 저에게 옛이야기를 해주세요." 나는 피리를 만지고 놀았다.

"옛이야기? 나는 한동안 옛이야기를 해본 적이 없어. 동생과 함께 살던 때 외에는— 지금은 다 잊어버렸구나." 그녀의 목소리가 점점 바뀌어갔다. 그녀는 급히 말문을 닫더니 가만히 한숨을 내쉬었다.

"동생이 있다고요?" 내가 놀라서 물었다.

"그럼, 나도 동생이 있지. 얼굴이 너랑 비슷하게 생겼단다." 그녀가 나지막이 말했다.

"지금 어디 있나요?"

"몰라. 너처럼 나도 모른단다."

"어떻게 자기 동생이 있는 곳도 몰라요?" 나는 그녀의 대답을 이해하지 못했으며 그녀가 눈물을 흘리는 게 이상해 보였다.

"몰라."

"그럼 죽었나요?"

"몰라." 그녀가 비통한 목소리로 말했다. "내가 떠나올 때 그애는 여덟살도 채 안되었어…… 그때 아버지가 막 돌아가셨는데 어머니는 아버지 시신을 매장할 돈도 없어서 다른 사람 말을 듣고 나를 부잣집에 하녀로 팔았단다. 그때부터 나는 엄마랑 동생과 헤어지게 되었지……"

"그뒤로 그들을 본 적이 있나요?" 내가 물었다.

"한번도 보지 못했단다." 그녀는 손수건을 꺼내 눈을 닦으며 말했다. "당시 나는 열네살도 채 안되었어. 공관에서 몇년간 일을 하다가 나중에 도련님에게 속아 나쁜 사람에게 팔려갔단다……" 그녀는 한숨을 내쉬더니 잠시 멈추었다가 말을 이어나갔다. "몇해 동안 고생하다가 네 숙부님을 만나게 되었단다. 그분은 나한테 아주 잘해주셨지. 나는 죽을 때까지 그분을 따를 거야. 내 몸값을 치러주셨거든."

"내가 동생과 헤어질 때 동생은 바로 네 또래였단다. 생김새도 너랑 닮았지." 그녀는 다시 한숨을 내쉬고서 말을 이었다. "하지만 이제 벌써 십이삼년이 흘렀구나. 그애가 아직 이 세상에 살아 있는지 어떤지 나는 모른단다. 어머니가 살아 계신지 어떤지도 모르고…… 네 숙부님과 함께 지낸 후로 종종 네 이야기를 들었어. 나는 그분에게 네 사진을 좀 보여달라고 했지. 네 사진을 보니 내 동생이 생각나더구나. 볼수록 내 동생 같다는 생각이 들어 네 숙부님께 널 좀 데려와달라고 부탁했단다. 오늘에야 널 만날 수 있게 되었구나. 나는 네 사진을 몸에 지니고 다녔단다!" 그녀는 옷 속에서 타원형 금목걸이를 꺼냈는데 목걸이는 목에서 가슴까지 늘어뜨려져 있었다. 목걸이 안에는 과연 아이의 사진이 들어 있었다. 그것은 작년에 내가 숙부와 함께 찍은 사진이었다. 사진 속의 나는 숙부 무릎 앞에 서 있었다. 숙부 방에는 이것을 확대한 사진이 걸려 있기도 하다.

나는 멍하니 사진을 보다가 금목걸이를 손으로 만지작거렸다.

"네 기분을 상하게 한 건 아니겠지? 네가 내 동생 같았거든." 그녀가 내 귓가에 부드럽게 속삭였다. 잠시 후 그녀가 말했다. "가엾은 내 동생, 사진 한장도 없으니 나에겐 그앨 기념할 만한 물건 하나 없구나."

그녀는 더이상 참을 수가 없어서 나를 안고 내 얼굴에 자기 얼굴을 갖다대고 흐느끼기 시작했다. 그녀의 몸이 몸서리치듯 가만히 떨렸다.

나도 그녀와 함께 울었다. 나는 그녀를 꼭 안아주었다. 그녀를 위로해주고 싶었지만 별다른 말이 나오지 않아 다만 애처롭게 "엄마" 하고 불렀을 뿐이다.

그녀는 정신이 든 듯 갑자기 나를 밀어내고 일어났다. "이제 네 숙부님이 오실 것 같아." 그녀는 손수건으로 내 눈물을 닦아주면서 말했다. "방금 일을 네 숙부님께 말하면 안돼!"

"말 안할게요. 다른 사람에게 절대로 말하지 않을게요." 내가 고개를 끄덕이며 대답했다.

"자, 넌 여기 앉아서 놀고 있으렴. 난 뒷방에 가서 세수 좀 하고 올게." 그녀가 나에게 다정하게 말했다. 그녀의 얼굴을 바라보니 연지와 분이 범벅이 되어 있었다.

그녀가 뒷방으로 들어간 후 밖에서 발자국 소리가 났다. 숙부의 기침소리가 들리더니 문을 열고 들어온 사람 역시 숙부였다. 하인이 뒤따라 들어오며 몰래 나를 놀리는 표정을 또 지었다.

"여기서 잘 놀고 있었니?" 숙부가 웃으며 물었다.

"예." 나는 일어나서 짤막하게 대답하고는 뒷방으로 들어갔다.

숙부가 내 얼굴의 눈물자국을 볼까봐 두려웠던 것이다.

뒷방으로 들어가니 그녀는 분을 바르고 있었다. 그녀는 곧 화장을 마치고 내게 미소를 지으며 나지막이 말했다. "왔구나." 그녀는 물수건을 짜서 내 얼굴을 닦아준 후 내 손을 잡고 바깥방으로 나왔다.

그녀는 숙부에게 인사를 하고 왜 이렇게 늦었는지 물었다. 숙부는 그녀에게 변명을 주절주절 늘어놓았다. 다른 사람이 자신에게 식사 대접을 했으며 두번째 요리가 나왔을 때 오려고 했으나 주인에게 붙잡혀 이제야 왔다는 것이다.

나이 든 숙부가 이렇게 조심스레 변명하는 것을 보고 나는 자신도 모르게 웃음이 나왔다. 여기서의 숙부와 집에서의 숙부는 전혀다른 사람 같았다. 여기서의 숙부가 훨씬 젊어 보였다.

곧 이곳의 하녀와 숙부의 하인이 들어왔다. 그들은 탁자를 놓더니 술과 음식을 차렸다. 우리는 식사를 하기 시작했다.

조그만 사각 탁자가 방 한가운데에 있었고 그녀와 숙부는 마주보고 앉았다. 나는 그녀 옆에 바싹 붙어 앉았다. 그녀와 숙부는 천천히 술을 마셨고 나는 식사를 했다. 그녀는 나를 '동생'이라고 불렀고, 나한테 다정하게 말을 건네며 세심하게 돌봐주었다. 그녀는 나를 자주 바라보았고 나도 그녀를 자주 쳐다보았다. 이때 그녀는 웃고 떠들며 아주 즐거워 보였다. 그래서 숙부는 그녀가 방금 눈물을 흘리며 이야기했다는 것을 알아채지 못했다. 그녀가 유쾌한 것을 보니 내 마음은 더욱 기뻤다. 나는 당시 그녀가 왜 아까는 그렇게 비통하게 자신의 괴로움을 털어놓고 지금은 이렇게 즐겁게 자신의 삶을 누리는지 이상하지 않았다. 왜냐하면 울다가 웃고, 웃다가 우는 것은 아이에게는 아주 일상적인 일이었기 때문이다.

식사를 마치고 시간이 늦어지자 숙부는 하인을 불러 나를 집에 데려다주라고 했다. 숙부는 좀 있다가 집에 가겠다고 했다. 그녀는 아쉬워하면서 나를 가마에 태웠다. 그리고 자신을 잊지 말고 종종 자기 집에 놀러 오라고 내 귓가에 부드럽게 속삭였다. 나는 그러겠다고 대답했다. 나는 또다시 그녀를 "엄마"라고 부르며 떠나기 아쉬운 표정을 드러냈다.

집에 돌아온 후 하인이 나를 놀려댔다. 숙부님은 오늘밤 돌아오시지 않을 것이며 자주 거기에 머무신다고 했다. 하지만 나는 그것을 더이상 이상하게 생각하지 않았으며, 그녀가 오늘 내게 한 말들을 발설하지도 않았다.

이제부터 나에게는 어머니가 있다. 그렇다. 나에게도 어머니가 있다고 나는 종종 우쭐해하며 생각하곤 했다. 나는 자주 그녀의 집에 갔으며 거기서 많은 과자와 사랑과 격려와 보살핌을 받았다. 집에 돌아와서도 나는 삶이 외롭다거나 무미건조하게 느껴지지 않았다. 나는 더이상 친엄마가 있는 머슴을 질투하지 않았다.

그녀는 내게 많은 것을 가르쳐주었으며 행복한 나날을 보낼 수 있게 해주었다. 나는 대략 삼년 동안 계속 그녀의 사랑과 보살핌을 받았다. 그 삼년간의 생활은 이후 나의 지능 발전에 큰 도움을 주었다.

그러나 갑작스럽게 찾아온 재난이 나에게서 그녀를 빼앗아가버렸다. 그것은 바로 숙부의 사망이었다.

숙부가 사망하자 곧 많은 친척들이 숙부의 장례를 치르고서 숙부의 재산을 처분해버렸다. 나는 그들에게 감시당하고 교육받으면서 아무런 자유도 누릴 수 없었다. 하인도 그들에게 해고당했다. 아무도 나를 그녀 집에 데리고 가지 않았다. 설사 누군가가 나를 데리고 가려고 해도 나는 외출할 자유가 없었다. 그때 나는 열살 남 짓한 아이에 불과해 반항할 줄 몰랐고 반항할 방법도 없었다.

많은 세월이 지난 오늘에 이르러 나는 이미 가정의 속박에서 해 방되었으며 상당한 자유를 누리고 있다. 게다가 나는 벌써 건장한 청년으로 성장했다. 나의 첫번째 생각은 바로 그 어머니를 찾아서 그녀와 함께 예전처럼 행복한 나날을 보내는 것이었다. 나는 그녀 가 내게 베풀어준 보살핌에 보답하고 싶었다. 그러나 어디 가서 그 녀를 찾는단 말인가? 그녀가 예전에 살았던 거리를 나는 몇번이나 가보았는지 모른다. 나는 종종 그 거리를 배회하곤 했다. 하지만 그 거리는 이미 넓은 신작로로 변해버렸다. 그녀가 살았던 집 부근의 공관도 이미 한줄로 늘어선 높고 큰 양옥으로 바뀌었고 그 집은 장 사가 잘되는 양품점이 한창 들어서고 있었다.

옛 삶은 새로운 세력에 의해 소탕되어버렸다. 그녀 같은 사람은 분명 이 시대에 삶의 기회가 없을 것이다. 그런데 그녀는 지금 도 대체 어떻게 되었을까? 도대체 어떤 사람과 함께 생활하고 있을 까? 그녀는 도대체 살아 있을까, 아니면 이미 세상을 떠났을까?

이런 문제들에 대답하는 건 어렵지 않다. 내가 알기로 그녀와 같 이 연약한 여성은 지금까지 살아 있지 못하며, 살 수 있는 기회도 없을 것이다. 하지만 한때 내 어머니였던 사람이 사라져버린 것에 대해 나는 연민과 비통함을 금할 수가 없다. 게다가 불합리한 사회 제도에 의해 일생 동안 시달린 그녀의 비참한 '운명'을 생각하니 분노와 저주를 금할 수가 없다.

나는 그녀가 이러한 '운명'을 받아들인 유일한 사람이 아니라는 걸 알고 있다. 그녀 이전에 이미 그녀와 같은 사람은 많았고 그녀 이후에도 그녀와 같은 사람은 틀림없이 많을 것이다. 왜냐하면 불합리한 제도는 너무나 잔혹하고 연약한 여성은 너무나 많기 때문이다.

그런 연약한 여성들에게 연민을 느끼며 나는 이 불합리한 제도를 저주한다.

이를 위해 나는 계속 살아가야 할 것이다.

1932년 가을 톈진에서

귀향
還鄉

1

바람 한점 없는 날씨다. 나무조차 쥐 죽은 듯 고요하다. 유월의 날씨는 푹푹 쪄서 사람을 숨도 못 쉬게 만든다. 하늘 높이 떠 있는 태양이 탕징唐敬의 하얀 차양 모자 위로 그대로 내리쬔다. 호리호리한 체구의 탕징은 뜨거운 햇살에 몸이 벌겋게 달구어져 이마에서 땀방울이 줄줄 흘러내린다. 그는 수시로 손수건을 꺼내 자신의 이마를 닦았다. 그의 왼손에는 등나무 바구니가 들려 있었다. 메마른 땅은 그의 피로한 발 아래서 헐떡이며 열기를 뿜고 있었다. 그러나 그는 걸음을 멈추지 않고 곧장 앞으로 걸어갈 뿐이었다.

탕징은 갈색의 여윈 얼굴에 빛나는 두 눈을 가진 스물 몇살의 젊은이였다. 이 지방은 그의 눈에 익숙한 곳이었다. 푸르게 펼쳐진 논과 누런 흙, 리치 나무와 강물이 다 그의 친구였다. 맞은편 산에 있는 탑도 변함없이 서 있었다. 탑 아래에 있는 마을이 바로 그의 고향이었다. 그는 육년 만에 고향으로 돌아오는 길이었다.

고향은 그를 매료시키는 어떤 힘이 있는 듯했다. 지난 스물몇해의 삶은 땅에 뿌리를 박고 자라는 등나무처럼 그의 마음을 옭아맸다. 바다를 건너고 산을 넘어 육년간 타향에서 살았지만 기다란 등나무 뿌리가 단단히 얽혀 있는 것처럼 그의 마음은 여전히 고향에 묶여 있었다. 그래서 그는 마침내 고향으로 돌아온 것이다.

몸은 피곤했지만 마음은 즐거웠다. 낯익은 진흙길을 밟을 때 흙덩이에서 나는 향기가 콧속으로 솔솔 풍겨오자 그는 온몸이 떨릴 정도로 기뻤다. 이것은 꿈이 아니었다. 그는 이 고향 마을을 떠났지만 이제 다시 돌아온 것이다. 고향의 나무 한그루, 지저귀는 새소리, 개 짖는 소리, 사투리 한마디에도 그는 얼굴에 만족스러운 미소를 지으며 수많은 추억을 떠올렸다. 그는 이 마을에서 자라 이 마을의 피가 그의 혈관에 흐르고 있고 고향이 그를 부르는 것 같았다. 이 부름에 그의 피가 끓어올랐던 것이다.

그는 한걸음 한걸음 탑 쪽으로 다가갔다. 탑 상단에 있는 오층문이 보였다. 예전에 그는 늘 이 탑의 꼭대기까지 오르곤 했다. 그의 고향은 탑 아래에 있고 산등성이를 넘으면 바로 그의 집이 나온다. 모든 것이 다 선명하게 기억났다. 모든 것이 옛날 그대로인 듯했다. 심지어 나무조차 예전과 마찬가지로 푸르렀다.

강가에 다다른 그는 커다란 용수나무 아래에 서서 배를 기다렸다. 마침 배가 맞은편에서 오고 있었다. 향민 몇명이 짐을 옆에 놓고 나무 그늘 아래에서 쉬고 있었다. 모든 게 예전과 다름없었다. 그는 그 사람들의 얼굴을 알 것만 같았다. 그들은 웃으며 이야기를 나누고 있었다. 그들이 쓰는 이 사투리는 전부터 아주 익숙한 것이었다. 그는 이 사투리와 헤어진 지 벌써 여섯해가 지났다. 이제 다시 귓가에 들려오는 이 사투리가 그에게는 몹시도 다정하게 느껴졌다.

어머니의 살진 얼굴과 형의 세모난 얼굴이 떠올랐다. 친숙한 이 두 얼굴이 떠오르자 저절로 미소가 지어졌다. 어머니와 형은 오늘 그가 도착하리라고는 예상도 못할 것이다! 그는 서너달 전에 형에게 편지를 써서 집에 돌아갈 것이라고 했지만 그후 편지를 보내지 않았다. 그러니 그가 오늘 집에 올 줄 어떻게 알겠는가?

배가 강가로 다가왔다. 향민과 농촌 아낙네 몇명이 뭍으로 올라왔다. 다른 향민 몇명이 배를 타기 위해 내려갔다. 그는 그들 틈에 끼여 갑판에 서서는 배가 뭍에서 멀어지는 걸 바라보았다. 얼마 지나지 않아 그는 맞은편 땅을 밟게 되었다.

그는 이제 고향 마을에 도착한 것이다. 구불구불한 작은 길을 따라 집으로 가는 길가에는 해바라기가 죽 심어져 있었고 리치 나무도 있었다. 리치 나무에는 붉은 열매가 푸른 잎 밑으로 주렁주렁 매달려 있었다. 리치는 이미 익어 있었다. 예전에 그가 집을 떠난 때도 이렇게 리치가 익을 무렵이었다.

그는 작은 길을 성큼성큼 걸어갔다. 이미 두 모퉁이를 돌았는데 사람을 한명도 만나지 못했다. 하지만 그는 그 망루 건물을 보았다. 높은 흰색 건물의 꼭대기가 보였는데 한채밖에 없었다. 그는 다시 찾아보았으나 다른 하나는 보이지 않았다. 계속 걸어가는데 좀 이상했다. 그는 당시 각 세대별로 분담금을 내어 수만 위안을 들여 망루 건물 두채를 짓는 것을 자신의 눈으로 보았던 것이다. 그런데 뜻밖에도 이 일을 주도한 사람은 축재를 했고 아무도 감히 나서서 말하는 사람이 없었다. 두 망루 건물은 가까이 있었고 이 마을에 들어서면 가장 먼저 보이는 것이 이 두 망루 건물이었다. 두 망루 건물은 많은 사람의 고혈을 짜낸 것이어서 마을 사람들은 잊을 수가 없었다.

망루 건물 한채는 사라진 게 틀림없었다. 왜일까? 이런 의문이 가슴속에서 피어올랐다. 그는 작은 사당 앞을 지나가게 되었다. 사당 앞에는 많은 사람들이 웃통을 벗고 나무를 자르고 있었다. 용수나무 한그루가 이미 베어져 미끈한 뿌리 쪽만 남아 있었다. 다른 용수나무의 둥치에도 이미 도끼 자국이 나 있었는데 아직 넘어지지 않아서 마을 사람 두명이 돌아가며 도끼질을 하고 있었다.

그는 옆에 서서 한참 동안 바라보다가 의혹이 생겨 참지 못하고 물었다. "친구들, 이 나무를 어디에 쓰려고 자르는 거요?"

그들은 도끼질을 멈추고 이상하다는 듯 그를 바라보았다. 그가 외부에서 막 돌아온 사람이라는 것을 알아차린 듯 그중 한명이 대답했다. "탕唐 촌장님이 여기에 양옥을 짓는대요."

"탕 촌장님?" 그는 의문이 들어 물었다. 탕시판唐錫藩은 아닐 거라고 속으로 생각했다.

"탕 촌장님, 탕시판 촌장님요." 한 사람이 대답했다.

탕시판, 그 사람을 그는 안다. 지금도 촌장을 하다니! 그 사람은 이 마을에서 여러해 동안 촌장을 하고 있다. 예전엔 돈이 없었는데 이제 양옥을 지으려 하다니!

탕징은 이런 생각을 하자 즐거웠던 기분이 점차 사라지고 암담해지기 시작했다. 그는 더이상 묻지 않고 곧장 앞으로 걸어갔다. 집에 도착하면 모든 걸 알 수 있을 거라고 믿었다.

길은 변한 게 전혀 없어 그에게 아주 익숙했다. 도중에 마을 사람들을 만났는데, 남녀노소 모두 호기심 어린 눈빛으로 그를 바라보았다. 그들은 그가 누구인지 몰랐고 그도 그들을 알지 못했다. 한적한 길목에 대여섯명의 마을 사람들이 모여 긴장한 표정으로 무언가를 소곤소곤 의논하고 있었다.

망루 건물 옆을 지나면서 보니 한채는 여전히 우뚝 서 있었고 다른 한채는 주춧돌만 남은 채 철거되어버렸다.

그는 좀 번화한 거리로 들어섰다. 돼지가 길 위를 달리고 있었다. 자갈길 옆에 웅덩이가 있었는데 그 속의 많은 오물들이 하루종일 햇볕을 받아 코를 찌르는 악취를 풍겼다.

변했구나! 많은 것들이 변했어! 탕징은 이 마을에서 자신이 완전히 낯선 사람이 되어버린 느낌을 지울 수가 없었다.

"어이, 징, 너니?" 거친 목소리가 그의 귓속으로 들어오면서 누군가가 그의 어깨를 꽉 움켜쥐었다.

그는 놀라서 그 사람을 바라보았다. 앞에 있는 광둥산 비단옷을 입은 중년 사내는 바로 그의 형 탕이唐義였다. 탕이가 웃으며 말했다. "돌아왔구나! 과연 돌아왔어! 용케 거리에서 널 만나다니! 정말 우연이군!"

"형, 한눈에 날 알아보았네! 난 형을 못 봤는데." 탕징이 기뻐하며 형의 손을 꼭 붙잡았다.

"당연히 널 알아보지. 네가 어디를 쏘다니든 내가 길에서 만나기만 하면 넌 내 눈을 벗어나지 못해!" 득의양양하게 말하는 탕이의 세모난 얼굴에는 웃음이 가득했다. 그의 눈도 탕징처럼 빛났다.

"징, 마침 잘 왔다! 날 도와줄 사람이 필요했어. 우리는 요 며칠 열심히 일하는 중이었거든!" 탕이가 이어서 말했다. 가슴속에 있는 말을 동생에게 당장 다 쏟아내지 못해 아쉬운 그런 표정이었다.

"무슨 일? 무슨 일을 하고 있어? 망루 건물 한채는 왜 철거해버렸어?" 탕징은 형의 알 듯 모를 듯한 말을 자르고 말했다. 이때 다시 망루 건물이 떠올랐던 것이다.

"망루 건물? 그거야 탕시판이 장난친 거지! 풍수가 안 좋아서 그 망루 건물을 철거해야 한다며 또 수천 위안을 썼어! 탕시판은 그러면서 적잖이 챙겼지. 제미!" 이렇게 말하며 탕이가 땅바닥에 가래를 뱉었다.

"그자가 지금 양옥을 지으려 하고 있어." 탕징이 냉소를 지으며 말했다.

"양옥뿐만 아니라 올해 첩을 둘이나 들였단다!" 탕이의 안색이 바뀌며 눈썹이 움찔하더니 눈에 불이 이글거렸다. "그자는 오랫동안 촌장을 하며 돈을 긁어모았어! 이번에 꼭 그자를 작살내야 돼! 우리는 지금 그자와 대결하고 있어! 너 정말 잘 왔다!" 그는 이렇게 말하고는 탕징의 어깨를 세게 쳤다.

"집에 가자. 널 보면 어머니가 기뻐하실 거야. 네가 오랫동안 돌아오지 않는다고 넋두리하셨거든. 이것밖에 없니? 짐은? 자, 내가 들게." 그는 탕징의 손에서 등나무 바구니를 받아들었다.

"짐은 시내에 있어. 당장 필요 없으니 며칠 있다 가져올게."

"그럴 필요 없어. 리씨의 배가 매일 저녁 시내에 들어가니 그에게 가져오라고 하면 돼. 짐이 어디 있는지만 알려줘."

형제는 어깨를 나란히 하고서 거리를 지나 왼쪽 골목길로 들어섰다. 왜소한 체구의 사내가 그들 뒤를 따라갔으나 그들은 알아차리지 못했다. 사내의 얼굴은 괴상하게 생겼으며 거동이 조심스러웠고 저고리 허리춤 밑으로 딱딱한 물건이 튀어나와 있었다.

2

셋째 날은 음력 12일이었다. 15일이 촌장 선거일이었다. 새벽에 한바탕 비가 내렸고 오후가 되어서야 태양이 구름 사이를 뚫고 나왔다. 날씨는 평소보다 좀 서늘했다.

탕이와 탕징은 집에서 어머니와 함께 점심식사를 했다. 식탁에서 막 떠나려는데 갑자기 밖에서 한 젊은이가 뛰어들어와 씩씩거리며 탕이에게 말했다. "큰형님, 빨리 가요. 사람들이 사당에서 형님을 기다리고 있어요! 구區 사무소에서는 벌써— 선거 준비위원을 파견했대요. 둘 다 탕시판 사람이에요." 탕잉唐英이라는 이 젊은이는 탕이의 고향 동생으로 최근에 이 마을의 소학교 교장이 되었다.

탕이는 미간을 찌푸리더니 안색이 변했다. 그가 갑자기 일어나면서 말했다. "징아, 가자!" 세 사람은 집을 나섰다.

사당 안은 벌써 마을 사람들로 가득 차 있었다. 소학교 학생들은 거기서 중구난방으로 떠들다가 탕이 등이 들어오는 것을 보고 몇몇이 흥분해서 말했다.

"큰형님, 탕시판이 또 술책을 부렸어요! 또 그 두명의 준비위원이에요! 해마다 그들이에요! 우리는 동의할 수 없어요!" 탕이는 서른 몇살밖에 되지 않았지만 모두들 탕이를 큰형님이라 불렀다.

"이번에 탕시판을 촌장으로 뽑아선 절대 안돼요! 우리는 반드시 그자에 맞서야 해요!" 나이 지긋한 마을 사람이 일어나더니 탕이 옆으로 다가왔다. 화가 난 그는 자기 가슴을 치며 말했다. "이번엔 더이상 참을 수 없어! 우릴 이렇게 오랫동안 괴롭혀왔는데 모두들 감히 한마디도 못하다니! 이번엔 내 목숨이라도 바치겠어!"

"이 어르신 말씀이 맞아요! 이번엔 반드시 탕시판을 타도해야 해요!" 탕이가 사람들에게 큰 소리로 말했다.

"모두들 두려워하지 마세요. 기억합시다. 15일을 흘려보내지 맙시다! 선거표를 우리가 꼭 확인하도록 합시다! 어떤 선거가 그를 촌장으로 만드는지 꼭 밝혀내야 합니다!" 탕이가 제단 위로 뛰어올라가서 말했다.

"제미! 누가 그를 촌장으로 뽑겠어!" 사람들이 아래서 호응했다.

"큰형님, 조심해야 돼요. 탕시판은 자신이 촌장 되는 것을 형님이 반대하면 사람을 시켜 형님을 총으로 쏘아 죽이겠다고 밖에서 사람들에게 말했어요!" 밖에서 새로 들어온 마을 사람이 제단 앞으로 다가와 굳은 표정으로 탕이에게 말했다. 목소리가 커서 다른 사람들에게도 다 들렸다.

"흥, 날 쏘아 죽이겠다고?" 탕이가 제단 위에 서서 냉소를 지으며 말했다. 그는 옆에 있는 탕징이 자신을 걱정하는 것은 생각하지도 않았다. "내가 어린애도 아닌데 무서워할 줄 알아?"

"그가 감히 시비를 거니 우리가 먼저 그를 처치해버립시다!" 아래에서 많은 사람들이 일제히 소리쳤다.

"어르신 여러분, 형제 여러분, 기억합시다. 탕시판은 우릴 속여왔습니다. 그는 해마다 선거를 독단적으로 치렀습니다……" 탕이가 말했다.

"네미!"

"우리가 먼저 그를 타도합시다!"

"타도하자! 탕시판을 타도하자!"

"탕시판을 타도하자!"

"우리 마을은 도합 백이십오리인데 우리 쪽이 백리를 차지하고 있습니다. 우리는 그에게 투표한 적이 없는데 그가 선거표를 다 써서 우리가 그를 촌장으로 뽑았다고 포고했습니다. 해마다 똑같았습니다! 그자는 마을 돈을 틀어쥐고 대부분 자기 주머니에 넣었습니다······" 탕이가 말을 계속했다.

"옳소! 그자가 우릴 속여왔소."

"그는 현청과도 결탁되어 있어요. 그저께도 현청 사람들에게 식사 대접을 했어요."

"네미! 그는 매년 우리 마을의 돈을 모두 현청에 갖다주었어요."

"그는 팔자가 늘어졌어요. 올해 첩을 둘이나 들였어요."

모두들 중구난방으로 발언을 해댔다.

"여러분의 말이 맞습니다. 그 작자는 촌장질을 해서 재산을 긁어모았습니다. 올해 첩을 둘이나 들였고 지금은 양옥까지 짓는 중입니다. 밭을 경작하는 것도 아니고 장사를 하는 것도 아닌데 그자의 돈이 어디서 나왔겠습니까? 생각해보십시오······!" 탕이가 말을 계속했다.

"탕시판을 타도하자!"

"탕시판을 타도하자!"

"악덕 유지 탕시판을 타도하자!"

사람들이 밖에서 사당으로 들어왔다.

"무슨 일이야? 무슨 일이야?"

"강연대가 돌아왔다!"

"우리의 강연대가 돌아왔다!"

십여명의 청년이 들어왔다. 손에는 흰 종이를 붙여 만든 작은 깃발이 들려 있었는데 몇개는 이미 찢어져 있었다. 모두들 뛰어오느라 숨을 헐떡거렸다. 흰 제복은 말할 것도 없고 머리와 얼굴까지 모두 흙탕물투성이였다. 이 청년들은 모두 이 마을 소학교 학생들이었다. 이들은 이번 선거를 위해 여기저기 돌아다니며 탕시판이 해마다 독단적으로 해온 선거의 흑막을 폭로하는 강연을 하고 있었다.

이 청년들의 낭패한 모습을 보고 이들이 무슨 일을 당했는지 모르는 사람들은 놀라 쳐다보았다. 너도 나도 질문을 해서 웅성거리는 목소리가 가득했다.

학생들이 제단 앞으로 나아갔다. 그들은 얼굴이 시뻘겋게 달아오른 채 한마디도 하지 못하고 서 있었다. 그중 한 사람이 나서서 헐떡이는 목소리로 설명했으나 무슨 말인지 알아들을 수가 없었다.

"천천히 말해봐. 무슨 일을 당했어?" 탕이가 큰 소리로 물었다. 그의 얼굴은 온통 땀으로 흠뻑 젖어 있었지만 두 눈은 여전히 빛나고 있었다.

"탕시판의 앞잡이가 우릴 쫓아냈어요……!"

"강연을 하고 있는데 그놈들이 위층에서 흙탕물을 퍼부었어요. 머리랑 몸에다가요."

"탕시판의 앞잡이들이 여기저기서 시비를 걸고 싸움을 걸어왔어요. 우리는 수가 적어 하는 수 없이 도망쳤어요!"

학생 몇명이 앞다투어 말했다. 그들은 제복을 벗고 손수건을 꺼내 이마의 땀을 닦았다.

이 소식은 마을 사람들을 아주 흥분시켰다. "우리 강연대가 탕시판에게 당했다! 토호에게 맞았다!" 많은 사람들이 거친 목소리로 외쳤다.

"어르신 여러분, 형제 여러분, 우리 강연대가 탕시판에게 당했습니다! 그자는 우리 마을의 돈을 다 강탈해갔고 우리의 입을 막아왔습니다! 여러분, 어떻게 해야겠습니까?" 탕이가 두 눈을 부릅뜨고 큰 소리로 물었다.

"다시 강연하러 갑시다! 다시 강연대를 파견합시다!"

"그자는 틀림없이 또 사람을 보내 우리를 궁지에 빠뜨릴 겁니다. 다음번엔 더 심하겠지요." 겁에 질린 표정으로 한 학생이 말했다.

탕이는 형형한 눈길로 흥분한 마을 사람들을 바라보았다. 탕징도 마을 사람들을 바라보았으나 탕이와는 달리 아직 그들의 성격을 잘 알지 못했다. 비록 그들과 함께 자랐고 몸속에 같은 피가 흐르고 있지만 그는 그들을 떠나 산 지 육년이나 되었다. 이 육년 동안 그는 전혀 다른 환경에서 지냈던 것이다.

"가자! 우리가 보호해줄게!"

"우리가 보호해줄게. 걱정 마. 싸움을 걸어오면 끝까지 겨뤄보자!"

"우리 모두 함께 가자! 네미! 탕시판이 뭐 그리 대단한지 볼까?"

모두 앞다투어 말했다. 가슴을 두드리며 욕을 내뱉는 사람들도 있었다.

"공정한 선거가 될 수 있도록 몇 사람을 파견해 준비위원을 만나게 합시다. 예전처럼 탕시판이 독단적으로 하게 놔두지 말고 촌장을 우리 손으로 뽑읍시다! 예전에 우리는 탕시판이 하고 싶은 대로 하도록 놔둔 채 우리 자신의 일인데도 참견하지 않았습니다. 그래서 탕시판의 간이 나날이 커져갔습니다…… 그자는 우리를 바보처럼 취급했습니다……" 탕이가 말했다.

"준비위원은 다 탕시판 쪽 사람들이에요! 그들은 절대 우릴 도와주지 않을 거예요!"

"우리는 벌써 여러번 준비위원에게 속았어요! 네미!"

"야비한 놈들, 그들은 돈 있는 사람들한테만 붙어먹는 놈들이에요. 탕시판이 그들에게 해마다 많은 돈을 준대요!”

모두들 앞다투어 의견을 발표했다.

“무서워할 것 없어요! 우리는 수가 많고 거의 백리를 차지하고 있잖아요! 방법을 강구해봅시다! 그들에게 줄 돈은 없지만 이 주먹과 힘이 있잖아요!” 탕이가 제단 위에 서서 소리쳤다. 그의 눈이 이글이글 불타올랐다.

“옳소! 그 야비한 놈들에게 주먹맛을 보여줍시다!”

“큰형님, 잉쯧 선생님, ××, ××…… 등을 대표로 뽑아 준비위원과 교섭하게 합시다.”

열몇명의 이름이 거론되었으나 결국 여덟명이 대표로 결정되었다. 탕이와 탕잉도 그 안에 포함되었다.

사람들이 잇따라 흩어졌다. 일부 사람들은 강연 나가는 학생들을 보호하러 갔다. 탕이와 다른 대표들은 사당에 남았다. 그들은 곧장 두 준비위원을 만나러 가기로 했다.

“징아, 네가 보기에 우리 일이 어떻게 될 것 같으냐? 탕시판도 이번에는 분명 우릴 당해낼 수 없을 거야!” 탕이가 득의양양해서 미소를 지으며 말했다.

“하지만 형도 조심해야 돼. 탕시판은 만만하게 볼 사람이 아니야!” 탕잉이 걱정스러운 목소리로 말했다.

“뭐가 두려워! 그자가 머리 세개에 팔 여섯개 달린 괴물도 아닌데! 너는 타향살이를 육년간 하더니 담력이 줄어들었구나. 얼른 집에 돌아가봐라.” 탕이가 말하며 하하 웃음을 터뜨렸다.

얼굴이 붉어진 탕잉은 양미간을 살짝 찌푸리며 사당을 나왔다. 길에서 그는 마을 사람들을 보았다. 그들은 네댓명씩 무리를 지어 격렬하게 토론을 하고 있었다. 그는 의혹의 눈빛으로 그들을 바라보았다. 그는 충분히 이해가 되지 않았다.

3

마을 주민 대표가 시내에서 선거 준비위원을 만났다. 또 그 교활한 두놈이었다! 해마다 그들이었다. 그들은 매번 마을에 올 때마다 탕시판 집에서 식사 대접을 받고 돈을 얻어갔다. 참 수지맞는 장사였다. 지금 그들은 시내로 가서 시간을 죽이고 있었다.

연등[1] 옆의 '금연실' 침대에서 아편에 중독된 그 두명의 말라깽이는 아편 담뱃대를 내려놓고 천천히 일어나 앉은 뒤 대표들의 요구에 대답했다. "일이 아주 곤란하게 됐는걸. 우리는 구 사무소의 위임을 받아 파견된 것뿐이오. 우리는 어느 쪽 편도 들지 않고 지금까지 공평하게 처리해왔소. ……한모금 태우시오." 나이 지긋한 준비위원이 아편 담뱃대를 들어 손님에게 권했다.

그를 상대하는 사람은 아무도 없었다. 탕이가 굳은 표정으로 여기 온 이유를 설명했다. 이어서 탕잉과 다른 사람들도 말했다.

"여러분의 의견을 모두 들어주고 싶지만 우리는 구 사무소의 위임을 받아 파견된 것뿐이오." 준비위원은 이렇게 그들의 말을 잘랐다.

"우리는 구 사무소의 위임을 받아 파견되어 여러분 마을의 선거 관리를 해온 지 벌써 여러해 되었소. 해마다 아주 공평하게 일을 잘 처리해왔소. 그런데 왜 올해는 안된다는 거요? 틀림없이 여러분

---

1 煙燈. 아편을 피울 때 아편에 불을 붙이는 등.

이 오해를 했거나 다른 사람의 충동질과 교사를 받은 것 같소. 모두들 아편이나 태우시죠." 젊은 준비위원이 교활한 미소를 짓더니 다시 몸을 구부려 아편환을 구웠다.

"우리는 어떤 한 사람의 독단에 반대하며 공정한 선거를 치를 것을 요구합니다." 탕잉이 화를 억누르며 말을 받았다.

"우리는 구 사무소에서 시키는 대로 할 뿐입니다. 해마다 그렇게 해왔고 올해도 그렇게 해야겠죠. 탕시판 선생은 공익을 추구하는 좋은 분입니다. 그가 촌장이 되는 것은 바로 여러분 마을의 행운이 아닐까요? 모두들 아편이나 태운 뒤 안심하고 돌아가세요." 나이 든 준비위원이 주름진 얼굴에 억지로 공손한 미소를 지으며 말했다.

대표들 중에는 벌써 주먹을 불끈 쥔 사람도 있었지만 탕잉이 저지했다. 모두들 서로를 바라보았다. 탕이가 갑자기 일어나서 큰 소리로 말했다.

"우리는 당신들한테 줄 돈도 없고 식사 대접할 시간도 없소. 하지만 경고하건대 만일 우리 의견을 묵살하고 올해 선거를 치를 생각이라면 꿈 깨도록 하시오. 우린 수천명이오. 아편쟁이 둘이 뭐라고! 네미! 갑시다!"

대표 여덟명이 일제히 일어나서 아래층으로 내려갔다. 거기에 남겨진 두 준비위원은 화가 나서 얼굴이 붉으락푸르락했다.

돌아오는 길에 대표들은 논의를 해서 이미 방법을 생각해냈다. 마을에 돌아온 그들은 탕시판이 벌써 선거표를 다 썼다는 말을 듣고 사방으로 통지하여 내일 현정부에 청원하러 가기로 했는데, 이장은 전원 참석하고 집마다 대표를 뽑아 파견하기로 했다.

그날밤 탕이와 탕잉 등 몇명은 소학교에서 밤을 꼬박 새우다시

피 했고, 탕징도 옆에서 거들었다. 그들은 수많은 깃발을 만들었다.

4

13일 이른 아침에 탕시판은 선거 준비를 하느라 바빴다. 그는 권총과 장총을 모두 모아 수리해놓고 사용할 기회를 기다렸다. 또 많은 사람을 고용해 권총으로 무장시킨 후 그의 집을 수비하게 했다. 무장한 사람을 고용하여 향 사무소도 수비하게 했다. 향 사무소는 모레 투표하는 곳이었다.

이와 같은 조치를 취한 뒤 탕시판은 집에 편안히 앉아서 두 젊은 첩과 놀았다. 오후에 그는 손님들을 집으로 초대하여 식사 대접을 했다. 손님은 그 준비위원 두명, 동향 형제 탕청핑唐承平이 포함된, 그에게 아부하는 토호 몇명이었다.

탕이 무리는 아무런 움직임이 없었다. 여러 집과 여러 마을 모두 조용했다. 거리에는 평소 밖에서 활동하는 사람조차 볼 수 없었다. 탕시판 쪽 사람들은 이상함을 느꼈다. 그들은 탕이 무리가 어디로 갔는지 알 수 없었다.

12시경 탕이 형제가 시내에 모습을 드러냈다. 탕잉이 먼저 와 있었다. 정류장이 바로 집합 장소였다. 그 시각에 벌써 백여명이 와 있었고 많은 대표들이 작은 깃발을 든 채 속속 모여들었다. 대표 중에는 젊은이도 있고 노인도 있었다. 모두 검정색의 간편한 복장이었는데, 어떤 사람은 흰 차양 모자를 쓰고 있었고 다수는 삿갓을 쓰고 있었다. 모두들 아주 진지한 표정이었다. 물론 현정부에 청원하는 일은 이전에도 있었다. 올해 정월에 분뇨 청소부가 분뇨세에 저항하며 분뇨통을 지고 현정부 문 앞에서 청원을 하기도 했다. 그러나 ××마을 주민들은 이번이 처음이었다. 그들은 이게 아이들 놀이가 아니라 중대한 일임을 알고 있었다.

시간이 아직 일러 현장은 한두시간 지나야 관청에 도착할 거라고 했다. 대표들이 아직 다 도착하지 않았는데도 정류장과 거리는 이미 무척이나 북적댔다. 일부는 부근의 찻집으로 흩어졌고 일부는 커다란 깃발을 든 채 정류장에 남아 있었다.

"왜 악덕 유지를 타도하자는 표어를 쓰지 않았나요?" 새로 온 학생이 '××구 ××마을 청원대표단'이라는 깃발을 보고 이의를 제기했다.

"맞아. 탕시판을 비판하는 글을 써야 현장도 우리의 뜻을 알아차릴 거야!" 한 나이 지긋한 사람이 호응했다.

"이제 늦었어." 옆에 있던 탕징이 말했다.

"늦었다고? 누가 그래? 잉아, 여기서 기다려. 징아, 우리 찻집에 가서 쓰자. 이봐, 깃발 줘봐!" 탕이가 거친 소리로 말하며 깃발을 낚아채더니 탕징을 데리고 찻집으로 들어갔다.

탕이가 자리 하나를 골라서 앉았고 탕징도 앉았다 종업원이 차를 따랐다. 탕이가 카운터에서 붓과 먹을 빌려와 유쾌한 표정으로 탁자 위에 놓은 후 깃발을 펼치고 양옆 빈 곳을 가리키며 탕징에게 말했다.

"네가 써봐…… 우선 여기에다가…… 악덕 유지 탕시판을 타도하자! ……좋아! 여기에도 똑같이 써봐. ……됐어. 이러면 됐어. 악덕 유지 탕시판을 타도하자! ……이번에 누가 이기는지 두고 보자. 우리는 그자를 꼭 타도해야 돼!" 그는 손에 깃발을 든 채 찻잔을 들어 단숨에 비우더니 두번째 잔을 따랐다.

"탕시판은 만만한 상대가 아니니 조심해야 돼. 형은 일을 너무 쉽게 생각해!" 탕징이 걱정하면서 말했다. "현장은 절대 우리를 도와주지 않을 거야. 그는 이미 탕시판과 결탁한 사이니까 말이야."

"설마 내가 그것도 모를까봐! 그러나 우린 보여줘야 해. 우리는 힘이 있으며 만만한 상대가 아니란 걸 말이야. 우리 편이 이렇게 많은데 어찌 탕시판을 이기지 못하겠어?" 탕이가 흥분하며 말했다. 그는 선거에 대해 여전히 낙관적이었다. "우리는 현청을 포위하고서 현장이 우리의 요구를 들어줄 때까지 떠나지 않을 거야. 그럼 그가 어쩌겠어!" 탕이가 두번째 찻잔을 비웠다. "가자." 그가 말하며 일어섰다.

그들이 정류장으로 되돌아왔을 때 대표들은 거의 다 도착해 있었다. 탕잉은 두 사람이 돌아오는 것을 보고 부근의 찻집에 가서 다른 대표들을 불러오게 했다.

"악덕 유지 탕시판을 타도하자!" 아까 그 학생이 탕이의 깃발에 쓰인 새 글귀를 보고 기뻐하며 큰 소리로 외쳤다.

"악덕 유지 탕시판을 타도하자!" 수많은 마을 사람들이 이 구호에 호응하며 부르짖었다. 오랫동안 쌓여온 분노가 구호에 담겨 있었다.

"악덕 유지 탕시판을 타도하자!" 천둥처럼 함성이 퍼져나갔다.

길을 가던 사람들이 몰려들어 교통이 마비될 지경이었다. 시내 사람들도 이런 일을 보는 건 드물었다.

"탕시판의 독단적 선거를 반대한다!" 탕잉이 이어서 큰 소리로 외쳤다.

"탕시판의 독단적 선거를 반대한다!" 곧 많은 사람들이 호응하며 외쳤다.

"이제 시간이 늦었으니 갑시다!" 탕이가 큰 소리로 외쳤다. 그는 큰 깃발을 탕징의 손에 넘겨주었다.

"여러분, 세 사람씩 한줄로 서서 갑시다. 아무렇게나 가지 말고!" 탕잉이 소리쳤다.

"밍리明理, 밍산明善, 너희는 밖으로 나와서 대오를 살펴라!" 탕잉이 계속 큰 소리로 외쳤다. 밍리는 바로 아까 말했던 학생이었다. 탕잉이 또 몇몇 학생의 이름을 불렀다.

"전체 대표 여덟명은 모두 앞에 서시오!" 탕이가 앞으로 가면서 큰 소리로 외쳤다.

"전체 대표 여덟명은 모두 앞에 서시오!" 탕밍리가 뒤따라 소리쳤다.

이때 여기저기서 사람들의 소리가 들렸다. 한바탕 소동이 있은 후 이백명에 가까운 마을 사람들의 청원 대오가 현정부가 있는 거리로 행진하기 시작했다. 그들은 가는 내내 작은 깃발을 흔들며 구호를 외쳤다.

현청에 이르자 대오는 밖에 남고 전체 대표 여덟명이 교섭하러 들어가기로 했다.

"현장님은 출타 중이니 내일 다시 오시오!" 수위 네명이 탕이를 비롯한 여덟명의 대표를 가로막고 못 들어가게 했다.

"현장님이 안 계시면 과장님도 괜찮아요. 최소한 현정부의 사람을 만나야만 돌아갈 겁니다." 탕이가 말했다.

"과장님도 안 계세요."

"그럼 여기서 기다리겠습니다. 이백명이나 되는 사람이 여기까지 청원하러 오는 것은 쉬운 일이 아닙니다. 성과가 없으면 돌아가지 않겠습니다!" 탕잉이 굳은 얼굴로 말했다.

여덟명의 대표는 문 앞에서 한동안 서 있었으나 좋은 방법이 생각나지 않았다. 수위는 통보하러 들어갈 생각도 하지 않았다. 탕잉이 돌연 대오 앞에 서서 몇마디 하자 곧바로 대오에서 소요가 일어났다. 사람들이 작은 깃발을 흔들며 함성을 터뜨렸다. 네명의 수위에게는 삿갓이 움직이고 머리가 움직이는 것밖에는 보이지 않았다. 함성소리에 귀가 멀 지경이었다. 여기까지 청원하러 온 사람들이 대체 얼마나 되는지 그들은 알 수가 없었다.

"우리 대표를 못 들어가게 하면 어떤 일이 발생할지 몰라요. 그렇게 되면 전적으로 당신들 책임입니다. 보시오." 탕잉이 대오를 가리키며 수위에게 말했다.

"알았어요. 제가 말해볼게요." 수위 한명이 한참 머뭇거리다가 겨우 이렇게 말했다.

시간이 무척 더디게 흐르는 것 같았다. 수위는 들어간 지 한참 후에야 천천히 사환을 따라 나왔다. 이 사환은 여덟명의 대표를 데리고 청사 안으로 들어가 대표들을 바깥쪽 작은 응접실에 앉게 했다. 과장이 거기서 그들을 접견했다.

탕잉이 청원서를 건네면서 몇마디의 말을 했다.

과장은 묵묵히 청원서를 읽고 이야기를 듣더니 가만히 미소를 지었다. 둥근 얼굴에 듬성듬성 몇가닥의 수염이 나 있었다. 외모만 봐도 그가 교활한 인간이라는 걸 알 수 있었다.

탕잉이 이어서 또 한참을 설명했다.

"여러분의 의견은 제가 완전히 이해했습니다. 첫째, 선거를 연기하라는 것은 제가 현장님을 대신해 승낙할 수도 있습니다. 둘째, 선거 준비위원을 바꿔달라는 것은 어려운 문제입니다. 저도 여러분을 도와드리고 싶지만 이 문제는 아주 중요한 것이라서 저는 정말 방법이 없습니다. 현장님이 돌아오셔서 친히 결정하실 사안입니다." 말을 할 때 그의 입가에는 언제나 미소가 어려 있었다.

"현장님이 언제 돌아오시는지 과장님은 아십니까?" 탕이가 그의 말에 이어서 물었다.

"모릅니다. 아마 늦게 오실 겁니다."

"괜찮습니다. 여기서 기다리겠습니다." 탕이가 연속해 말했다.

"일찍 되돌아가시는 게 좋을 것 같습니다. 언제까지 기다려야 될지 모르니까요." 과장은 얼굴에 여전히 미소를 띠고 있었다.

"괜찮습니다. 기다리겠습니다. 이백명이나 되는 사람이 시내까지 오는 건 쉽지 않으니까요." 탕이가 결심한 듯 말했다.

"알겠습니다. 저도 여러분이 고생하시는 걸 압니다. 여러분이 오래 기다리시지 않도록 현장님께 전화해 물어보겠습니다." 과장은 모두들 꿈쩍도 하지 않는 걸 보고 한두마디 말로는 그들이 돌아가지 않으리라는 걸 알았다. 그는 마침내 인내심이 바닥나 자리에서 일어났다. 그리고 사람들을 응접실에 남겨둔 채 미소를 거두며 나갔다.

얼마간 시간이 흘렀다. 과장이 얼굴에 미소를 띠면서 돌아와 공손하게 말했다. "제가 현장님께 전화를 했습니다. 첫째, 선거 연기건은 현장님이 알아서 하라고 했습니다. 둘째, 선거 준비위원을 바꾸는 문제는 현장님의 직권으로 할 수 있는 일이 아니라 구 사무소에서 처리해야 될 사안이랍니다. 그래서 천천히 상의해야 하며 현청에서 마을에 조사위원을 파견하겠답니다. 현장님의 조치에 대해 여러분은 틀림없이 만족하실 것입니다."

과장이 이어서 또 말했다. "탕시판이 벌써 선거표 수와 결과를 보고해왔는데 그 안에는 백스물다섯명의 이장 이름이 다 있었습니다. 그런데 이는 여러분이 올린 청원문과는 다른 것 같습니다. 이 일은 현청에서 사람을 파견하여 조사한 후에야 시비를 판단할 수 있을 것입니다."

"우리는 모두 투표를 한 일이 없는데 탕시판이 어떻게 결과를 보고한단 말입니까? 이는 바로 그가 선거를 독단적으로 처리하고 있음을 보여주는 것입니다."

"우리 이장들은 모두 여기 바깥에 있습니다. 과장님이 믿지 못하겠으면 나가서 보세요! 탕시판의 보고는 다 날조된 것입니다!"

"탕시판은 매년 이렇게 사기를 쳐서 촌장이 되었습니다!"

"……"

화가 난 대표들이 잇따라 나서서 이렇게 말했다.

"다른 일 없으면 이제 돌아들 가시지요." 과장이 일어서서 손님들을 보내려고 했다. 그들은 하는 수 없이 밖으로 나갔다. 응접실에 들어갈 때부터 나올 때까지 그들은 그저 과장의 공손하게 웃는 모습만 보았을 따름이다.

여덟명의 대표들은 현청에서 나와 사람들에게 결과를 보고했다. 상의 끝에 모두들 해산하고 돌아가기로 결정했다. 헤어질 때 사람들은 잇따라 구호를 외쳤다.

탕이와 몇명의 사람이 제일 뒤에서 걸었다. 그들이 정류장에 채 도착하기도 전에 자동차 한대가 뒤에서 따라오는 것이 보였다. 현 정부의 차였다. 안에는 중산복[2] 차림의 뚱보가 단정하게 앉아 있었다. 바로 현장이었다.

"네미! 우리가 속았어! 현장은 방금 틀림없이 현청 안에 있었

---

2 중화민국 임시 대총통 쑨원(孫文, 1866~1925)이 고안한 옷. 일상생활에서 편리하게 입을 수 있도록 만든 것으로, 명칭은 쑨원의 호인 중산(中山)에서 유래했다.

어!"탕이가 화가 나서 소리쳤다.

"현장은 탕시판과 결탁한 사이라고 내가 말했잖아?"탕징이 앞다투어 말했다.

"결탁했다 하더라도 우리는 무서워하지 않아. 이후에도 그에게 무언가를 보여주자고! 다음번엔 절대로 이렇게 순순히 물러나지 않을 거야!"탕이는 화가 나서 씩씩대며 말했다. 그는 자신의 말에 믿음을 가지고 있는 것 같았다.

"두려워할 것 없어! 네미! 탕시판이 내일 또 무슨 짓거리를 하는지 볼까?"탕잉이 욕을 내뱉더니 흰 차양 모자를 벗고 손으로 머리를 긁었다.

5

선거는 결국 연기되었다. 15일에 향 사무소에 간 사람은 아무도 없었다.

탕시판은 청원 소식을 벌써 알고 있었다. 그의 권총과 장총은 아무 소용이 없었다. 지금까지 이런 타격을 받아본 적이 없는 그는 집에서 부하들과 새로운 계책을 세웠다. 그는 화가 나서 얼굴이 붉으락푸르락했으며 수하들에게 종종 욕을 내뱉었다.

탕이와 마을 사람들은 몹시 기뻐했다. 그들은 탕시판, 이 야비한 자가 이번에 체면을 구겼으니 예전처럼 그렇게 위풍당당하지는 못할 거라고 생각했다.

오후에 탕이, 탕잉, 탕징은 모두 소학교에 있었다. 마을 사람들이 달려와 현에서 공안국 감찰관을 파견했다고 알려주었다.

"알았소. 모두 사당에 집합하라고 이르시오!" 탕이가 마을 사람들에게 말했다. 마을 사람 몇명은 곧 일어나 밖으로 나갔다. 학생 몇명도 마을 주민들에게 집합을 통지하러 나갔다.

탕이와 마을 사람들은 얼마 가지 않아 감찰관이 마주 오는 것을 보았다. 서른살 정도의 건장한 사내로 중산복 차림을 하고 허리에는 권총을 차고 있었다. 허씨何氏 성을 가진 이로 탕이도 아는 사람이었다. 그들은 그에게 다가가 인사를 했다.

"상부에서 귀 마을의 선거를 조사하라고 절 파견했습니다. 여기 오게 됐으니 많은 지도 부탁드립니다." 감찰관은 미소를 지으며 겸손하게 말했다.

탕이가 대답했다. "허 선생님, 보아서 아시겠지만 이는 우리 백리 남짓 되는 마을 사람들의 뜻입니다. 우리 몇 사람은 대표에 지나지 않습니다. 기왕 허 선생님이 조사를 나오셨으니 우리가 여기저기 모시고 다니며 보여드리지요." 이렇게 말한 그들은 감찰관의 대답도 기다리지 않고 그를 에워싸고 걸었다.

감찰관은 그들이 어디로 데리고 가는지 몰라 속으로 다소 초조했지만 겉으로는 표정 하나 변하지 않았다. 가는 내내 감찰관은 꼬치꼬치 캐물었고 사람들은 하나하나 다 대답해주었다.

그들은 두세 거리 지나 사당에 다다랐다. 사당 앞의 조그만 공터에는 사람들이 가득 서 있었다. 모두 검정색 간편복 차림이었다. 많은 사람들이 허리춤에 손을 찌르고 있었고 바지 주머니에는 권총을 차고 있었다. 어떤 권총은 비어져나왔고 어떤 권총은 옷 속에 감추어져 있었다.

검은 얼굴들이 검정 옷을 입고 무기를 지닌 채 조용히 있다가 감찰관이 다가오자 큰 소리로 외쳤다.

"악덕 유지 탕시판을 타도하자!"

"탕시판의 독단적 선거를 반대한다!"

이런 함성이 천군만마처럼 감찰관의 귓속으로 파고들었다. 감찰관의 얼굴이 순식간에 변했다. 그는 마음속으로 꿍꿍이가 있었으나 그 저의가 무엇인지 알 수 없었다. 그저 달아날 길을 찾으려는 듯 눈을 옆으로 돌릴 뿐이었다.

"허 선생님, 이게 마을 사람들의 뜻임을 아셨지요?" 탕이가 진지하게 말했다. "사당 안에는 더 많은 사람이 있습니다. 들어가서 보세요. 이장들도 다 있으니 탕시판에게 투표했는지 그들에게 물어보세요!" 탕이의 얼굴과 목소리는 위협적인 모습을 띠고 있었다.

"아니요! 벌써 눈으로 다 보았습니다! 이게 물론 마을 사람들의 뜻이겠지요. 당신들을 이해합니다." 감찰관이 얼른 손을 저으며 말했다.

"허 선생님, 직접 분명히 물어보지도 않고 돌아가서 현장님께 뭐라고 말씀하시려고요?" 옆에 있던 탕잉이 말했다.

"사실대로 보고하면 되지요. 이미 다 보았습니다. 이게 정말 마을 사람들의 뜻이라는 것을요." 감찰관은 겁에 질린 채 대답하고는 몸을 돌려 나갔다. 그의 손은 주머니 속의 권총을 더듬고 있었다.

얼마 후 길에 다른 사람이 없는 걸 보고 감찰관이 탕이에게 나지막이 말했다. "당신들도 조심해야 돼요! 큰일이 벌어지면 당신들도 책임을 져야 하니까요."

"그렇다면 허 선생님, 당신도 책임이 있어요." 탕이가 정중히 대답했다.

감찰관이 가자 탕이 등은 소학교로 돌아왔다.

저녁때 소학교 문 앞에서 그들이 이야기를 하고 있는데 학생 둘이 돌아와 한가지 소식을 보고했다.

"감찰관은 시내로 돌아가지 않았어요. 탕시판이 감찰관을 집으로 초대해 거기서 술을 마시고 있어요. 탕시판의 첩 둘이 시중을 들고 탕시판의 앞잡이인 탕청펑도 같이 있어요!"

"그 야비한 자식이 시내로 돌아가면 틀림없이 거짓말을 하겠군! 관리란 작자들은 믿을 만한 놈이 하나도 없다니까! 돈을 밝히지 않는 놈이 없으니!" 화가 난 탕이가 욕을 내뱉었다.

"무서울 거 없어! 우리는 지금까지 관리들을 믿어본 적이 없어! 그 개 같은 관리 놈에게 뭔가를 보여주자고!" 탕이가 거칠게 말을 이으며 손으로 가슴을 잇달아 쳤다.

"하지만 조심해야 돼. 탕시판이 이를 갈고 있으니까." 탕징이 걱정스레 형을 바라보며 일깨워주었다.

탕이가 냉소를 지으며 말했다. "이를 갈라지. 나는 그자가 어떤 계략을 써도 두렵지 않아!"

6

다음날 밤 뜻밖의 일이 발생했다.

탕이가 길에서 다른 사람의 습격을 받은 것이다. 범인은 총을 세 발 쐈는데 두발이 탕이의 몸에 맞았다. 범인은 총을 버리고 도망가 버렸다.

마을 사람들이 부상당한 탕이를 들어서 집으로 데리고 왔다. 그의 몸은 여전히 피가 흐르고 있었다. 의식은 분명했던 그는 신음소리를 한마디도 내지 않았다.

이 소식은 금세 마을에 퍼졌다. 얼마 지나지 않아 탕이네 집 문 앞에 많은 사람들이 모여들었다. 그들은 걱정하며 탕이 소식을 기다렸다.

침대에 누워 있는 탕이에게 그의 어머니와 아내가 상처를 싸매주고 있었다. 벌써 시내로 의사를 부르러 갔으나 이렇게 일찍 오지는 못할 것이다. 탕이의 왼쪽 어깨와 오른쪽 허벅지는 총을 맞아서 아직도 피가 흐르고 있었다. 두 여인은 상처를 싸매면서 울었다. 탕징도 옆에서 눈물을 흘렸다.

"왜들 우는 거야? 난 괜찮아. 싸움에서 좌절을 않는 경우가 어디 있겠어? 날 죽이지 못했으니 그자가 재수가 없는 거지! 응당 나 대신 기뻐해야지!" 탕이는 있는 힘을 다해 통증을 참으며 억지로 웃음을 지으며 말했다.

"형, 내가 진작 조심하라고 했잖아. 탕시판 그놈은 무슨 짓이든 다 할 거야. 지금…… 고향에 돌아와 형의 이런 모습을 보리라고는 생각지도 못했는데……" 탕징이 눈물을 흘리며 말했다.

"지금 그런 말을 하다니! 설마 너는 고향을 조금도 사랑하지 않는 건 아니겠지? 난 죽지 않을 거야! 내가 죽는다 해도 아직 사람들이 많이 있어. 설마 그가 우리를 모조리 죽이겠어? 슬퍼하지 마. 너 정말 잘 돌아왔어. 나 대신 많은 일을 할 수 있을 거야. 우리 마을엔 마침 피 끓는 청년이 필요해. ……빨리 가서 잉이를 불러와. 내가 할 말이 있으니까. ……내일 사당에서 회의를 열 때 네가 나 대신 연설해라. ……범인은 도망쳤지만 권총은 우리가 찾아냈어. 탕시판은 책임을 면치 못할 거야……" 숨을 헐떡이면서 탕이는 가까스로 이렇게 말했다. 그의 얼굴은 백지장처럼 하얬다.

탕징은 탕이의 얼굴을 바라보며 건성으로 대답했다. 탕징은 솟

구쳐 흐르는 눈물을 참을 수가 없었다.

"빨리 가! 여기 서서 뭐하는 거야? 빨리 가라니까!" 탕이가 미친 듯 핏발 선 눈을 부릅뜨고 탕징을 바라보며 쉰 목소리로 외쳤다. "이 정도 상처가 뭐 그리 겁난다고? 난 안 죽어! 절대로 안 죽어!" 그러고서 탕이는 입을 다물었다. 목구멍에서 가래가 그르렁거렸다.

탕징은 공포와 분노에 사로잡혔다. 그는 대문을 거쳐 사람들 무리를 뚫고 지나갔다. 많은 사람들이 그를 붙잡고 소식을 물었으나 그는 건성으로 "괜찮아요"를 반복할 뿐이었다. 그의 귓가에는 탕이의 쉰 목소리가 계속 들려오는 것만 같았다. "악덕 유지 탕시판을 타도하자!"

탕징은 진흙투성이 오솔길로 들어섰다. 그는 점점 꿈속으로 들어가는 것 같았다. 주위는 몹시 조용했다. 둥근 달이 머리 위에 걸려 있었다. 하늘은 맑았다. 산등성이, 산등성이 위의 오층 탑, 망루 건물, 그것들은 평소와 다름없이 조용히 원래 있던 자리에 우뚝 솟아 있었다. 산들바람이 불어오자 논에 벼 이삭이 출렁거렸다. 다정하고 소박한 향기가 공기 속을 떠돌다 콧속으로 스며들어왔다. 하늘과 땅에 따뜻하고 달콤한 벼 냄새와 흙내가 가득했다. 오랜 친구처럼 개구리가 논에서 개굴개굴 울기 시작했다. 달빛은 강 위로 흐르고 있었다. 달빛 아래서 어슴푸레하게 불빛이 반짝였다……

이 마을은 얼마나 사랑스러운가! 이곳은 그가 어려서부터 열렬히 사랑해온 곳이다. 탕시판 무리가 이 마을을 망가뜨리고 있다 할지라도 이곳은 여전히 그가 좋아하는 아름다운 마을이다. 이 마을은 그들의 훼손에도 결코 시들지 않고 여전히 활기 넘치는 유기체이다. 이곳의 모든 세포에는 생명의 기운이 넘친다. 그것은 살아 움직이면서 그를 부르고 있다. 그것은 마치 그의 어머니 같다. 형 탕이와 많은 다른 사람들처럼 그도 이 땅의 아들이다. 그의 혈관에도 이 땅의 피가 흐르고 있다. 그는 이 땅을 떠날 수 없다. 그는 이 땅이 쇠약해져가는 걸 지켜볼 수 없다. 그는 마땅히 이 땅의 부름에 응해 이곳을 번영시켜야 한다. 그는 탕이의 일을 계속해야 한다.

"빨리 가! 빨리 가!" 그의 귓가에는 형 탕이의 목쉰 고함소리가 계속 들려왔다. 형이 또다시 큰 소리로 외친다. "악덕 유지 탕시판을 타도하자!" 그는 미친 듯 달리기 시작했다. 온몸에서 열이 났다. 이 마을이 온몸의 피에 불을 붙이는 것 같다. 온몸의 피가 세차게 끓어올랐다. 그는 자신의 온몸이 이 마을과 함께 움직이는 것을 느꼈다. 그의 온몸은 이 마을과 함께 소리치고 있었다. 그의 온몸에서 "악덕 유지 탕시판을 타도하자!"라는 외침이 울려나왔다. 이미 격렬한 투쟁이 시작되었음을 그는 알았다.

"악덕 유지 탕시판을 타도하자!"

"악덕 유지 탕시판을 타도하자!"

산등성이에서, 오층 탑에서, 망루 건물에서, 온 대지에서, 온 마을에서 이에 호응하는 소리가 들려오는 것 같았다.

                                        1933년 여름 광저우에서

달밤
月夜

리씨李氏의 배는 지금 곧 시내로 떠나려는 참이다.

둥근 달이 서서히 산등성이를 지나 강가를 훤히 비추었다. 어두운 산기슭을 고요히 흐르던 강은 달빛이 비치자 살며시 떨리기 시작했다. 강물은 느릿느릿 흘렀고, 물결을 따라 강으로 들어가려는 듯 달빛은 강물 위에서 넘실거리고 있었다. 어둠은 차츰 옅어졌지만 여전히 그물을 쳐놓은 듯 주변을 에워싸고 있었다. 산, 나무, 강, 논, 집, 이 모든 게 그 그물 아래에 가려져 있었다. 달빛은 부드러워서 그물을 빠져나가지 못했다.

자갈길이 강으로 나 있었고 옆에 리씨의 배가 묶여 있었다. 연꽃밭 속에 떠 있는 배는 무성한 연꽃에 둘러싸여 있었다. 보라색 연꽃이 활짝 펴서 뱃머리에 착 달라붙어 있었다.

배 안에 등불이 켜져 있었으나 불빛은 아주 약했다. 밖에서 보니 잠든 배가 칠흑 같은 어둠속에 숨어 있는 것 같았다. 인기척이 전혀 없어 마치 무인도 같았다. 하지만 배에는 분명히 누군가가 있었다.

선창에 승객 두명이 벌렁 드러누워 있었으며 뱃머리에는 아이가 꾸벅꾸벅 졸고 있었다. 사공 리씨가 뱃고물에 앉아 한가로이 담배를 피우고 있었다. 말을 너무 많이 해서 더는 할 말이 없는 듯 누구도 말이 없었다. 배의 승객들은 모두 단골이었다. 배는 매일 저녁 시내로 갔다가 이튿날 오전에 되돌아오곤 했다. 이렇게 판에 박힌 일정은 거의 변함이 없었으며 단골손님들은 일주일에 적어도 몇번씩은 이 배를 탔다. 정해진 시각에 오니 말이 별로 없었고 선창에서 한숨 자다 깨어나면 배가 시내에 도착해 있었다. 승객들은 때로는 시내에 들어가기도 하고 때로는 작은 기선으로 바꿔 타고 성도省都에 가기도 했다. 젊은 승객은 시골 소학교 교사로 집이 시내에 있어서 토요일 저녁이면 시내로 들어가곤 했다. 또다른 승객은 시내 상점의 점원으로 시골에 집이 있었다. 상점 일로 그는 자주 성도에 출장을 가곤 했다.

뱃머리를 비추는 달빛이 아이의 흐트러진 머리카락을 빗어주고 있었으나 아이는 아무 느낌도 없다는 듯 꾸벅꾸벅 졸 뿐이었다. 아이의 눈은 피곤으로 감겨 있었지만 이따금 눈을 번쩍 뜨고서 언덕으로 난 길과 강물을 바라보았다. 아무런 움직임이 없자 아이는 뭐라고 중얼거리더니 다시 조용해졌다.

"이상하네, 건성槺生이 왜 여태 안 오지?" 소학교 교사가 몸을 뒤척이며 나지막이 혼잣말을 했다. 그는 뱃머리를 바라보다가 창문을 열어젖히고 머리를 창밖으로 내밀었다.

주위는 무척 고요했다. 불빛 하나 없었으며 강기슭의 사당마저 잠에 빠진 듯했다. 텅 빈 길이 달빛 아래에 누워 있었다. 그의 머리와 가까운 뱃전에는 자주색 꽃을 피운 연꽃이 무더기로 물 위에 떠 있었다.

그는 머리를 선창 안으로 다시 움츠리며 창문을 닫았다. 그때 왕 성王勝(상점 점원)이 사공에게 큰 소리로 물었다.

"이봐요, 리씨. 시간이 이렇게 되었는데요? 출발 안해요?"

"건성이 아직 안 왔소. 아직 이른데 무슨 걱정이오!" 사공 리씨 가 뒤쪽에서 큰 소리로 대답했다.

"건성은 매번 7시에 오는데, 오늘 저녁에는——" 소학교 교사가 말했다. 시계를 더듬더듬 찾던 소학교 교사가 창문을 열어젖힌 후 시간을 보고 나서 다시 말했다. "벌써 7시 40분이에요. 오늘 오지 않을 모양이에요."

"올 거요. 틀림없이 올 거요. 건성은 물건을 가져오기 위해 시내 로 가야 해요." 사공이 딱 잘라 말했다. "쿼均 선생, 걱정 마시오. 왕 선생, 당신도 우리 단골이잖소. 나는 날마다 기선까지 손님을 태워 다주지만 한번도 늦은 적이 없어요."

쿼 선생은 바로 소학교 교사인 탕쿼唐均이다. 그가 말했다. "건성 은 한번도 늦은 적이 없어요. 매번 제일 먼저 왔는데 오늘은 사람 을 기다리게 하네요."

"오늘밤엔 무슨 일이 생겨 못 오나보네요." 상점 점원 왕성이 오 른발을 왼발 위에 올려놓으며 말했다.

"내가 그를 잘 알아요. 그는 아무 일도 없을 거요. 아편도 안 피 우고 술도 안 마시니까 안 올 리가 없어요. 곧 올 거요." 사공 리씨 가 뱃고물에서 돛대를 지나 뱃머리로 느릿느릿 걸어가면서 승객들 에게 말했다. "린林아!" 사공이 소리치자 뱃머리에서 꾸벅꾸벅 졸 고 있던 아이가 벌떡 일어났다.

리씨는 꼬마 아이를 힐끗 바라보고는 곧 자갈길로 올라갔다. 강기슭으로 걸어가던 그가 다시 되돌아오더니 바지를 열고 오줌을 누기 시작했다. 은빛 수면 위로 금빛이 일렁였고 둥근 달이 그와 마주하며 하늘 높이 떠 있었다. 은빛이 그의 머리에 쏟아졌다. 달빛은 시원한 물처럼 그의 머리를 상쾌하게 씻어주었다.

강기슭 사당 옆의 용수나무 밑에서 검은 그림자가 움직였다.

"건성이 왔군." 리씨가 안심한 듯 중얼거리더니 아이에게 분부했다. "린아, 건성이 오면 바로 출발할 수 있게 준비해라."

아이가 "예"라고 한마디 대답하더니 대나무 삿대를 잡고 배를 살짝 밀었다. 배가 천천히 움직이며 강기슭으로 붙었다.

리씨는 여전히 자갈길 위에 서 있었다. 그림자가 가까이 오자 비로소 손에 등나무 바구니를 든 자그마한 체구의 사람이 보였다. 건성이 아니라 장씨張氏였다. 그는 읍내 잡화점 주인으로 오늘 시내로 들어가려는 참이었다.

"출발하나요?" 바구니를 든 채 급히 뛰어오던 장씨가 리씨를 보고 웃으면서 말했다.

"마침 건성을 기다리던 참이오!" 리씨가 대답했다.

"벌써 8시에요! 건성은 안 올 거예요!" 소학교 교사가 배 위에서 소리쳤다.

"이상하네. 건성이 여태 안 왔어요? 내가 알기로 그 친구는 항상 배에 먼저 와 있었는데." 장씨가 말하며 배에 올라탔다. 그는 등나무 바구니를 선창 밖에 놓고 갑판 위에 앉았다. 주머니에서 담배 한개비를 꺼내 불을 붙인 그는 달을 바라보며 조용히 담배연기를 내뿜었다.

"이봐요, 리씨 아저씨. 우리 그이 왔나요?" 광둥산 자까르 바지

저고리를 입은 단발머리의 중년 부인이 강기슭에서 맨발로 걸어오며 리씨에게 말했다.

"건성? 지금 모두 이렇게 건성을 기다리고 있는데 그는 어디론가 숨어버렸소. 건성이 어디 있는지는 당신이 더 잘 알 거 아니오!" 리씨가 원망하듯 투덜거렸다.

"그이가 오늘밤 오지 않았다고요?" 여인은 애가 타는 듯 말했다.

"그림자도 보지 못했소!"

"농담하는 거 아니죠? 남은 애가 타서 죽겠는데!" 여인은 더욱 동요하면서 물었다.

"제수씨! 나도 제수씨와 농담할 형편이 아니에요! 도대체 건성은 오늘 저녁에 배를 타는 거요, 안 타는 거요?" 리씨가 정색을 하고 말했다.

"큰일 났네!" 건성의 아내는 이 말을 뱉더니 곧장 발길을 돌려 뛰어갔다.

"이봐요, 제수씨. 제수씨! 돌아와요!" 리씨가 뒤에서 소리쳤다. 그는 무슨 일인지 알 수 없었다.

건성의 아내는 아랑곳하지 않고 벌써 강둑으로 올라갔다. 길을 따라 달려가던 그녀가 갑자기 건성의 이름을 부르며 울부짖기 시작했다.

리씨는 건성 처의 울부짖는 소리에 마음이 짠해졌다. 그는 멍하니 자갈길 위에 서 있었다.

"무슨 일이요?" 배 위의 승객 세명이 놀라 물었다. 장씨는 이 광경을 똑똑히 보았다. 상점 점원이 일어나 선창에서 고개를 밖으로 내밀며 물었다. 소학교 교사는 옆쪽의 창문을 밀어젖히고 머리를 내밀어 밖을 바라보았다.

"알 수가 없네!" 리씨가 고개를 돌리며 원망조로 대답했다.

"건성이 또 마누라와 싸운 뒤 화가 나서 내뺀 게 틀림없어!" 장씨가 설명을 했다. "그래도 마누라가 있는 자는 복이 터진 거라던데. 하하하!" 장씨가 담배꽁초를 강물로 던지고 진한 가래를 내뱉은 후 껄껄 웃었다.

"건성은 자기 마누라와 한번도 싸운 적이 없어! 무슨 일이 생긴 게 틀림없어! 틀림없이 무슨 일이 있어!" 리씨가 진지하게 말했다. 도대체 무슨 영문인지 몰라 리씨는 답답한 모양이었다.

"여보! 여보!" 날카롭게 부르짖는 여인의 외침은 조용한 밤에 아주 멀리까지 날아갔다. 두번째 외침은 첫번째 외침보다 더욱 애처롭고 더욱 큰 실망이 담겨 공기를 뒤흔들다가 첫번째 외침을 뒤따라가며 사라졌다.

"이봐요, 무슨 일이요? 리씨!" 소학교 교사가 몸을 뒤집고 소리쳤으나 끝내 창문을 닫고 말았다. 대답하는 사람이 없었던 것이다.

"이제 출발합시다!" 상점 점원이 더이상 기다릴 수 없어서 재촉했다. 그는 성도로 가는 기선을 탈 수 없을까봐 걱정이 되었다.

여인의 울부짖음을 주의 깊게 듣고 있던 리씨의 마음엔 불안이 갈수록 커져갔다. 그는 두 손님의 재촉에도 아랑곳하지 않고 멍하니 서서 남편을 부르는 여인의 소리를 들었다. "안돼! 저러다간 미쳐버리고 말 거야!" 리씨가 갑자기 이렇게 말하더니 급히 강둑으로 뛰어갔다.

"아버지." 그때 뱃머리에서 꾸벅꾸벅 졸고 있던 아이가 벌떡 일어나 아버지를 쫓아가며 물었다. "어디 가세요?"

리씨는 대답도 하지 않고 그냥 달리기만 했다. 아이의 소리는 금세 흔적도 없이 허공으로 사라져버렸다. 공기 중에는 여인의 애절한 울부짖음이 가득했다. 은빛 달빛은 연달아 울려퍼지는 애절한 울부짖음과 한데 어울려 출렁거렸다. 사람의 심장을 갈기갈기 찢어놓는 듯하고 목숨을 앗아가버릴 듯한 애절한 비명이 허공에서 산산이 부서졌다.

여인과 사공과 아이, 세 사람이 각각 앞사람을 쫓아 강가 진흙길을 달렸다. 그런데 아이는 도중에 달리기를 멈추었다.

배는 여전히 나루터에 떠 있었다. 승객 세명은 모두 뱃머리에 나와 앉아 건성에게 무슨 일이 일어났을지 이야기를 나누었으나 모두 추측일 뿐이었다. 각자 골똘히 생각하다보니 분위기는 점점 흥미진진해졌다.

여인의 울부짖음이 점점 잦아들더니 결국에는 그쳤다. 리씨는 용수나무 밑에 있는 여인을 찾아냈다. 그녀는 기진맥진해서 나무에 기대 앉으며 머리를 풀어헤친 채 눈물자욱이 가득한 얼굴로 멍하니 맞은편 물가의 검은 숲을 바라보았다. 그녀가 나지막이 흐느꼈다.

"제수씨, 뭐하고 있어요? 미쳤어요? 무슨 일인지 말해봐요!" 리씨가 그녀에게 달려가서 어깨를 덥석 붙잡고 흔들며 소리쳤다.

건성의 아내는 머리를 젓더니 울음을 그쳤다. 그러고는 눈을 동그랗게 뜨고 그를 바라보았다. 마치 모르는 사람처럼 한참 바라보다가 울음 섞인 목소리로 그녀가 말했다. "건성 씨가, 건성 씨가……"

"건성이 어떻게 됐어요? 말해봐요!" 리씨가 재촉했다.

"나도 몰라요." 여인이 멍하니 대답했다.

"쳇, 모른다면서 왜 울어요? 진짜 미친 거 아니오?" 리씨가 나무라며 땅에 가래를 뱉었다.

"틀림없이 그들이 잡아갔을 거예요! 틀림없어요!" 여인이 미친 듯이 울부짖었다.

"잡아갔다고요? 누가 잡아갔는데요? 건성이 잡혀갔다는 거요?" 리씨가 놀라 물었다. 그의 심장이 쿵쿵 뛰었다. 건성은 그의 친구였던 것이다. 건성은 분수를 지키며 사는 사람인데 왜 그를 잡아갔을까 하는 생각이 들었다.

"탕시판 짓일 거예요. 틀림없어요!" 건성의 아내가 울먹이며 말했다. "탕시판이 관청에 자신을 비적과 내통한 자로 고발했다고 어제 그이가 말했어요. 그래도 전 믿지 않았어요. 그런데 오늘 오후 탕시판 부하가 외출하는 그이를 쫓아가는 것을 본 사람이 있어요. 몇 사람이 미행했는데 정탐꾼도 있었대요. 그이는 결국 돌아오지 않았어요. 그들에게 잡혀간 게 틀림없어요." 그녀는 말을 마치고 또다시 울었다.

"탕시판, 죽어라 남의 돈을 긁어모으는 그놈이 뭣하러 건성을 해치겠어요? 아닐 거예요. 제수씨, 건성이 잡혀가는 걸 직접 본 것도 아니잖아요!" 리씨가 투박하게 그녀를 위로했다. 그의 목소리는 아까보다 한결 누그러져 있었다.

"믿을 수 없다고요? 당신만 믿지 못하는 거예요! 탕시판은 촌장이 되지 못해 얼마나 열이 나 있는 줄 아세요. 그는 사람을 시켜 이義 선생을 암살하려다 실패하자 도리어 촌장을 살해해버렸잖아요! 요 며칠 건성 씨는 이 선생의 동생인 징畊 선생을 따르며 농민회를 조직해 탕시판에게 대항했어요. 진작부터 그러지 말라고 그렇게 말렸건만 들은 체도 하지 않고 온종일 악덕 유지를 타도하자고 외쳐대더니. 이제 끝장이에요. 잡혀갔으니 참수당하지 않는다 해도 살아서 돌아오진 못할 거예요. 비적과 내통했다니 죄가 얼마나 크겠어요!"건성의 아내가 울먹이며 말했다.

"탕시판이 그렇게 지독하진 않을 거예요!"리씨가 중얼거렸다.

"그는 돈이 흘러넘쳐요! 현장마저 친한 친구여서 그의 말은 다 들어준대요!"건성 처의 목소리가 다시 높아졌다. 그녀의 눈에서 분노의 불꽃이 일면서 슬픔을 압도해버렸다. "이 선생 같은 분도 그놈 손에 걸려들 뻔했는걸요. ······아류阿六의 일을 벌써 잊었나요? 건성 씨도 아류와 다를 게 없어요."그녀의 얼굴에 다시 두려운 표정이 나타났다.

리씨는 더이상 할 말이 없었다. 그렇다. 그는 아류의 일을 지금도 생생하게 기억하고 있다. 아류는 분수를 지키는 농민이었다. 농번기에는 남의 농사를 도와주었고 일이 없을 때에는 짐꾼으로 일했다. 한번은 과도한 세금에 항의하며 짐꾼 몇명을 데리고 세금을 징수하는 탕시판의 집에 가서 소란을 피운 적이 있었다. 이틀 후 현 공안국에서 사람이 나와 아류를 잡아가더니 비적과 내통한 혐의로 십오년 형을 선고했다. 경찰이 아류를 체포하려 할 때 마침 아류가 짐을 등에 지고 리씨의 배에 오르려던 참이라 리씨는 똑똑히 보았다. 아류는 분수를 지키며 나쁜 일을 한 적도 없는데 관청에서는 비적과 내통한 혐의를 뒤집어씌웠다. 도대체 세상이 왜 이 모양인가! 리씨는 비로소 건성 처의 말을 믿게 되었다.

무거운 돌이 가슴을 짓누르고 있는 듯 리씨의 안색이 어두웠다. 리씨는 손을 비비며 생각해보았으나 어떤 방법도 떠오르지 않았다. 번갈아 떠오르는 수많은 광경들 때문에 그는 머리가 터질 것만 같았다. 건성 처의 어깨를 붙잡고 그가 말했다. "얼른 일어나요. 건성이 정말 잡혀갔다면 구해낼 방법을 생각해봐야지요! 여기서 앉아 울고 있으면 아무 소용도 없어요!"그는 건성의 아내를 일으켜

세웠다. 두 사람은 강변을 따라 급히 걸었다.

얼마 가지 않아 그들은 달려오는 아이와 마주쳤다. 아이는 아주 빠르게 달려오면서 큰 소리로 외쳤다. "아버지." 아이의 얼굴이 몹시 창백했다. "건성 아저씨가……" 아이는 리씨의 팔을 잡고 더이상 말을 잇지 못했다.

"그이가 어디 있지?" 건성의 아내가 떨리는 목소리로 황급히 물었다. 그녀는 아이에게 달려가 아이를 마구 흔들어댔다.

"린아, 말해봐! 무슨 일이냐?" 리씨도 몹시 흥분했다. 그는 불길한 예감에 휩싸였다.

린의 얼굴은 땀범벅이 되어 있었다. 그는 겁에 질린 표정으로 떠듬떠듬 말했다. "건성 아저씨가…… 저기……" 아이는 두 사람을 잡아끌며 뛰어갔다.

강가의 볼록하게 솟은 풀밭에 승객 세 사람이 쪼그리고 앉아 있었다. 풀밭은 사람들이 다니는 길보다 상당히 낮았다. 아이가 제일 먼저 달려갔다. "아버지, 보세요……!" 아이가 겁에 질려 소리쳤다.

건성의 아내가 날카로운 비명을 지르며 뛰어갔다. 리씨도 달려갔다.

강가는 온통 연꽃으로 뒤덮여 있었으며 자줏빛 꽃이 활짝 피어 있었다. 소학교 교사가 풀밭에서 무릎을 꿇고 연꽃 더미를 헤쳤다. 퉁퉁 부은 시체 하나가 물 위에 조용히 엎드린 채 떠 있었다. 광둥산 자까르 바지 자락이 나무뿌리에 걸려 있었다. 저고리의 왼쪽 등 밑으로 구멍이 나 있었다.

"여보!" 여인이 애처롭게 비명을 질렀다. 그녀는 몸을 숙여 시체를 끌어당기면서 구슬피 울었다.

"글렀어!" 소학교 교사가 고개를 돌리며 비통한 표정으로 리씨에게 속삭였다.

"총에 맞은 게 틀림없어!" 상점 점원이 말했다. "이 핏자국 좀
봐!"

"빨리 들어올립시다" 잡화점 주인이 말했다.

리씨는 큰 소리로 한숨을 내쉬었다. 그는 부들부들 떨고 있는 아
이의 어깨를 꼭 붙들며 수면을 멍하니 바라보았다.

건성 처의 울음소리가 허공으로 퍼져나갔다. 울음소리와 함께
수많은 가슴들이 한가닥 한가닥, 한올 한올 산산조각이 나서 온 달
밤 속으로 스며들었다. 허공과 땅 위와 물속의 모든 것들이 슬피
울고 있는 것 같았다. 나무 한그루, 풀잎 하나, 꽃 한송이, 연잎 하나
까지도.

달빛 아래 조용히 마을이 누워 있었고, 달빛 아래 고요히 강이
누워 있었다. 이 비통한 분위기 속에서 온 마을이 울고 있는 것 같
았다. 한 사람도 빠짐 없이 모든 사람의 눈에서 눈물이 흘렀다.

몹시도 아름다운 달밤이었다. 비바람도 없었다. 그러나 한번도
운항을 거른 적이 없던 리씨의 배는 처음으로 운항을 하지 않았다.

1933년 여름 광저우에서

아버지가 새 구두를 사오실 때
父親買新皮鞋回來的時候

1

한달 또 한달, 한해 또 한해, 세월이 유수처럼 흘러 어느덧 수십
년이 빠르게 지나갔다. 그때 나는 아직 아이였지만 지금은 중년이
되었다.

어린 시절의 기억은 희미해져 이제 나는 많은 일들을 잊어버렸
다. 오직 하나의 얼굴만이 이 긴 세월 속에서도 여전히 또렷하게
내 가슴속에 남아 있다. 그것은 바로 아버지의 얼굴이다. 어제 나는
옛날 잡지에서 아버지에 관한 글을 읽게 되었다.

아버지의 얼굴은 온화하면서 수척했다. 칠흑 같은 짧은 머리에
입이 커서 웃으실 때면 표정이 풍부했다. "린林아, 이리 오렴!" 밖에
서 돌아오실 때면 늘 나를 무릎 위에 앉히고 얼러주셨다. 나는 아
버지의 커다란 입에 가지런하게 난 흰 치아를 바라보곤 했다.

아버지는 나를 사랑했고 한번도 내게 화를 내신 적이 없었다. 매번 나를 불러 웃는 얼굴로 재미있는 이야기를 해주시거나 부드러운 손길로 머리를 쓰다듬어주셨다. 그분은 항상 부드러운 목소리로 내 이름을 부르셨다. 내가 잘못한 일이 있거나 어머니에게 신경질을 부릴 때에도 꾸짖지 않고 온화한 태도로 설명을 해주었고 내가 수긍하여 마음이 누그러지면 밖에 나가 놀도록 해주었다.

아버지는 바쁘셨다. 아침 일찍 급히 나가서 저녁이 되어서야 귀가하셨다. 밤에 아버지는 책을 읽거나 글을 쓰지 않을 때면 어머니랑 나와 함께 한가롭게 이야기를 했다. 그 시절 우리 가족은 매우 행복하게 지냈다. 나는 늘 웃었고 부모님도 늘 웃는 얼굴이었다.

언제부터인지 알 수 없지만 아버지가 점점 변해갔다. 아버지가 서서히 말수가 적어지면서 우울해한다는 것을 나는 알았다. 처음에 아버지는 가끔씩 집에 와서 저녁을 드시지 않거나 저녁식사 후 또다시 외출하셨고, 그래서 집에 남은 어머니와 나는 쓸쓸하게 지내곤 했다. 어머니는 바느질을 하고 나는 낡은 그림책을 읽고 또 읽었다. 어느해 겨울, 밖에 거센 바람이 불고 비가 내릴 때였다. 집에 돌아온 아버지의 코가 추위로 빨갰고, 손은 꽁꽁 얼어 있었으며, 머리와 몸에서 빗방울이 떨어져내렸다. 어머니는 곧 바느질거리를 내려놓고 아버지를 보살폈다. 아버지는 말없이 앉아 있었고, 나는 평소처럼 다가가 "아빠" 하고 응석을 부렸다. 아버지는 응답을 하고 힘없이 내 머리를 쓰다듬으며 웃음을 지어 보이셨으나, 그것은 예전의 웃음과는 달랐다. 이윽고 아버지가 "린아, 그만 가서 자렴"이라 하시며 어머니에게 나를 재우게 하셨다.

침대에서 눈을 감기 전 나는 어머니와 아버지가 나지막이 이야기하는 소리를 들었다. 어머니가 말을 많이 했고 아버지는 불과 몇마디뿐이었다. 잠시 후 어머니가 우시는 것 같았다. 무슨 일인지 몰라 나는 이불 속에서 좀 두려웠다. 하지만 이내 잠들어버렸다.

세월은 변함없이 흘러갔다. 아버지는 여전히 매일 밤 외출하셨고 귀가시간은 점점 더 늦어졌다. 어머니는 홀로 아버지가 돌아오시기만 기다렸다. 아버지가 돌아와 내가 깨어 있는 걸 보면 싫어할 거라며 어머니는 나를 일찌감치 잠자리에 들게 했다. 이 밤에 아버지가 어디서 일하는지 어머니에게 물어보았지만 모른다고 하셨다. 내 생각에 어머니는 알고 있었지만 나에게는 비밀이었던 것 같다. 나는 때때로 잠을 자지 않겠다고 떼를 쓰기도 했지만 그때마다 어머니의 재미있는 이야기를 듣다가 결국 잠이 들어버리곤 했다.

아버지는 왜 매일 밤 외출하셔야 할까? 아버지는 왜 우울하고 풀이 죽어 있으실까? 나는 알 수 없었다. 어머니에게 물어보았지만 시원한 대답을 해주지 않았다. 나는 아버지의 광대뼈가 점점 튀어나오고 안색이 나빠지는 것을 바라볼 뿐이었다. 어머니도 마찬가지였다. 어머니도 아버지를 따라 변해갔다.

부모님은 나를 소학교에 보내주셨다. 아침에 어머니는 나를 학교에 데려다주었고 오후에 데리러 왔다. 내 생활도 변해갔다. 나는 매일 아침에만 아버지를 볼 수 있었다. 아버지는 늘 엄숙한 표정이었다. 간혹 웃을 때도 있었지만 전처럼 사랑스러운 웃음은 아니었다. 하얀 이를 드러내며 내게 웃어주시는 일도 거의 없었으며 입가엔 수염이 수북하게 자라나 있었다.

연이틀 동안 아버지의 얼굴은 먹구름이 낀 듯 어두웠고 어머니와 대화도 거의 하지 않으셨다. 목소리도 아주 낮아 분명히 들리지가 않았다. 저녁에 아버지는 비교적 일찍 귀가하셨다. 아버지 얼굴에서는 핏발 선 눈이 번뜩였다. 마침 책상 앞에 앉아 국어 교과서를 읽고 있던 나는 갑자기 아버지의 얼굴을 보고 좀 놀랐다. 누군가 쳐들어온 줄 알았다.

나는 한편으로는 두렵고 한편으로는 반가워서 "아버지" 하고 불렀다.

아버지는 "응" 하고 대답을 하셨으나 안색이 여전히 어두웠다. 아버지가 어머니에게 말했다. "린이를 빨리 재우도록 해요."

어머니는 얼른 대답을 하고 달려와 내 손을 끌었고 가서 재우려 했다. 나는 아버지와 어머니의 얼굴을 번갈아 바라보았다. 아주 쓸쓸했고 재미없었다. 나는 입도 뻥끗 못한 채 어머니의 손에 이끌려 뒷방으로 자러 갔다.

어머니는 말없이 내 옷을 천천히 벗겼다. 어머니가 무슨 생각을 하는지 알 수 없었다.

"잘 자렴." 어머니가 이불을 덮어주며 나지막이 말했다. 내 얼굴 위로 어머니가 얼굴을 숙였는데 갑자기 어머니의 눈에서 눈물이 흘러나왔다. 어머니는 울고 계셨다. 어머니 같은 어른이 울다니 도무지 영문을 알 수 없었다. 막 물어보려는 찰나 어머니는 얼른 눈물을 닦고 밖으로 나가버렸다.

"린이는 잠들었소?" 아버지가 묻는 소리가 들렸다. "잠들었어요. 린이는 요즘 말을 잘 들어요." 어머니가 대답했다.

밖에서 문 두드리는 소리가 들렸다. 아버지는 곧장 어머니에게 "당신은 들어가 있어요"라고 하더니 손수 문을 여셨다.

어머니는 안으로 들어와 방문 뒤에 숨어서 밖을 몰래 내다보았다. 호기심에 나도 얼굴을 판자벽에 바짝 대고 틈새로 아버지의 동작을 훔쳐보았다.

아버지는 문을 열어 두 사람을 안으로 들였다. 한 사람은 낡은 양복을 입은 마른 체구의 남자였고, 다른 한 사람은 거무튀튀한 얼굴에 커다란 체구의 산둥 사람이었다. 산둥 사람은 손에 큰 가방을 들고 있었다.

아버지가 문을 닫고 들어오면서 두 사람에게 물었다. "다른 사람과 마주친 적 없어요?"

"없습니다. 오는 내내 아주 조심했습니다." 양복 입은 사람이 말했다.

"중요한 것은 여기에 있습니다." 산둥 사람이 가방을 탁자 위에 놓으며 정중하게 말하고 창가 의자에 앉았다.

"이곳은 괜찮을 것 같아요. 여기는 누구도 주의하지 않을 거예요." 양복 입은 사람이 말했다. "하지만 선생 역시 조심해야 합니다." 그도 역시 앉았다.

"알겠소. 당신네 쪽은 어떻소? 오늘밤 문제가 있는 것 같은데." 아버지가 말했다.

"거기로는 돌아갈 수 없어요." 양복 입은 사람이 말했다. "그도 곧 이사를 해야 할 것 같습니다. 내일이면 거기도 문제가 될 것 같아요. 아마 누군가가 그의 주소지를 고발한 것 같습니다."

세 사람 모두 몸을 탁자 위로 숙이더니 머리를 맞댄 채 한참 동안 소곤소곤 무언가를 논의했다. 이윽고 양복 입은 사람이 만년필과 수첩을 꺼내 무언가 쓰기 시작했다. 세 사람은 쓴 것을 보면서 이야기를 나누었다. 그러고는 양복 입은 사람이 방금 쓴 페이지를 수첩에서 찢어내 구겨버렸다.

아버지가 문을 열고 두 사람을 배웅했다. 어머니는 문 뒤에 숨어서 보다가 손님이 가자마자 곧 뛰어나왔다.

"무슨 일이에요?" 어머니가 겁에 질려 아버지에게 물었다. "저 사람들은 누구예요?"

"회사 동료인데 사업 얘기를 나누었소." 아버지는 간단히 얼버무리고 탁자 아래에서 가방을 꺼내 뒷방으로 들고 갔다.

나는 몰래 훔쳐본 것을 아버지가 들어와서 알아차리실까봐 얼른 고개를 이불 속으로 넣었다. 이때 나의 호기심은 차츰 사라져갔다. 장사나 사업이 평범한 일이라는 건 어린애도 안다.

시간이 흘러도 아무 기척이 없자 나는 고개를 이불 밖으로 빼꼼히 내밀었다. 아버지는 방으로 들어오시지 않은 채 어머니와 이야기를 나누고 계셨다.

"보면 안돼. 이건 다른 사람 물건이오!" 밖에서 아버지의 말소리가 들렸다.

"알아요. 당신들이 무슨 일을 하는지 알아요. 당신은 자기 생각만 해서는 안돼요. 린이 생각도 해야 해요⋯⋯" 어머니는 곧 울음을 터뜨릴 것만 같았다.

무슨 일이지? 어머니는 왜 아버지에게 이런 말을 하실까? 이게 나와 무슨 상관이 있지? 나는 얼른 얼굴을 판자벽에 대고 살펴보았다. 어머니는 벽 쪽 의자에 앉아 계셨고 아버지는 탁자 앞에 서 계셨다. 그 가방은 아버지 발치에 놓여 있었다.

"조용히 말해요! 조용히!" 아버지가 난처한 듯 연달아 말했다.

"속이려 들지 마세요. 다 알아요. 벌써부터 알고 있었어요. ⋯⋯ 알고 있었다고요. 우리 친척 한명도 이런 일 때문에 죽었어요." 어머니가 눈물을 훔치며 말했다.

"당신이 알고 있다니 더이상 말할 것 없겠소. 말해봤자 소용도 없고, 다른 사람이 들으면 안되니까 말이오." 아버지는 부드럽게 말하며 탁자 옆에 놓인 등받이 없는 의자에 앉았다. 아버지 얼굴이 보이지 않았다. 고개를 숙인 채 무언가 생각에 잠긴 것 같았다. 어머니는 여전히 흐느끼고 있었다.

얼마 후 아버지가 고개를 들고 어머니에게 말했다. "날 좀 이해해주기 바라오. 나도 어쩔 도리가 없소. 내가 처음도 아니고 마지막도 아니라는 것을 확실히 기억해주었으면 하오. 어쨌든 정의는 실현되어야 하니까……" 아버지는 의자에서 일어나 어머니의 눈물을 닦아주었다.

"당신은 린이의 앞날을 생각하지 않으세요?" 어머니가 고통스럽게 말했다. "가방을 여기에 두면 안돼요. 이것은 우리 모두를 망칠 거예요!"

"린이뿐 아니라 당신도 중요하오. 하지만 나는 당신과 린이까지 돌볼 수가 없소. 가방을 여기가 아니면 어디다 두겠소? 정의를 위해서 나는 가장 소중한 것도 바쳤소. 이제는 이미 돌이킬 수 없는 상황이오. 이건 유전병인 것 같소. 아버님도 이것 때문에 돌아가셨다오……" 그때 나는 아직 아버지의 말뜻을 이해하지 못했다. 나는 고개를 얼른 이불 속에 넣고 부모님의 대화를 더이상 듣지 않았다. 곧 아버지가 가방을 들고 방으로 들어오시는 소리가 들렸다. 어머니도 뒤따라 오셨다. 부모님은 가방을 침대 밑에 놓아두었다.

"린이가 잠들어 다행이네요." 어머니가 한숨을 지으며 말했다. "다음달이면 애 생일이니 새 구두를 사주어야겠어요."

아버지는 아무 대답이 없었다.

이불 속에서 이 말을 들은 나는 새 구두 생각에 몹시 기뻤다.

밤에 악몽을 꾸었으나 이튿날 잠에서 깬 후 까맣게 잊어버렸다. 아버지와 어머니의 대화도 다 잊어버렸다. 침대 밑에 둔 그 가방도 잊어버렸다. 아버지의 표정은 며칠 전보다 더 부드러워진 것 같았다. 아버지는 웃는 낯으로 내 머리를 한참 동안 쓰다듬은 후 그제 야 외출하셨다.

아버지는 여전히 아침저녁으로 외출하셨고 어머니도 평소처럼 바느질을 하면서 아버지의 귀가를 기다리셨다. 어머니는 나에게 일찍 자라고 하며 말을 잘 들어야 된다고 하셨다. 늦게 자면 아버 지가 싫어한다는 말은 더이상 하지 않으셨다. 그 대신 여덟살 생일 에 새 구두를 사주기로 약속하셨다. 나는 학교에서 부잣집 아이들 이 새 구두를 신은 것을 보고 어머니를 몇번 조른 적이 있었다. 다 른 것은 제쳐두고 오직 그 새 구두를 위해서 나는 어머니의 말에 순종했다.

며칠 지난 어느날 저녁 무렵, 저녁식사를 하면서 여전히 식탁에 앉아 있는데 어떤 사람이 아버지를 찾아왔다. 그 손님이 누구인지 나는 금방 알아보았다. 커다란 체구에 거무튀튀한 얼굴, 그날밤 판 자벽 틈새로 본 그 사람이 틀림없었다. 그가 문간에 서서 아버지에 게 뭐라고 말하자 아버지의 얼굴이 금세 변하고 말았다. 두 사람은 나지막이 몇마디 나누더니 함께 뒷방으로 들어가 가방을 꺼내왔 다. 그 산둥 사람이 가방을 들고 나갔고 아버지는 손님을 따라 나 갔다.

어머니는 그들이 나가는 것을 보고 가볍게 한숨을 쉬셨다. 그 가 방에 든 것이 무어냐고 어머니에게 물어보니 어머니는 그냥 아버 지의 동료가 맡겨둔 것일 뿐 모른다고 하셨다.

우리는 아버지가 돌아오시길 기다렸다. 그러나 한참이 지나도록 아버지는 그림자도 보이지 않았다. 이윽고 아버지가 돌아오셨다. "린이를 재워요." 집에 들어오시자마자 아버지가 어머니에게 일렀 다. 순간 어머니의 얼굴색이 바뀌었다.

틀림없이 무슨 일이 일어났다는 것을 나는 알았다. 그런데 그 일이 나와 무슨 상관이란 말인가? 왜 꼭 나를 재워야 한단 말인가? 어머니에게 물어보고 싶었지만 걱정스러운 어머니 표정을 보자 감히 입이 떨어지지 않았다. 나는 하는 수 없이 어머니를 따라 뒷방으로 말없이 갔다.

그날밤 이불 속에서 나는 어머니와 아버지가 물건을 옮기는 소리를 들었다. 두분은 수시로 뒷방을 드나들며 물건을 정리했다. 이사 가는 것도 아닌데 왜 짐을 옮기는지 알 수가 없었다.

다음날 어머니는 나를 학교에 가지 못하게 하셨다. 아버지도 회사에 나가지 않으셨다. 부모님은 하룻밤 사이에 짐을 다 정리해놓고 곧 이사를 갈 거라고 하셨다. 어른들이니 물론 나보다 아는 것이 많으시겠지. 하지만 우리는 여기서 잘 살고 있는데 왜 갑자기 이사를 가야 하나? 나는 당최 이해가 안되어 어머니에게 물어보았지만 어머니는 설명해주려 하지 않았다.

아버지는 일찌감치 짐을 가지고 떠났다. 그뒤 어머니와 나도 인력거를 타고 갔다. 가까운 거리는 아니었다. 수많은 거리를 지나간 듯했다. 이윽고 인력거가 어느 좁은 골목에서 멈추었다. 어머니는 페인트칠을 한 대문을 두드렸다. 문이 열리더니 어떤 여인이 나왔다. 그녀는 어머니와 몇마디 나눈 다음 우리를 데리고 안으로 들어갔다.

이곳은 아버지 동료분의 집이라고 어머니가 일러주었다. 그 집에서 우리는 방 하나를 얻었다. 그리 크지 않은 방이라 많은 짐을 차곡차곡 쌓아두었다.

아버지는 보이지 않았다. 중년 아낙 둘이 어머니와 이야기를 하면서 도와주었다. 두 여인 다 처음 보는 사람인데 무척 친절하게 나를 대해주었다. 어머니는 그분들을 '이모'라 부르라고 했다.

우리는 방 정리를 했다. 이곳은 우리가 전에 살던 곳보다 못했는데 아버지가 왜 이곳으로 이사했는지 알 수가 없었다.

아버지는 밤이 깊어서야 집으로 돌아오셨고, 나는 이미 자고 있었다. 이튿날 아버지는 아침 일찍 외출해 그날밤 집으로 돌아오지 않으셨다. 아버지의 첫번째 외박이었다.

어머니는 나에게 학교에 가지 말라고 하셨다. 우리가 사는 곳이 학교와 너무 멀어서 불편하니 집에서 복습하라고 했고, 매일 몇글자씩 나에게 가르쳐주셨다.

집에서 지내는 일은 아주 쓸쓸했다. 이 집엔 아이들이 없었고 바깥은 인적 없는 좁은 길이라 사람들이 거의 다니지 않았다. 나는 친구 하나 없는데다 온종일 아버지의 얼굴도 볼 수 없었다. 어머니 외에는 내가 '이모'라고 부르는 아주머니 두명과 '삼촌'이라고 부르는 낯선 남자 두어명뿐이었다. 어머니는 예전보다 더 야위었고 우울해 보였다. 어머니는 늘 눈살을 찌푸리며 한숨을 내쉬었다. 때로는 방에서 혼자 눈물을 흘리기도 했다.

아버지가 며칠 밤을 집에 돌아오지 않으셨다. 내가 매일 밤 아버지는 왜 집에 돌아오지 않느냐고 물어보면 어머니는 애써 웃음을 지으며 사업차 출장을 갔다고 대답하곤 하셨다. 내가 입을 다물고 있으면 어머니는 도리어 눈살을 찌푸리셨다.

며칠이 지난 어느날 밤, 아버지가 갑자기 돌아오셨다. 내가 막 잠자리에 들 무렵이었다. 밖에는 비가 주룩주룩 내리고 있었다. 아버지는 마치 물에 빠진 생쥐처럼 흠뻑 젖어 알아보지도 못할 정도였다.

"당신이에요? ─왜 이 모양이에요?" 어머니가 놀라 바느질거리를 내려놓으며 물었다. "비가 이렇게 쏟아지는데 어떻게 왔어요?"

"개가 계속 쫓아오면서 물려고 했지만 이 비 덕택에 살았소!" 아버지가 한숨을 돌리며 옷의 단추를 끄르셨다. 어머니는 머리에서 떨어지는 빗방울을 닦도록 수건을 건네주었고 깨끗한 옷을 꺼내 갈아입게 하셨다.

"당신은 몸을 아껴야 해요. 원래 허약한 몸인데 더이상 몸을 망치면 안돼요." 옷 갈아입는 아버지를 거들며 어머니가 당부했다. "요 며칠간 당신 때문에 정말 애가 탔어요."

"요 며칠간 개들이 마구 사람을 물어대는 통에 감히 집에 돌아올 엄두가 나지 않았소. 당신과 아이한테 해를 입힐까봐 말이오. 장씨張氏가 전해준 소식은 들었소? 오늘은 더이상 참을 수가 없어 비가 쏟아지는 틈에 돌아와본 것이오. 당신을 보니 마음이 편하구려." 아버지의 음성은 몹시 부드러웠다. 아버지같이 다 큰 어른이 개를 무서워하다니 정말 생각지도 못한 일이었다!

처음에 어머니는 말없이 아버지의 얼굴을 바라보며 눈물만 흘렸다. 그러다 갑자기 울음을 터뜨리며 말했다. "지금부터 다 그만두세요. 당신 때문에 우리가 얼마나 고생하는지 보세요! 이 몇달 동안 매일 밤낮으로 당신 때문에 정말 걱정했어요." 목소리는 아주 작았지만 어머니가 울고 있다는 걸 알 수 있었다.

말없이 방 안을 거닐던 아버지가 잠시 후 겨우 입을 열었다. "그럴 수 없소. 모든 일은 이미 다 정해졌소. 나는 선택의 여지가 없소. 다수를 위해 나 개인을 돌볼 수가 없소. 나는 나쁜 일을 한 적이 없소. 내가 하는 일은 모두 정의를 위한 것이오."

"나는 당신의 아내예요. 린이는 당신의 아들이고요. 당신은 우리한테 무엇을 주려는 건가요? 당신은 우리한테 왜 이런 고통을 안겨주는 거예요?" 어머니의 울음소리를 듣자 이불 속에 있던 나 역시 울음이 나왔다.

"내겐 단지 하나의 마음과 하나의 생명만이 있소. 대중을 위해 가족을 돌볼 수 없게 되었소." 아버지가 나지막이 말했다.

"그럴 거면 왜 나와 결혼했나요—?" 어머니는 또박또박 이 말을 하고 더이상 말을 잇지 못했다.

아버지는 한숨을 지으며 어머니를 바라보시더니 더이상 말을 못하고 발로 방바닥만 문지르셨다. 아버지는 한참 동안 갈등하다가 겨우 말했다. "당신과 린에게는 정말 미안하오. 하지만 난들 무슨 방법이 있겠소? 나 같은 사람은 정말 결혼하지 말았어야 했소. 혼자 모든 짐과 고통을 진 채 다른 사람에게는 고통을 주지 말았어야 했소. 나를 용서해주시오……"

그날밤 아버지는 나가지 않으셨다. 다음날도 집에 계시며 어머니에게 다정히 대해주셨다. 그후 며칠간 집에 머무르며 밤에 외출하더라도 일찍 돌아오시곤 했다. 나는 옛날과 같이 나를 사랑해주는 아버지를 다시 찾은 듯한 느낌이 들었다. 곧 내 생일도 다가올 것이었다.

어머니는 한달 전에 새 구두를 사주겠다고 약속하셨다. 생일 며칠 전부터 어머니가 약속을 잊을까봐 나는 매일 어머니를 채근했다. 지금도 똑똑히 기억하는데 내 생일날은 날씨가 매우 화창했다. 아침에 아버지가 외출하려고 하자 어머니는 나의 새 구두를 사오라고 간곡하게 부탁했다. 아버지는 잊지 않겠노라고 하시며 오후에 돌아오면 나와 함께 연극을 보러 가기로 하셨다.

우리는 집에서 점심을 먹은 후 아버지가 돌아오시기만 기다렸다. 나는 마당에서 놀면서 발걸음 소리만 들리면 아버지가 새 구두를 사가지고 오시는 줄 알고 뛰어나갔다. 그러나 오후가 다 지나도록 아버지는 그림자도 보이지 않았다. 어머니도 초조해지기 시작했다.

밤이 깊어서야 우리는 저녁을 먹었다. 어머니는 한 울타리 안에서 사는 그 중년 아낙 두분을 식사에 초대했다. 하지만 우리는 먹을 기분이 나지 않았다. 나는 새 구두만 생각하면 울음이 터질 것 같았다.

저녁을 먹은 나는 몹시 피곤해 눈이 계속 감기려 했다. 아버지를 기다리는 일이 지루하게 느껴졌다. 아버지는 여전히 돌아오시지 않았다. 어머니는 어쩔 수 없이 나를 재우려 하셨다. 어머니는 내일 아침 일찍 일어나면 새 구두를 신을 수 있을 거라면서 나를 위로해주었다.

내가 막 잠들려는데 문 두드리는 소리가 나서 잠이 깼다. 어머니가 가서 문을 열자 거무튀튀한 얼굴의 산둥 사람이 들어와 어머니에게 뭐라고 소곤거렸다. 어머니는 황급히 문을 잠그고는 그를 따라 나갔다.

나는 심장이 마구 뛰기 시작했으나 밖에서 무슨 일이 일어났는지 알지 못했다. 나는 잠을 자지 않고 어머니가 돌아오면 자세한 사정을 물어보려고 했다. 그러나 얼마 후에 결국 잠이 들어버렸다.

이튿날 아침 어머니에게 어젯밤 어디에 갔다 오셨느냐고 물어보았다. 그런데 어머니는 어젯밤 외출한 것을 아예 부인하면서 도리어 내가 꿈을 꾸어 정신이 없는 것이라고 하셨다. 하지만 어머니의 두 눈은 뻘겋게 충혈되어 있었다. 아버지가 새 구두를 사오셨는지 물어보니 어머니는 결국 눈물을 흘리고 말았다.

아버지는 내가 바라던 새 구두를 결국 사오시지 않았다. 더욱이 그뒤로 나는 영원히 아버지의 얼굴을 보지 못했으며, 어머니도 더이상 아버지의 일을 거론하지 않으셨다. 아버지가 어디 계시느냐고 물어보면 사업차 다른 지방에 가 있다고 하셨다. 언제 돌아오시느냐고 물어보면 내년에 돌아온다고 하셨다. 일년이 지난 후 또 물어보면 또 내년이 되면 돌아온다고 하셨다. 이렇게 내년이 몇번이나 지나갔지만 아버지는 끝내 집으로 돌아오시지 않았다. 심지어 아버지 소식조차 전혀 들을 수 없었다.

어머니는 혼자서 나를 키우셨다. 나 때문에 얼마나 많은 고생을 하셨는지 모른다. 그러나 내가 장성하여 결혼을 하자마자 어머니는 나와 반년도 살지 못하고 세상을 떠나셨다. 어머니의 유품 가운데서 뜻밖에도 옛날 신문 한장을 발견했다. 그 신문에는 아버지 사진과 기사가 실려 있었다. 그제야 나는 아버지의 최후에 대해 알게 되었다.

2

이상의 이야기는 너에게 들려주려고 쓴 것이란다. 샹아, 내 아들아, 오늘은 너의 여덟번째 생일인데 나는 너한테 사주기로 약속한 새 구두를 사오지 못했구나.

샹아, 아들아, 꿈에 그리던 새 구두를 받지 못해 너는 실망했겠지. 내가 빈손으로 집에 돌아오자 너의 그 맑은 눈에서 실망의 눈물이 반짝이던 것을 나는 똑똑히 기억한다. 네가 눈물을 머금고 엄마에게 매달려 조를 때 나는 눈물이 났다. 이십여년 전의 일이 갑자기 내 눈앞에 떠오르는구나.

샹아, 아들아, 이십여년 전에도 이 집에서 여덟살 먹은 아이가 쓸쓸하게 생일을 보냈다는 사실을 너는 모를 것이다. 그 아이가 바로 이 아비란다. 네가 오늘 그런 것처럼 이십여년 전 그날에 나도 아버지가 새 구두를 사가지고 돌아오시길 초조하게 기다렸단다. 그러나 내가 받을 수 있었던 것은 역시 눈물의 기다림뿐이었다. 더 큰 불행은 새 구두를 받지 못한 것에다 아버지마저 만날 수 없게 되었다는 것이다.

그때 이후로 나는 늘 아버지를 이해할 수 없었다. 새 구두 때문만이 아니라 어머니와 내게 수많은 고통과 외로움을 안겨주었기에 나는 자주 실종된 아버지를 원망하곤 했다. 내가 쓴 앞의 글에서는 아버지를 인정머리라곤 없는 이상한 사람으로 묘사했지만 나는 지금 내가 아버지를 얼마나 오해했는지 알게 되었단다. 그러나 이제는 네가 나를 묘사할 차례가 되었구나.

이것은 아마 비극일지도 모른다. 내가 앞의 글을 쓸 때, 즉 내 기억 속에서 아버지의 모습을 찾으려고 할 때, 나는 너의 입장에서 나를 묘사하게 되는 것 같았다. 나는 내 아버지를 묘사하고 있을 뿐 아니라 네 눈에 비친 나의 모습을 그리는 것 같았다. 내 아버지가 내게 외로움과 고통을 안겨주었던 것처럼 나도 너한테 똑같은 고통을 주었기 때문에, 내가 나의 아버지를 원망했던 것처럼 네가 이 아비를 원망하고 있음을 나는 안다.

샹아, 아들아, 나는 너를 원망하지 않는다. 너도 알다시피 나는 나의 아버지처럼 너한테 커다란 잘못을 하고 있다. 나는 마땅히 내 어깨의 짐을 모두 감당해야 했고, 다른 사람이 고통을 당하지 않도록 나 혼자 모든 고통을 감내해야 했다. 나는 이름없이 태어나 이름없이 고통당하며 살다가 내 마음과 목숨을 바치고 이름없이 사라져갈 것이다. 나는 아들을 낳지 말았어야 했다. 내 아버지는 "정의를 위해서 가장 소중한 것도 바쳤다. 내가 처음도 아니고 마지막도 아니다"라고 하셨지. 이제 내가 이 말을 다시 반복할 차례가 되었구나. 이 아비는 정말 처음도 아니고 마지막도 아니란다. "정의를 위해서"라는 말은 마치 유전병처럼 할아버지가 아버지에게 물려주셨고 아버지가 나에게 다시 물려주신 것이다. 내 할아버지도 이 병으로 돌아가셨고, 내 아버지 역시 이 병으로 세상을 떠나셨지. 그래서 나는 처음도 아니고 마지막도 아니란다. 아들아, 나도 어쩌면 이것을 네게 다시 물려줄지도 모르겠구나. 그리고 너도 어쩌면 이것을 또다시 물려주게 되겠지. 우리 가족 대대로 이 병균이 옮아 사냥당하는 맹수가 되고 사람들이 두려워하는 독물이 되는 것 같구나.

샹아, 아들아, 나는 너한테 얼마나 큰 잘못을 했는지 모르겠구나. 너를 낳아 이 병을 너한테 유전시키고 내 할아버지와 내 아버지와 내가 걸었던 길을 걷게 하여 우리처럼 그렇게 고통받게 하고 있으니 말이다. 우리는 이 병을 피하려야 피할 수가 없단다. 정의가 이미 우리의 핏속에 흐르고 있기 때문이지. 그것은 할아버지의 핏속에도, 아버지의 핏속에도, 내 핏속에도, 네 핏속에도 역시 흐를 것이다. 우리의 혈통이 끊어지지 않는 한 이 병은 영원히 전해져내려갈 것이다. 우리의 자손 가운데 그 누구도 치유될 수 없을 것이다.

샹아, 아들아, 오늘 나는 너한테 실망을 하나 안겨주었다. 앞으로 내가 너한테 안겨줄 고통은 정말 수없이 많을 것이다! 내가 지금 나의 아버지를 이해하게 된 것처럼 네가 언제쯤 나를 이해하게 될지는 모르겠다. 그런데 나한테는 기다릴 시간이 충분하지 않아 안타깝구나. 나는 여덟살 생일에 아버지를 잃었단다. 오늘은 네가 여덟살 생일을 맞이하는 날이다. 나도 나의 아버지처럼 언제든 갑자기 사라질 수 있단다. 그래서 네가 나의 글을 이해하게 될 그날까지 난 기다릴 수가 없구나. 나는 지금 이 이야기를 써서 내 서류 속에 끼워넣을 것이다. 내가 이 세상을 떠난 후 내 유품 가운데 이것을 찾으면 나의 유언으로 여기길 바란다. 이것은 나에 관한 모든 것을 알려줄 것이다. 장차 네가 갖가지 고통으로 인해 이 아비를 원망할 때, 너는 이 아비도 너와 똑같은 이유로 네 할아버지를 원망한 적이 있음을 알게 될 것이다. 우리가 처음도 아니고 마지막도 아니라는 것을 반드시 기억해두어라.

이제 할 말은 거의 다 한 것 같구나. 주위에는 고요함만 흐르고 있다. 네 엄마와 너는 침대에서 조용히 자고 있구나. 넌 어쩌면 아버지가 새 구두를 사오는 꿈을 꾸고 있는지도 모르겠다. 하지만 네 엄마, 이 착하디착한 불쌍한 여인은 정말 너무나 고생이 심하구나. 내일 아침 날이 밝자마자 네 엄마는 바삐 일어나겠지. 나의 어머니가 아버지를 대하듯 네 엄마는 나를 대해주었단다. 그리고 내 아버지가 어머니를 고생시킨 것처럼 나는 네 엄마를 고생시켰단다. 역사는 이렇게 돌고 돌아 과거에 행해졌던 일이 또다시 반복되는 것 같구나. 그러나, 아들아, 우리는 역사를 바꾸어놓아야만 한다.

아들아, 가거라. 네가 커서 어른이 되거든 역사를 바꾸어놓도록 해라. 네 증조부의 피, 네 조부의 피, 네 아버지의 피, 네 자신의 피로 역사를 바꾸어놓도록 해라.

1933년 가을 베이핑[1]에서

---

1 베이징의 옛 이름.

지식계급
知識階級

1

총장 댁에서 나오던 경제학과 교수 왕이웨이王意偉는 괘종시계가
아홉번 울리는 소리를 들었다. 그는 학생과의 약속이 생각났다. 학
생 측의 소식을 알아보려고 비교적 활동적이고 종종 자신을 찾아
와 이야기를 나누곤 하던 두 학생을 그날 오후 집으로 불러 이야기
하기로 약속했으며, 그때 시간을 저녁 아홉시경으로 정했던 것이
다. 지금 그들은 아마 그의 집에 도착해 있을 것이다. 두 학생이 응
접실에서 그를 기다리고 있을지는 알 수 없었다. 문을 나설 때 어
멈에게 일러놓기는 했지만 어멈은 일을 믿음직스럽게 하지는 못했
다. 생각이 여기에 미치자 그는 다급해졌다.

그의 집은 총장 댁에서 그리 멀지 않아 십분이면 갈 수 있었다.
올해 새로 닦은 도로 양옆에 드문드문 서 있는 자귀나무에 달빛이

비쳐 나무 그림자가 조용히 땅에 드리워져 있었다. 그는 다리를 지나서 한줄로 늘어선 비파처럼 생긴 광나무를 따라 모퉁이 두곳을 돌았다. 버드나무 뒤에 그의 양옥집이 있었다.

학교 풍경은 정말 아름다웠다. 게다가 이 시각에는 몹시도 평온하여 부드러운 달빛 아래 세상 만물이 조용히 누워 있었다. 이곳에서 수업 거부 시위의 움직임이 태동하고 있으리라고는 아무도 생각하지 못했다.

왕 교수는 걸으면서 방금 전 총장과의 대화를 음미했다. 총장은 장보가오張伯高 학장파에게 절대로 양보하지 말고 끝까지 강경하게 나갈 것을 촉구했다. 총장은 학생들 사이에서 수업 거부 움직임이 있다는 소식을 들었으나 학생을 제적한 결정을 철회할 생각은 없었다.

"윈푸雲甫는 담력 있고 뚝심 있게 일하는 사람이야!" 그는 자기도 모르게 총장을 찬양했다. 그는 총장을 흠모했다. 게다가 그는 스승인 총장의 도움으로 모교 교수가 될 수 있었다. 지금 문과대학 학장인 탕난성唐南生도 총장의 제자이다. 하지만 오늘밤에 총장은 탕 학장에 대한 험담을 많이 했다. 무슨 까닭인지는 알 수 없었다.

그것을 궁금해하는 사이 그는 어느덧 집에 도착했다.

그는 돌계단을 올라가 초인종을 눌렀다.

문을 연 어멈이 그가 돌아온 걸 보고 인사를 했다. "돌아오셨군요. 학생 둘이 응접실에서 기다리고 있어요."

"알았어요." 그는 건성으로 대답했다. 학생들이 아직 가지 않은 것을 안 그는 기분이 좋아서 편안하게 응접실로 갔다. 그는 걸어가면서 다정하고 웃음 띤 얼굴로 손님을 맞이할 준비를 했다.

응접실에 앉아 있는 두 학생을 본 그는 그들이 인사하기 전에 얼른 "미안하네" 하고 웃으면서 말했다. 몹시 결례했다는 표정을 지으며 그는 손님과 악수하러 다가갔다.

두 학생은 손님 접대용 책인 일본어판 『세계미술전집』을 뒤적이고 있었다. 그의 발자국 소리를 들은 그들은 얼른 책을 덮고 일어나 웃으며 인사했다.

"온 지 얼마 안됐어요. 그림을 보고 있어서 시간 가는 줄 몰랐어요." 왜소하고 마른 체구의 왕칸王侃이 만면에 웃음을 지으며 아주 재미있다는 듯 대답했다. 반들반들하게 빗은 머리에 멋진 양복 차림의 왕칸은 4학년 학생으로 모든 여학생들에게 관심을 보이곤 해 별명이 '왜각호'[1]였다. "미스터 천陳, 일찍 왔군." 그는 창파오[2] 차림에 세모난 얼굴의 학생을 보며 이렇게 덧붙였다.

"저도 온 지 얼마 안됐어요. 하여튼 별일은 없어요." 천민궁陳敏公이 말하며 공손하게 웃었다.

그들 모두 자리에 앉았다.

"오늘 날씨가 참 좋군. 달도 밝고." 왕 교수는 앉아서 날씨를 거론했으나 속으론 다른 일을 생각하고 있었다.

두 학생은 웃으며 말을 거들었다.

또다시 별뜻 없는 말을 몇마디 더 하고 나서야 비로소 다들 본론으로 화제를 돌렸다.

"수업 거부를 한다는 말이 들리던데 그게 사실인가?" 왕 교수는 무심한 듯이 이렇게 떠보는 한편 두 학생의 얼굴색을 몰래 유심히 살폈다.

왕칸은 천민궁을 힐끗 보면서 눈동자를 두어번 굴리더니 회심

---

1 『수호전』의 등장인물로 5척 단신이면서 색을 밝히는 왕영(王英)의 별명.
2 두루마기 같은 중국 고유의 웃옷.

의 눈빛을 한차례 주고받았다.

"그럴 리가요." 왕칸은 몸을 흔들거리며 히죽히죽 웃다가 왕 교수를 바라보면서 말했다.

"수업 거부를 주장하는 학생도 있지만 반대하는 학생도 있어요. 저희는 학업에 방해가 되기 때문에 시위가 확산되는 걸 원치 않아요." 천민궁이 몹시 진지한 태도로 말했다. 하지만 사실 그도 수업 거부에 찬성한 학생이었다.

왕 교수는 잠시 멈칫했다. 그는 물론 이 말을 믿지 않았으며 그들이 눈빛을 교환하는 것도 보았고 얼굴색도 다 파악했다. 그는 별다른 설명을 하지 않고 그들의 말투를 따라 몹시 진지한 어조로 응수했다.

"나 역시 수업 거부가 일어나지 않길 바라네. 시위가 확산되지 않도록 말이야. 이번 시위는 아주 불행한 일이네. 계속 이렇게 나가면 자네들한테도 좋지 않을 걸세." 왕 교수가 진중하게 말했다. 그는 이 말을 하고 가볍게 기침을 했다. 그는 턱수염을 쓰다듬으며 두 젊은이의 얼굴을 번갈아 바라보다가 천천히 말을 이었다. "그런데 총장님이 말씀하시길 누군가 뒤에서 시위를 선동하여 많은 학생들이 이용당하고 있다고 하던데……"

"그럼 총장님의 생각은 무엇인가요?" 왕칸이 급히 물었다. 그는 벌써 왕 교수의 의중을 꿰뚫고 이 말로 왕 교수가 이후 더욱 명확하게 말하도록 했다.

"총장님의 생각은 자네들도 잘 알고 있지 않은가. 총장님은 일찌감치 시위를 해결하고 학교 발전에 더욱 힘쓰기를 바라시네. 듣자하니 상부에서도 총장님에 대한 신임이 두텁다는군." 왕 교수는 왕칸의 말을 알아듣고 그 기회를 이용해 이렇게 말했다. "바로 이런 이유에서 나도 총장님을 돕고 있는 거지. 장보가오 학장이 날 총장의 앞잡이라고 말하는데, 그것은 나에게 말도 안되는 누명을 씌우는 일이야." 그는 금세 억울하다는 표정을 지었다.

"교수님의 생각을 저희는 충분히 이해하고 존중합니다. 저희는 절대로 장 학장님처럼 교수님을 오해하는 일은 없을 겁니다." 왕칸이 얼굴에 아첨의 미소를 지으며 몸을 흔들거리면서 말했다.

"교수님이 총장님께 저희 대신 해명해주십시오. 일부 학생 중에는 총장님의 보수적 조치들, 특히 최근에 학생을 제적한 일에 대해 불만인 사람들이 있습니다. 하지만 제가 아는 바로는 그 학생들이 장 학장님을 찬성하는 것은 아닙니다. 저희들은 말할 것도 없이 총장님을 지지합니다. 바라건대……" 천민궁의 태도는 왕칸보다 더 공손했다. 그는 "바라건대"라는 말을 하다가 갑자기 얼굴을 붉히더니 입을 다물고 더이상 말을 하지 않았다.

왕 교수는 이것을 보고 속으로 이미 실상을 알아차렸다. 그가 웃으면서 말했다. "물론이지. 총장님께 보고하겠네. 사실 나는—" 여기까지 말했을 때 어멈이 들어와 말했다. "교수님, 탕 학장님한테서 전화가 왔어요."

왕 교수는 탕 학장한테서 전화가 왔다는 말을 듣고 곧 미간을 찌푸렸다. 그는 일어나면서 학생들에게 잠시 실례하겠다는 말을 하고 응접실을 나갔다.

그는 수화기를 들고 말했다.

"이웨이일세. 난성인가?"

"알았네."

"좋아, 좋아. 미스 홍洪도 같이 있나? 잘됐군!"

"내 이따 가겠네."

"좋아, 금방 가지."

"그래, 꼭 가겠네."

그는 수화기를 걸어놓은 다음 흥분해 응접실로 돌아왔다.

두 학생은 나지막이 이야기하다가 그가 들어오는 것을 보고 입을 다물었다. 왕칸이 가볍게 기침을 두어번 했다.

"탕 교수님이 전화하신 건 일이 있어서인가요?" 왕칸이 담담하게 물었다.

"아무 일도 없네." 왕 교수가 변명하듯 급히 대답했다. 하지만 그 다음에 그는 갑자기 생각난 듯 말했다. "탕 학장이 나더러 자기 집에 오라는군. 아마 또 무슨 골동품을 산 모양이야."

"그럼 저흰 이만 가보겠습니다. 교수님이 시간을 지체하시면 안 되니까요." 천민궁이 몸을 움직이며 일어나려 했다.

"괜찮네, 괜찮아! 더 앉아 있다가 가게. 꼭 간다고 하지는 않았네." 왕 교수가 얼른 그들을 만류했다. 하지만 그들보다 그가 먼저 자리에서 일어났다. 두 학생도 하는 수 없이 그를 따라 자리에서 일어났다.

"가보겠습니다. 다음에 또 찾아뵙겠습니다." 왕칸이 몸을 흔들거리며 공손하게 말했다. 천민궁도 말을 따라했다. 그들은 함께 응접실에서 나갔다.

"자네들, 일이 없으면 우리 집에 자주 놀러 오게." 왕 교수가 인사치레 반, 진심 반으로 말했다. 그는 다른 할 말이 있었지만 입 밖으로 내면 좋지 않을 것 같았다.

"예, 예." 두 학생이 공손하게 대답했다. 그들은 왕 교수의 속내를 알고 있었으나 짐짓 모른 체하며 고지식하게 말없이 그의 말을 기다렸다.

"미스터 왕, 내가 방금 말한 것을 자네들이…… 도와주었으면 하네." 왕 교수는 그들을 문간까지 배웅하며 우물거리면서 이렇게 말했다.

두 학생은 그의 말을 알아듣지 못한 것처럼 아무 말 없이 서로를 바라보았다. 그들은 발걸음을 떼지도 않고 여전히 계단에 서서 그의 말을 기다렸다.

그는 그들의 속내를 알아차리고는 생각했다. '뭘 그렇게 시치미를 떼나!' 그는 별수 없이 한마디를 덧붙였다. "물론 피차간에 다 조건이 있겠지."

"당연하지요. 반드시 교수님을 도와드리겠습니다. 그리고 저희는 줄곧 총장님을 지지해왔습니다. 달리 하실 말씀이 있으신가요?" 왕칸이 시원스럽게 대답했다.

왕 교수가 갑자기 왕칸에게 다가가 무어라 귓속말을 했다. 왕칸은 연달아 "예, 예" 하더니 마지막에는 큰 소리로 말했다. "앞으로 교수님께 자주 전화드리겠습니다."

"그래." 왕 교수가 만족스럽게 웃으며 대답했다. 그는 인사치레로 그들에게 고개를 끄덕인 뒤 그들의 뒷모습이 멀어져가는 걸 지켜보았다. 그러고는 몸을 돌리며 나지막이 욕을 내뱉었다. "이놈들! 일을 아직 시작도 안했는데 보수부터 요구하다니!"

2

왕 교수가 탕 학장의 집에 들어가자 응접실에서 여인의 웃음소리가 들렸다. 하인이 그가 들어갈 수 있도록 응접실 문을 열어주었다. 방 안의 사람들이 다 일어섰다.

"이웨이, 마침 잘 왔네. 우리 지금 네판째 하고 있다네!" 왕 교수가 들어오는 걸 보고 긴 머리에 남색 마고자 차림을 한 문학교수 장쥔치張君祺가 소리쳤다.

왕 교수는 양미간을 살짝 찌푸렸다. 하지만 금세 웃는 낯으로 사람들에게 인사를 건넸다. 그의 눈길은 장 교수의 얼굴에서 시작하여 탕 학장, 탕 학장의 아내와 여동생을 거쳐 마지막에 젊은 여성에게 이르렀다.

연한 남색의 융絨 치파오 차림의 그 여성은 얼굴에 살짝 분을 발랐고 머리카락은 모두 왼쪽 뺨으로 쏠렸으며 반짝이는 커다란 눈을 가지고 있었다. 그녀는 바로 반에서 그가 가장 총애하는 학생인 홍밍후이洪明慧였다.

홍밍후이는 고혹적인 웃음을 지으며 그를 바라보았다. 그리고 카랑카랑한 목소리로 "왕 선생님" 하고 불렀다. 그의 마음이 꽃처럼 활짝 피어나 그도 우물거리며 "미스 홍" 하고 대답했다.

탕 학장이 앉으라고 해서 그는 마침 홍밍후이 옆에 앉았다. 다른 사람들에게 몇마디 상투적 인사를 건넨 그는 홍밍후이와 이야기를 나누었다. 그는 좌우를 두리번거렸으나 너무나 즐거운 나머지 다른 일을 생각할 겨를이 없었다.

"이웨이, 나를 따라오게. 이야기 좀 하세." 그가 홍밍후이와 신나게 이야기를 하고 있는데 탕 학장이 갑자기 일어나 그들의 말을 자르고는 그를 서재로 데려갔다.

서재로 들어서자 탕 학장의 얼굴색이 이내 변했다. 그는 왕 교수와 상의할 무슨 중대한 일이라도 있는 듯 진지한 표정이었다. 왕 교수는 탕 학장이 무슨 이야기를 하려고 하는지 알기에 방금까지의 흥이 점점 사라져버렸다.

"이웨이, 학생들의 선언문 좀 보게." 탕 학장이 품에서 인쇄물을 꺼내며 진중하게 말했다.

"선언문? 나는 왜 보지 못했을까!" 놀란 왕 교수가 인쇄물을 뺏어 탁자에 펼치고서 흥분한 목소리로 읽어내려갔다.

탕 학장이 의자를 끌어당겨 두 사람은 머리를 맞댄 채로 선언문을 읽었다. 탕 학장이 나지막한 소리로 읽어내려갔다.

"낭패로군! 학생들이 자네와 나를 다 끌어들였군!" 왕 교수가 떨리는 목소리로 말했다. 그는 아주 초조해했다.

"그들이 나를 공격했군, 그 무뢰배[3]들이! 나는 무섭지 않네. 그놈들이 날 타도할 수 있는지 두고 보자고!" 탕 학장은 얼굴이 붉으락푸르락하면서 화가 나 욕을 했다.

"왕칸 그 자식! 내가 그놈 꾀에 넘어갔어. 날 도와줄 줄 알았더니!" 왕 교수가 이를 갈며 욕을 내뱉었다.

이때 갑자기 전화벨이 울렸다. 전화기는 책상 위에 놓여 있었다. 탕 학장이 수화기를 들었다.

"탕씨 집입니다. 어디신가요?"

왕 교수가 놀라면서 고개를 들어 탕 학장을 바라보았다.

"총장님 전화야." 탕 학장이 손으로 수화기를 막고 왕 교수에게 익살스러운 표정을 지어 보인 후 나지막이 말했다.

"총장님!" 왕 교수가 놀라 소리쳤다.

탕 학장은 그의 말에 아랑곳하지 않고 수화기에 대고 말했다.

"네, 방금 봤습니다."

---

3 원문에는 영어로 'rascal'이라고 씌어 있다.

"네, 이렇게 되면 너무 소란스럽지요!"

"아, 다른 의견은 없습니다. 총장님과 같습니다."

"네, 그 방법이 좋겠습니다."

"좋습니다. 저는— 좋습니다. 꼭 가겠습니다."

탕 학장은 몇마디 의례적인 인사말을 한 뒤 수화기를 내려놓고 불쾌한 듯 왕 교수에게 말했다. "총장님이 나더러 내일 기념식에 꼭 참석하라시는군. 사실 내일 기념식을 거행할 수 있을지 아직 결정되지는 않았다네. 학생 측에서 무슨 움직임이 있을 거라고 들었는데."

"내일 무슨 일이 일어나겠군." 왕 교수가 중얼거렸다.

탕 학장은 아무 말 없이 고개를 들어 천장을 바라보면서 생각에 잠겼다. 그가 갑자기 고개를 숙이더니 왕 교수의 귀에다 속삭였다. "아까 장보가오가 왔었는데 선언문은 그가 준 것일세. 내가 확실히 그들 편에 서기만 하면 나와 연합할 수 있다고 하더군. 태도가 아주 진지했네. 자네에게 반감이 없으니 자네도 자신들과 연합할 수 있기를 바란다고 했네." 탕 학장이 여기까지 말하더니 갑자기 입을 다물고 형형한 눈빛으로 왕 교수를 바라보았다.

왕 교수는 무표정한 얼굴로 몰래 머리를 굴렸다. 총장의 말에는 일리가 있으며, 탕난성은 정말 배반하려 든다고 그는 생각했다. 그 것은 친구를 실망시키는 일이다. 하지만 자신은 어떻게 할 것인가? 이 일에 대해 오랫동안 생각해보았으나 총장이 실패하지 않으리라는 보장은 없었다. 그는 장보가오 학장이 준 기회를 헛되이 흘려보내고 싶지 않았으며, 동시에 공개적으로 총장에게 반대할 수도 없었다. 그는 우물쭈물 말했다.

"하지만 어쨌든 우리는 원푸 덕에 오게 된 사람이잖아."

탕 학장의 얼굴색이 갑자기 바뀌었다. 그는 '넌 정말 교활하군. 내가 네 마음을 모를 줄 알고?'라고 생각했다. 그가 위협적인 태도로 말을 이었다.

"각자의 의견이 다르니 당연히 강요할 순 없네. 하지만 장보가오의 세력이 크고 일부 학생들이 그를 옹호하니 윈푸가 버티지 못할까봐 걱정되는군."

왕 교수는 탕 학장이 일부러 자신을 겁주려 한다는 걸 분명히 알았지만 그의 말에도 일리가 있다고 생각했다. 정말 초조해진 왕 교수가 에둘러 말했다. "윈푸는 절대로 손 놓고 있지 않을 걸세. 그는 배짱도 있고 기백도 있으니까 말이야!"

탕 학장이 냉소를 지으며 단호하게 말했다. "장보가오는 윈푸보다 더 유능하고 배경도 든든해. 그는 이번 시위를 이용해 윈푸를 몰아내고 그 자리를 차지할 속셈이네. 나는 그럴 가능성이 농후하다고 봐. 솔직히 말해 윈푸는 너무 독단적이고 학생들에게 잘하지도 못했어. 학생들이 그에게 불만을 가지는 것도 이상할 게 없지. 이번에 학생을 제적한 결정도 너무 생각이 없는 거였어."

왕 교수는 일찍이 장보가오가 총장 자리를 위해 운동하고 있다는 말을 들은 바 있다. 장보가오의 자형은 정부의 장관이었다. 그는 뒷배경이 있으니 대학 총장을 하는 것은 어려운 일이 아니었다.

왕 교수의 심장이 더욱 활발히 요동쳤다. 하지만 그는 주견이 없는 양 애쓰며 물었다. "그럼 자네 생각은 어떤가?"

탕 학장이 조금 멈칫했다. 그는 생각했다. '너 정말 교활하군! 하지만 나도 서너살짜리 아이는 아니지.' 그는 짐짓 진지한 척하며 대답했다. "우린 오랜 친구이니 난 당연히 자네 결정에 따를 거네. 자넨 대체 거절할 텐가, 아니면 승낙할 텐가?"

"자네 생각은 어떤가?" 왕 교수는 망설이는 모습으로 대답을 피하면서 말했다.

"난 이미 결정했네. 자네는?" 탕 학장이 갑자기 굳은 표정으로 말했다.

왕 교수는 마음이 몹시 불편했다. 하지만 그는 더이상 피할 곳이 없다는 것을 알고 좀 머뭇거리다가 말했다. "나는— 며칠 지나서 다시 말하겠네."

"며칠 지나서? 일이 이렇게 급박한데! 내일이 지나면 만회할 방법이 없네! 자네가 결정하지 않으면 나는 단독으로 행동하겠네. 앞으로 후회하지 말게!" 탕 학장이 더욱 진지하게 말했다. 그는 이번에 왕 교수를 거꾸러뜨릴 자신이 있었다.

왕 교수는 더이상 할 말이 없었다. 한숨을 내쉬며 애석하다는 듯 그가 말했다. "정말 자네 말대로라면 나도 원푸 편을 들 수는 없겠군." 하지만 마음속으로 그는 이 말을 증거로 삼기에는 부족하다고 생각했다.

탕 학장이 격려하듯 말했다. "그래야 총명한 사람을 한명 잃지 않지." 그는 눈알을 몇번 굴리더니 알지 못할 미소를 지었다.

"난성, 이웨이, 빨리 오게!" 장쿼치가 밖에서 소리쳤다. 응접실에서 한바탕 웃음소리가 들려왔다.

탕 학장은 아랑곳하지 않고 왕 교수에게 나지막이 말했다. "장보가오가 나더러 내일 아침 그들의 회의에 참석하라고 했네. 그래서 가볼 생각이네. 그 결과는 내일 자네에게 알려주겠네." 그러고는 다시 진지하게 왕 교수의 귀에다 속삭였다. "사실을 말하자면 장보가오는 자넬 아주 높이 평가해서 자네가 가입하길 바라고 있네. 외부 사람들은 자네를 원푸의 측근으로 보고 있으니 자네가 원푸를

182

반대한다면 장보가오의 위세가 더욱 높아지겠지. 이렇게 되면 자네에게도 이로운 점이 있을 걸세."

왕 교수는 이 말을 듣자 마음속으로 자괴감이 들면서 의혹이 일었다. 장보가오가 평소 그를 백안시하고 총장의 주구라고 욕을 해댔는데 이제 와서 어떻게 자신을 높이 평가하겠는가? 그러나 그는 탕 학장이 이렇게 자신을 걱정해주고 있는데 속일 리는 없을 거라고 여겨 다시 안심을 했고 자신도 더이상 숨길 필요가 없다고 생각해 탕 학장에 대한 총장의 비판을 다 말해버렸다.

탕 학장은 그의 말을 듣자마자 얼굴이 시뻘겋게 달아올랐으며 다짜고짜 부르르 화를 내면서 욕을 내뱉었다. "나는 아직 그를 치려고 손을 뻗지도 않았는데 선수를 써서 나를 치다니. 앞으로는 더이상 그에게 이용당하지 말아야겠군. 내가 본때를 보여줘야겠어……"

그의 말이 채 끝나기도 전에 갑자기 장 교수가 미스 탕의 손을 잡고 뛰어들어와 신이 나서 외쳤다. "난성, 진청 호텔에 가세! 모두 같이 가세!"

"이제 시간이 늦었으니 내일 밤에 가세!" 탕 학장은 자신에 대한 총장의 비판을 듣고서 불쾌해져 이렇게 냉담하게 사양했다.

"난 갈 거예요!" 애교스러운 목소리가 문간에서 들려왔다. 이 목소리를 듣자 탕 학장의 화는 씻은 듯 사라져버렸다. 고개를 들어보니 아내가 문간에 서서 그에게 미소를 짓고 있었다. 그녀는 이미 아름다운 이브닝드레스 차림을 하고 있었다. 날씬한 몸매가 등불 밑에서 빛을 발하고 있었다. 그녀가 애교 넘치는 목소리로 말했다. "난성 달링, 함께 가요. 벌써 차를 대기시켜놓았어요." 옷차림과 목소리로 인해 그녀는 열몇살은 더 젊어 보였다. 탕 학장은 더이상

지식계급 183

거절할 수 없어서 흔쾌히 말했다. "마이 달링, 함께 가겠소." 그가 유쾌하게 웃었다.

"이웨이, 우리와 함께 가세! 미스 훙도 간다네." 장쥔치가 유쾌하게 왕 교수에게 말했다.

"알았네." 왕 교수 역시 댄스를 좋아하는 사람이라 자신을 데려가주길 바라던 참이었다. 미스 훙도 간다는 소리를 들으니 더욱 기뻤다. 그는 흔쾌하게 승낙했다.

자동차가 왔다. 세쌍의 남녀가 차에 오르자 좀 비좁긴 했지만 모두들 별로 불편함을 느끼지 못했다.

한적한 도로에 달빛이 흘러내렸다. 운전사는 시내로 들어가는 길을 고속으로 질주했다.

3

깊은 밤 2, 3시경에 왕 교수는 집으로 돌아왔다. 그는 문 앞에서 초인종을 누를 때까지도 여전히 사람을 도취시키던 진청 호텔에서의 장면을 회상했다. 원시적인 성적 광분상태로 빠져들게 하는 재즈 음악이 여전히 그의 귓가에 맴돌았다. 훙밍후이의 반짝이는 두 눈이 유혹하듯 그의 눈앞에서 반짝였다. 수많은 여성들의 하이힐이 그의 머리에서 또각또각 울렸다.

문이 열리자 그는 엎어지듯 들어갔다. 어멈이 놀라 눈을 휘둥그레 뜨고 그를 바라보았다.

"교수님, 왕 군이 몇번이나 전화했었어요. 중요한 일이 있다고요. 천 군도 전화했었고요."

그는 외투를 벗으며 물었다. "언제 전화가 왔었어요?"

"등을 *끄기* 조금 전에요." 어멈은 피곤에 절어 있는 얼굴로 대답했다. 그녀는 여전히 옆에 서서 분부를 기다렸다.

등을 *끄는* 시각은 12시니 벌써 한참이나 지났다. 왕칸이 여러번 전화해 중요한 일이라고 했다면 틀림없이 자신과 관계있는 일일 것이다. 빨리 알아야만 했다. 그는 갑자기 초조해졌다. 아무 말 없이 즉시 전화기로 달려간 그는 서둘러 수화기를 들고 미친 듯 소리쳤다. "제2기숙사 연결해줘요!"

한참 동안 기다렸으나 대답하는 사람이 아무도 없었다. 그는 전화를 끊었다가 다시 걸어보았으나 아무도 전화를 받지 않았다.

"제기랄!" 그는 하는 수 없이 수화기를 걸어놓고 화가 나서 욕을 내뱉었다.

실망한 그가 서재로 돌아와 앉으면서 "저우周 어멈" 하고 신경질적으로 불렀다. 어멈이 뜨거운 수건을 건네주고 슬리퍼를 갖다준 후 차를 내왔다. 그리고 그가 벗은 구두도 정돈했다. 소파 위에 누워서 쉬는지 그는 눈을 감은 채 아무 말이 없었다.

그는 밤새 악몽에 시달리다 이튿날 오후가 되어서야 일어났다. 새벽에 총장이 전화를 했고 탕 학장도 두번이나 전화를 했지만 어멈이 다 사절해버렸다. 왕칸과 천민궁이 그의 집에 두번이나 찾아왔지만 그를 만나지 못했다. 결국 총장이 친히 방문해서야 그는 침대에서 일어났다.

그는 얼른 옷을 입고 응접실로 갔다. 총장이 손에 인쇄물을 움켜쥐고 화가 나 씩씩거리면서 소파에 앉아 있었다.

"이웨이, 잘하는 짓이군! 친구를 팔아먹진 말아야지! 자네는 내가 데려온 사람일세. 자네까지 나를 반대하다니!" 총장은 일어나서 손을 내지르며 따지듯 욕을 해댔다. 화가 나 얼굴이 붉으락푸르락한 그는 입을 벌리더니 왕 교수의 얼굴에 침을 뱉었다.

"자네 어제 나한테 했던 말 생각나나? 자네는 나를 아이 달래듯 얼렀었네!" 총장은 변명할 여지를 주지 않고 계속 욕을 퍼부었다.

왕 교수는 총장의 반들반들한 대머리를 멍청하게 바라보았다. 총장이 무엇 때문에 그렇게 화가 났는지 알 수가 없었다. 총장이 실컷 욕하고 나자 그는 두려운 듯 물었다.

"총장님, 무슨 일이죠. 전 아무것도 떠오르는 게 없는데요……"

총장은 그의 말이 채 끝나기도 전에 기세등등하게 인쇄물을 그의 손 안에 쑤셔넣으며 말했다. "보게! 이게 확실한 증거일세!"

왕 교수는 인쇄물을 받아들었다. 총장을 축출하자는 선언문이었는데 뒷면에 본교 교수들의 서명이 있었다. 장보가오 학장을 필두로 그와 탕난성의 이름도 있었다.

그는 처음에 좀 이상했으나 곧 알아차렸다. 그는 탕난성이 벌인 짓이라는 걸 알았다. 어젯밤 탕난성이 했던 말이 생각났다. 그러나 사전에 이 선언문이 있다는 것은 알지 못했다.

"총장님, 이건 다른 사람이 이름을 사칭한 겁니다. 저는 사전에 아무것도 알지 못했습니다." 그는 맹세하듯 변명했다. 그러나 그는 어젯밤 탕난성과 나눈 대화가 떠올라 자기도 모르게 살짝 얼굴을 붉혔다.

"사칭한 것이라고, 오리발을 잘도 내미는군! 난 믿을 수 없네!" 총장은 여전히 굳은 얼굴로 욕을 했다.

이렇게 되자 그는 더욱 두려워 얼굴에 철판을 깔고서 총장이 실컷 욕하게 놔둘 수밖에 없었다. 그러고는 몰래 이 궁지에서 벗어날 길을 모색했다.

"선언문에 난성의 이름도 있습니다. 난성은 어떻게 된 일인지 틀림없이 알 겁니다. 총장님, 그를 찾아 물어보는 게 어떻겠습니까?" 마지막으로 그는 일어서서 말했다.

"그러지. 자네 말대로 하겠네. 그를 찾는 것도 좋겠네." 총장은 한바탕 욕을 퍼부어서인지 화가 좀 가라앉은 듯했다.

왕 교수는 탕난성에게 전화를 걸어보았다. 그의 아내가 전화를 받아 탕 학장은 집에 없으며 어디에 갔는지 모른다고 했다. 그는 풀이 죽은 채 응접실로 돌아왔다.

"난성은 집에 없답니다." 그는 자신을 이렇게 궁지에 몰아넣은 난성을 저주하며 겁에 질린 목소리로 말했다.

이런 낭패스러운 표정을 보더니 총장은 더이상 추궁하지 않고 어떻게 된 일인지 설명해보라고 했다.

"틀림없이 난성이야. 내가 그를 데려왔건만 이제 나를 배반하려 들다니. 그 패거리는 다 후레자식이야. 그들이 나를 배반하면 직접 난징에 가서 그들을 다 해고해버리겠어ㅡ" 총장의 화가 탕 학장에게로 옮겨갔다.

이때 어멈이 들어와 끼어들면서 아뢰었다. "총장님 댁에서 전화가 왔어요."

총장이 얼른 가서 전화를 받았다. 그는 혼자 응접실에서 멍하니 있었다. 얼마 후 총장이 황급히 돌아와 말했다. "가야겠네." 총장의 표정을 보니 무슨 나쁜 소식을 들은 것 같았다. 그러나 그는 더이상 물을 수가 없어서 묵묵히 총장을 배웅하러 나갔다.

"자네 곧 부인하는 선언문을 발표하게." 총장이 계단을 내려가며 고개를 돌리고 분부했다.

그는 "예예" 하고 대답했다. 서재로 돌아오니 마음이 생지옥 같았다. 그는 이를 악물고 발을 구르면서 연신 욕을 내뱉었다. "괜히 원푸 이 늙은이에게 욕을 얻어먹었네! 정말 재수가 없군! 이따가 난성을 찾아가 결판을 내야지!"

조금 후 그는 갑자기 생각난 듯 또다시 혼자 중얼거렸다. "왕칸을 찾아가 이야기를 해보자!" 그러고는 얼른 전화기가 있는 곳으로 갔다.

제2기숙사의 사환이 전화를 받았다. 그는 한참 있다가 말하길, 왕칸은 기숙사에 없다고 했다.

"왕칸은 어디 갔나? 어디 갔느냔 말이야?" 그는 수화기에 대고 화가 나서 욕을 해댔다. "그를 찾아오란 말이야!"

그 사환은 전화를 끊고 아랑곳하지 않았다. 그도 하는 수 없이 전화를 끊었다. 제3기숙사로 전화를 걸어 천밍궁을 찾았으나 그 학생도 기숙사에 없었다. 그는 다시 탕난성에게 전화를 걸어보았다. 하인이 전화를 받더니 탕 학장은 아직 돌아오지 않았다고 했다.

어멈이 식사를 차려주어 식사를 하고 있는데 갑자기 초인종이 울렸다. 천 군이 그를 보러 왔다고 어멈이 말했다. 그는 천밍궁이 틀림없이 중요한 소식을 가져왔을 거라고 생각하며 기분이 좋아 밥그릇을 놓아둔 채 객실로 성큼성큼 걸어갔다.

세모난 얼굴의 천민궁이 웃음기 없는 얼굴로 초조하게 응접실에서 이리저리 거닐고 있었다. 왕 교수가 들어오는 것을 보고 그가 애석해하며 말했다. "왕 교수님, 큰일 났어요!"

"무슨 일인데?" 그가 놀라서 물었다.

"수업 거부를 한대요. 오늘 아침 기념식도 거행되지 않았어요." 무슨 중대한 비밀이라도 알려주는 듯 천민궁은 으스대며 이 말을 한 뒤 입을 다물었다.

"수업 거부?" 왕 교수가 놀라며 나지막이 중얼거렸다. 자기도 모르게 좀 당황했다.

"오늘 총장님 댁으로 몰려가 소란을 피울 작정이래요." 천민궁이 진지하게 말했다.

"어디서 들은 소식인데?" 왕 교수가 놀라서 물었다.

"어젯밤 늦게 일부 학생들이 회의를 열어 이 일을 의논했대요. 왕칸도 휩쓸려들어가 소식을 좀 얻게 됐지요."

"어젯밤에 왜 나한테 알려주지 않았나?" 왕 교수가 침착함을 잃고 허둥대며 원망스럽게 물었다. 그는 속으로 좋은 기회를 놓쳐버렸다고 생각했다.

"어젯밤 왕칸과 제가 교수님께 몇번이나 전화를 드렸는데 교수님이 집에 안 계시더군요. 오늘 아침 우리가 왔을 때에는 교수님이 주무셔서 우릴 만나지 않으셨고요. 저희도 더이상 오기가 불편했어요. 학우들이 저희를 이미 의심하고 있거든요." 천민궁이 당당하게 대답했다. 그는 한편으로는 왕 교수가 일을 그르쳤다고 원망하면서 다른 한편으로는 남의 불행을 고소하게 여기며 방관하고 있었다.

"총장님께 알려드려야겠네." 왕 교수가 말하며 얼른 응접실을 나가 전화를 걸었다. 그는 이런 공로라도 세울 수 있기를 바랐다.

천민궁은 말없이 냉소만 짓다가 그의 뒷모습이 사라지자 나지막이 욕을 내뱉었다. "이 밥통아!"

"총장님 댁 연결해줘요!" 왕 교수가 수화기를 들고 미친 듯이 소리쳤다.

그러나 소용이 없었다. 총장 댁의 전화는 불통이었다! 틀림없이 무슨 일이 일어났음을 그는 알았다.

"탕 학장 댁 연결해줘요!" 그는 절망적으로 부르짖었다. 수화기를 든 손이 부들부들 떨렸다.

거기도 전화를 받는 사람이 없었다. 그는 오랫동안 헛되이 기다렸다.

세상이 오늘 완전히 변해버린 것 같았다. 그는 몹시 심란했다.

응접실로 돌아왔으나 천민궁은 이미 가버린 뒤였다. 탁자에 쪽지가 있어서 그는 쪽지를 움켜쥐고 읽었다.

이웨이 선생님, 일은 이미 만회할 수 없을 지경이 되어버렸군요. 이 일은 선생님 스스로 망친 것입니다. 우리도 선생님과 연루되었어요. 이제 모든 것이 끝났습니다. 선생님은 총장 편 사람이니 총장을 따라 고향 집으로 돌아가십시오!

그리고 경고하건대 앞으로는 미스 홍과 만나지 마십시오. 또다시 미스 홍과 춤을 추면 가만있지 않겠습니다.

왕칸

쪽지를 읽은 그는 화가 나서 펄쩍 뛰었다. 그는 쪽지를 구겨버리고는 큰 소리로 외쳤다. "저우 어멈!"

어멈은 무슨 일인지 몰라 허둥지둥 달려왔다.

"여기 손님이 나갔는데 왜 나한테 알려주지 않았소?" 그가 굳은 얼굴에 화난 목소리로 소리쳤다.

"그 왕 군은 방금 왔고 교수님은 전화하시는 중이었어요. 왕 군은 먼저 왔던 학생을 불러 함께 가버렸어요."

"꺼져! 꺼져버려!" 그는 손을 내저어 그녀를 내쫓은 뒤 혼자 원

탁 앞에 서서 고개를 떨구고 머리를 굴렸다. 그는 한숨을 내쉬며 원한에 차서 욕을 내뱉었다.

"왕칸 그놈까지 배반을 하다니! 설마 이 당당한 교수가 일개 학생을 무서워할 줄 알아?"

이제 의기소침해진 그는 피곤해 소파에 쓰러져 누웠다.

얼마 후 어멈이 겁에 질린 채 고개를 들이밀며 말했다. "교수님, 전화 왔어요. 탕 학장님이 전화했어요."

탕 학장이 전화했다는 말을 듣자 그는 생기가 돌면서 몸에 힘이 나는 듯했다. 그는 얼른 일어나서 나는 듯이 전화를 받으러 갔다.

"이웨이인가? 난성일세."

"시위가 커졌네. 학생들이 총장 사택을 에워싸고 사직을 요구하고 있네."

"원푸? 원푸는 피했다네."

"상부에서 원푸를 면직시키기로 결정했다는 소식을 방금 들었네. 보가오를 총장으로 내정했다는군. 오늘 내로 발령이 날 거라고 하네."

왕 교수는 심장이 뛰면서 손이 부들부들 떨렸다. 그는 소리를 지를 뻔했다. 왕 교수는 자기도 모르게 물었다. "나는 어떻게 되나?"

"보가오가 말하길 자네는 원푸 심복이라서 학생들이 자네한테 불만이 많다고 하네. 자네 일은 좋게 풀리지 못할 걸세." 탕 학장의 이 말은 마치 곤봉처럼 그의 머리를 후려쳤다. 그는 불쑥 애원하는 목소리로 소리쳤다.

"어젯밤에 자네는 그에 대해 말했잖나— 나를 내버려둘 셈인가?"

"이웨이, 걱정 말게. 자넬 위해 내가 보가오에게 말해보겠네. 보가오도 자네를 지키길 원하네. 하지만 자네 지위를 유지하려면 성의 표시를 해야지. 보가오가 말하길, 우리 둘이 연명해서 상부에 자신이 총장 되는 것을 환영하는 전보를 치면 어떻겠느냐고 했네. 원고는 다 작성해놓았으니 전보만 치면 되네. 자네도 동의하지?" 탕 학장은 전화에서 관료적인 어조로 말하고 있었다. 왕 교수는 화가 나면서 부끄럽기도 하고 두렵기도 했다. 그는 한동안 대답을 하지 못했다.

"이웨이, 찬성하나? 빨리 마음을 정해야 하네!" 탕 학장은 여전히 전화에서 고삐를 늦추지 않고 그를 옥죄었다.

그는 모든 게 끝났다는 생각이 들었다. 명예, 지위, 여인, 이 모든 것이 곧 날아가버릴 것이다. 장보가오가 그를 내쫓으려 하고 있다. 친구인 탕난성조차 그를 충분히 도와줄 수가 없다. 그는 이 모든 손실에 생각이 미치자 몹시 화가 나서 원망에 찬 어조로 물었다.

"설마 연명한 선언문으로 부족했다는 말이야? 자네들은 내 이름을 도용해 총장을 쫓아내자는 선언문을 발표했네. 자네들이 날 갖고 논 걸 모를 줄 알고. 난 반댈세! 장보가오더러 날 내쫓으려면 그렇게 하라고 해! 학생들은 절대로 그에게 이용당하지 않을 걸세!"

"이웨이, 찬찬히 생각해보게. 자네의 앞날은 중요하네. 아니면 무정하다고 날 탓하지나 말게." 그는 말을 마치고 전화를 끊었다.

그는 한동안 전화기 앞에 서 있다가 어쩔 수 없이 서재로 돌아왔다. 마음이 몹시 불쾌했다.

"교수님, 전화가……" 어멈이 총총히 서재로 들어와 보고했다.

"또 전화군! 지겨워! ……어디서 온 거요?" 그는 그녀의 말이 채 끝나기도 전에 눈을 부릅뜨고 거친 목소리로 욕을 뱉었다.

"여학생 기숙사 미스 홍 전화예요." 어멈이 일부러 소리를 길게 빼며 말했다.

미스 훙이라는 말을 듣자 그의 얼굴에는 이내 생기가 돌았다. 그는 모든 것을 잊고 즉시 큰 걸음으로 전화기가 있는 곳으로 갔다.

"미스 훙? 나 이웨이야. ……좋아, 갈게. 틀림없이 갈게! ……잘 됐군. 알겠어. 여섯시, 진청 호텔…… 좋아……!"

그는 전화를 끊은 뒤 전화기 앞에 서서 잠시 생각을 하다가 다시 전화기를 귀에 대고 말했다. "탕 학장 댁 연결해줘요."

탕 학장이 바로 전화를 받았다.

"난성, 찬성하네…… 원고는 볼 것도 없네…… 아까는 정말 미안 했네…… 신경 써줘서 고맙네……"

그는 전화를 끊었다. 마음이 가벼워졌다. 얼굴에도 자연히 만족 스러운 미소가 떠올랐다.

"자네들이 미인계를 쓴다고 해도 무섭지 않아. 어쨌든 내게도 이익이 되니까." 그는 유쾌한 듯 중얼거렸다.

1934년 여름 베이핑에서

귀신—한 사람의 자술
鬼——一個人的自述

내 앞에는 아무런 색깔도 없이 온통 끝없이 펼쳐진 바다뿐이다. 아득히 멀리 한조각 산 그림자가 있었으나 지금은 아무것도 보이지 않는다. 석양이 금빛을 뿌리며 바다 위에 긴 그림자를 드리웠다. 그 그림자는 태양에서부터 내 앞까지 죽 뻗어온 것처럼 눈이 부셨다. 만약 이 그림자를 타고 가면 태양이 있는 곳까지 갈 수 있지 않을까 하는 헛된 생각을 나는 때때로 했다.

일찍이 호리구찌堀口 군은 농담으로 나를 공상가라고 불렀다. 그때 호리구찌 군은 바로 내 뒤에 서 있었다. 그는 바다를 향해 기도하고 있었는데, 그 자신의 말을 빌리면 독경을 하는 것이었다.

나는 바다의 여러 모습을 본 적이 있다. 바다가 성을 낼 때, 미소를 지을 때, 깊은 잠에 빠져 있을 때, 나는 조용히 그 위를 지나가본 적이 있다. 물론 각기 다른 심정으로 말이다. 그러나 이처럼 고요한 바다는 처음 본다. 이럴 때 나는 태양이 있는 곳으로 갈 수 있지 않을까 하는 헛된 생각 외에는 다른 생각이 들지 않았다.

나는 툭 튀어나온 바위 위에 서 있었다. 바다는 소리 없이 불어나 곧 바위를 삼키려 했다. 바닷물이 너무나 맑아 바닥의 조개와 조약돌까지 다 보였다.

내 뒤 오른쪽은 해수욕장이다. 지금 그곳에는 방갈로 같은 빈집만 있을 뿐이다. 겉으로는 아주 조용한 듯한 그곳에서 호리구찌 군의 기도 끝부분이 되풀이되면서 흘러나왔다.

호리구찌 군은 풍경에 관심이 없었다. 눈을 감고 경건하게 합장하면서 내가 알아듣지 못하는 말을 중얼거렸다. 그가 방금 던진 한 꾸러미의 음식물은 어디론가 밀려갔고, 신문지만이 유유히 바다 위에 떠서 천천히 흘러갔다. 어쩌면 그 신문지는 이 세상의 소식을 태양에 전해줄 수도 있으리라.

정월이지만 얼굴에 불어오는 바닷바람은 차갑지 않았고 오히려 신선한 공기를 내 몸에 전해주는 듯했다. 최근 숨쉬기가 어려울 정도로 갑갑했던 내 가슴은 한결 후련해졌다. 이 친구만 없었다면 아마 나는 목청껏 노래라도 불렀을 것이다.

내가 주의하지 않는 사이 호리구찌 군은 문득 독경을 그치고 감동한 목소리로 내게 말했다. "장張 군, 돌아가자." 그는 재빨리 몸을 돌리더니 잰걸음으로 걸었다. 나는 할 수 없이 그를 따라 걸었다. "돌아보지 마. 영혼을 보면 집까지 우릴 따라올 거야." 그가 경고했지만 나는 바다 위로 지는 석양을 보는 것이 좋아 몇번이나 몰래 뒤를 돌아다보았다.

돌아오는 길에 호리구찌 군의 엄숙한 얼굴 때문에 나는 무엇에 눌린 듯 불편했다. 게다가 두려움에 사로잡힌 듯한 그의 침묵에 나는 다시 초조해졌다. 우리는 널찍한 도로를 지났고 상록수와 아담

한 집들이 있는 구불구불한 골목길을 지났다. 나는 더이상 참을 수 없어 끝내 묻고 말았다.

"너는 정말 영혼 같은 것을 믿니?"

그는 놀란 눈으로 나를 바라보았고 두려운 표정으로 대답했다.

"그런 말 하지 마! 난 어젯밤에도 그녀를 똑똑히 보았어. 그녀의 영혼이 벌써 세번이나 찾아왔어. 처음 그녀가 왔을 때는 그녀가 죽은 사실을 몰랐는데 이내 그녀의 사망 소식을 들었어. 그녀가 이번에 찾아와서는 자신을 제도해달라고 부탁했어. 그래서 오늘은 온종일 경을 외우면서 그녀를 보냈지."

호리구찌 군의 얼굴은 여전히 엄숙하고 경외스러운 표정이었다. 그러나 이는 표면의 모습일 뿐이고 그 밑에 무언가가 숨어 있음을 나는 잘 알고 있었다.

내 질문에 곧바로 대답하지 않고 그는 그저 했던 이야기만 되풀이할 뿐이었다. 이는 그에게 이골이 날 정도로 들어 나도 이미 다 알고 있는 이야기였다.

여인의 이름은 요꼬야마 미쯔꼬橫山滿子였다. 나는 이미 그녀를 수년 전에 몇번 만난 적이 있었다. 그때 호리구찌와 나는 와세다 대학에 다니고 있었다. '장'과 '호리구찌'라는 우리의 성이 국적을 대표하듯 비록 우리의 국적은 달랐지만 우리는 가까워질 기회가 많아서 친구가 되었다.

수염이 적고 수척한 호리구찌의 얼굴은 그의 성격을 드러내고 있었다. 그는 몹시 부드러운 성격의 소유자였다. 그와 함께 공부한 삼년 동안 나는 그가 성내는 것을 한번도 보지 못했다. 그는 형편이 좋지 못했고, 가족 간에 다툼이 많았으며, 부모님이 그를 좋아하지 않았다. 이 이야기는 어느날 밤 우리가 정종을 몇잔 마신 후 우시고메牛込 구 일대를 산보할 때 그가 흥미진진하게 말해준 것이다.

그의 집은 니이가따新潟 현에 있었다. 그 고장이 어떤 곳인지 모르지만 어쨌든 시골일 것이다. 사는 곳은 우시고메 구 하라마찌原町에 있는 어느 집 위층의 셋방이었다. 몸을 돌리기도 어려울 정도로 비좁은 타따미 석장을 깐 방에서 그는 삼년이나 살았다. 집에서 부쳐오는 돈이 얼마 안되어 그는 방학 때 집으로 돌아가지도 못한 채 소란스러운 토오꾜오에서 검소한 생활을 했다.

나의 사상은 그의 사상과는 거리가 멀었다. 그는 분수를 지키는 사람이었다. 니찌렌종日蓮宗 불교는 그의 집안에 대대로 전해져 내려오는 것이었다. 그 자신은 독실하게 믿지는 않았지만 어려서부터 그런 환경에서 살다보니 그 종교가 어떤 것인지 의심해볼 겨를도 없이 일용할 양식처럼 받아들였다.

부모님은 편지를 보내 그를 나무라곤 했다. 부모님의 의견은 언제나 옳다. 신문에서 하는 말들도 틀릴 리는 없다. 일본 정부는 인민을 위해 봉사하고, 병사는 인민을 보호하며, 러시아 사람들은 다 원수다──이것이 그의 신념이었다. 그는 이것에 대해 의심을 품어본 적이 없다. 하지만 이를 열렬히 주장하거나 선전하지는 않았다. 신념이라고 하지만 그저 담담하게 믿을 뿐이었다. 그와 친한 사이가 아니라면 아무도 이를 알 수 없었다.

우리는 정치경제학과 학생이었다. 바꿔 말하면 날마다 강의실에 가서 정통파 학자들이 자본주의를 주창하는 것을 듣지 않으면 안되었다. 나는 하도 많이 들어서 신물이 났으나 호리구찌 군은 항상 열심히 들었다. 하지만 수업이 끝난 후 어쩌다 이야기를 해보면 그가 수업시간에 그리 집중한 것 같지는 않았다. 그래서 그의 시험 성적은 별로 좋지 않았다. 그는 이에 아랑곳하지 않고 여전히 열심히 공부했으나 2학년 때의 성적 역시 그리 나아지지는 않았다.

바로 이런 학생이 성격이 자신과 정반대인 나와 친구 사이였다.

"그렇게 미련하게 공부만 하지 말고 좀 놀아." 나는 농담조로 이렇게 권하곤 했다. 물론 그는 내 말을 들으려고 하지 않았지만 때로는 나 때문에 난처하게 될 때도 있었다. 예를 들어 어디 놀러 가자고 하면 그는 별로 내키지 않더라도 말없이 따라나서곤 했던 것이다. 나는 그의 마음을 뻔히 알면서도 모르는 척 일부러 그를 놀려주곤 했다.

3학년이 되자 그의 삶에 변화가 생기기 시작했다. 수척한 그의 얼굴에 몽환적인 기운이 짙게 어렸다. 교실에서 그냥 멍한 상태로 있는 것이 아니라 종종 까닭 없이 웃곤 했다. 하지만 나 말고 이런 변화를 알아챈 사람은 없을 것이다. 이유는 아주 간단했다. 내가 우리 반에서 제일 공부를 안 하는 학생이었기 때문이다.

처음에 나는 그의 이런 변화를 보고 깜짝 놀랐다. 나중에 나는 그 이유를 알게 되었다. 어느 일요일에 나는 우에노上野 공원에서 우연히 그를 보게 되었다. 연못을 사이에 두고 그를 불렀으나 그는 듣지 못한 채 앞으로 계속 걸어갔다. 그는 평소 공원에 거의 오지 않았으나 이때에는 키모노 차림의 젊은 여성과 함께 있었다. 그녀는 얼굴이 잘 보이지 않았으나 옆에서 보니 단발을 한 날씬한 소녀였다.

나는 이틀날 수업시간 때 그를 만나게 되자 말했다. "어제 우에노 공원에서 널 봤어."

그는 놀라 얼굴을 붉혔고 말없이 고개만 약간 끄덕였다.

방과 후 그와 함께 교문을 나서던 나는 더이상 참지 못하고 그에게 물었다. "그 여자는 누구야?"

그는 난처한 기색이었으나 피하지 않고 솔직하게 대답해주었다. "먼 친척뻘 되는 아가씨야. 니이가따 현에서 왔어."

내 불만스러운 표정에 그가 한마디를 덧붙였다. "요꼬야마 미쯔꼬는 아주 귀여운 아가씨야."

"아, 그렇군······"

그날 요꼬야마 미쯔꼬에 대한 이야기는 이 정도로 끝났다. 며칠 지나 그를 만났을 때 나는 또 물어보았다.

"아, 미쯔꼬는 어떻게 됐어?"

그는 질책하는 눈길로 나를 바라보다가 얼굴을 붉히며 진지하게 대답해주었다.

"어젯밤 그녀를 만나러 갔어."

이후 그는 더이상 말하려 들지 않았다.

나는 요꼬야마 미쯔꼬에 대해 잘 모르지만 호리구찌에게 그런 친구가 생겨서 기뻤다. 왜냐하면 그녀는 최소한 그를 멍청하게 공부만 하도록 놔두지는 않을 것이기 때문이었다. 나는 고삐 풀린 야생마여서 다른 사람들이 케케묵은 책 속에서 세월을 허비하는 것이 달갑지 않았다.

그때 나는 경마장 아래에 있는 어느 악기점 위층에 살고 있었는데 그곳은 아주 시끄러웠다.

어느 토요일 저녁, 붉은 초롱 같은 달이 그 도시의 단층집 지붕 위로 떠올랐다. 늦가을 바람은 사람의 내장까지도 깨끗하게 씻어줄 정도로 상쾌했다. 길가에 장난감처럼 늘어선 목조 가옥 쪽으로 산들바람이 불어왔다. 며칠 밤낮으로 자본주의니 무슨 무슨 국가론이니 하는 것에 머리가 띵해진 나는 방 안 곳곳에 쌓여 있는 낡은 책들에 진절머리가 나서 거리로 나가 돌아다니고 싶은 생각뿐이었다. 거리로 나가니 공원에 놀러 가고 싶은 생각이 들어 우에노에 함께 가려고 호리구찌를 찾아갔다.

호리구찌의 집 여주인은 나를 잘 알고 있었다. 그녀는 나를 보자 다정하면서도 이상야릇한 웃음을 짓더니 나지막이 속삭였다. "위에 손님이 와 있어요!" 그녀는 큰 소리로 호리구찌를 부르는 한편 나더러 올라가라고 했다.

나는 호리구찌를 부르며 성큼성큼 계단을 올라갔다. 마지막 계단을 오르기도 전에 호리구찌가 계단으로 나를 마중 나왔다. 그는 몹시 당황한 기색을 보였는데, 나의 방문이 그를 난처하게 만든 것 같았다.

"우에노 공원에 놀러 가는 거 어때? 좋아?" 호리구찌를 보고 나는 손님이 있든 없든 상관하지 않고 큰 소리로 물었다.

"이 안에 미쯔꼬 양이 와 있네." 그는 진지한 표정으로 나지막이 속삭이더니 고개를 방 쪽으로 돌렸다.

"그렇군." 나는 엉겁결에 대답하며 우스꽝스럽게도 호리구찌를 따라 방으로 들어갔다.

방석에 무릎을 꿇고 앉아 있던 여성은 내가 들어오는 것을 보자 깍듯이 절을 했다. 나도 예를 갖추며 인사치레로 몇 마디 말을 건넸다. 하지만 말을 다 하지도 못했고 자신이 무슨 말을 하고 있는지도 몰랐다. 나는 원래 이런 사람이었다. 사실 마음속으로는 이런 거추장스러운 예절이 딱 질색이었지만 남의 인사를 받기만 하는 것도 거북했다. 이렇게 되자 호리구찌가 소개해주는 말도 똑똑히 듣지 못했다. 어쩌면 그가 일부러 대충 소개했는지도 모른다.

인사를 마친 후 모두 자리에 앉았다. 두 사람은 공손하게 한쪽에 무릎을 꿇고 앉았고 예절을 모르는 나는 책상다리를 하고 앉았다. 딱히 할 말이 없어서 나는 접시에 담긴 과자를 집어먹으며 맞은편에 꿇어앉아 있는 미쯔꼬 양을 몰래 찬찬히 살펴보았다.

그녀는 서양식 헤어스타일에 숱 많은 짧은 머리가 어깨에 드리워져 있었다. 탐스럽고 새하얀 얼굴은 정성 들여 꾸몄으나 그리 예쁜 생김새는 아니었다. 하지만 맑고 깨끗한 두 눈으로 인해 얼굴이 환히 빛났다. 흔히 일본 여자들은 표정이 풍부하다고 하는데 맞는 말 같았다. 미쯔꼬 양의 애교 넘치는 표정은 정말 아름다웠다. 조용히 있을 때보다 말할 때가 더 예뻤다. 하지만 그녀는 말수가 적었고 조용했는데, 아마도 생면부지인 내가 그들 사이에 끼여 있었기 때문일 것이다. 그들 단둘이 있다면 이렇게 조용하지는 않을 것이라고 나는 생각했다.

우리는 일상적인 대화를 나누었다. 그녀는 부모님과 함께 살고 있었다. 아버지는 육군성의 하급 직원이었고 어머니는 계모였다. 오빠는 다롄에 가 있으며 고등학교에 갓 입학한 남동생이 있었다. 이런 것들이 호리구찌에게는 아주 중요한 일일 테지만 나와 무슨 상관이란 말인가? 나는 단지 이 아가씨의 성격과 사고방식이 호리구찌와 비슷한 점이 있는지만 보면 되는 것이다. 어쨌든 이 조그만 방에 앉아 있자니 거북했다. 그렇다고 그들과 함께 우에노 공원에 놀러 가도 불편할 것 같았다. 역시 나 혼자 가는 게 나을 것 같았다. 이렇게 머리를 굴리고 있을 때 불쑥 미쯔꼬 양이 내게 질문을 했다.

"장 선생님, 방금 호리구찌 씨에게서 유럽에 사셨다는 이야기를 들었어요. 정말 부러워요. 유럽은 틀림없이 좋은 곳일 테죠?"

나는 아버지를 따라 프랑스에 가서 몇년 살았으며, 거기서 초등학교를 졸업했다. 하지만 이미 오래전의 일이었다. 전에 호리구찌에게 말한 적이 있는데 그가 나를 소개하면서 미쯔꼬 양에게 말해준 것 같았다.

"어렸을 때의 일이라 지금은 기억도 안 나요. 내 기억으로는 어느 곳이나 상황이 비슷했던 것 같아요. 특별히 좋았던 곳도 없었고요."

"프랑스는 틀림없이 자유스러운 곳이겠죠? 프랑스 여성들은 틀림없이 행복할 거예요. 프랑스 소설을 몇권 읽었는데 정말 너무나 부러웠어요. 꿈속에까지 나올 정도로요." 그녀는 부럽다는 듯이 말했고 무언가를 바라는 촉촉한 눈길로 나를 쳐다보았다. 마치 내 눈에서 프랑스 청춘 남녀들의 모습과 심지어 프랑스 사회의 전모까지 보려는 듯이 말이다.

프랑스 소설을 한권도 읽어본 적이 없고 프랑스에서 초등학교를 다닐 때 독재의 맛만 경험했던 내가 무슨 대답을 한단 말인가? 나는 말문이 막히고 말았다.

그러나 그녀는 방금 전까지 보이던 소녀 같은 수줍은 표정을 완전히 벗어던진 채 열정에 휩싸여 있었다. 자주색 바탕에 붉은색과 흰색 꽃이 수놓인 비단 '하오리'¹가 분을 바른 그녀의 얼굴과 잘 어울렸고, 얼굴빛이 전등빛 아래서 눈부시게 빛났다. 호리구찌의 시선은 그녀에게 푹 빠져 있었다. 방관자인 내가 보기에 이 두 젊은이는 사랑에 빠져 있었다. 서로 다른 점이라면 남자는 눈앞의 상황에 취해 있고 여자는 대범하게 미래의 행복을 꿈꾸고 있다는 것이었다. 이 순간 나만 다른 광경을 보는 것 같았다. 미쯔꼬 양의 꿈

---
1 원주 일본 전통 의상의 짧은 겉옷.

어앉은 자세가 호리구찌의 눈에는 극히 당연하고 자연스러운 것이 겠으나 내 눈에는 마치 같은 세대의 일본 여성이 하늘을 향해 무릎을 꿇고 호소하는 것처럼 보였다.

"그럴지도 모르지요. 저는 전혀 느끼지 못했지만요. 저는 소설 같은 것을 전혀 읽지 않거든요." 그들의 비웃음을 살지도 모른다고 생각했지만 나는 솔직하게 대답했다.

과연 미쯔꼬 양은 고개를 숙이고 웃더니 혼잣말하듯 한마디를 덧붙였다. "겸손의 말씀이겠지요." 그녀는 고개를 돌려 애정 어린 눈길로 호리구찌를 바라보았다.

"장 군, 자네는 모르겠지만 미쯔꼬는 프랑스 연애소설에 푹 빠져 있어. 그녀는 프랑스 소설을 읽어야 신이 나. 치까마쯔 슈우고오近松秋江 같은 사람의 소설은 읽으면서 눈물을 흘리는걸." 호리구찌가 웃으며 나에게 설명해주었다. 미쯔꼬 양은 계면쩍은 듯 얼굴을 살짝 붉혔다. 사실 나는 치까마쯔 슈우고오가 무슨 보배가 되는지도 알지 못했다.

미쯔꼬 양과 호리구찌가 나지막이 속삭였다. 분명히 듣지는 못했지만 미쯔꼬 양이 호리구찌더러 나에게 무언가를 물어봐달라고 하는데 호리구찌는 그럴 필요가 없다고 하는 것 같았다. 나는 아랑곳하지 않고 자리에서 일어날 준비를 했다. 그런데 갑자기 미쯔꼬 양이 나에게 질문을 했다.

"장 선생님, 프랑스 여성과 일본 여성 중 어느 쪽이 좋은지 말씀해주실 수 있나요? 선생님은 프랑스 여성을 좋아하나요, 일본 여성을 좋아하나요?"

그녀가 내 대답을 간절하게 기다리고 있다는 것을 알면서도 나는 어떻게 대답해야 좋을지 몰랐다. 양쪽 다 별로라고 생각했지만 그렇게 말하면 호리구찌에게 미안할 것 같았다. 그래서 일본 여성을 좋아한다고 해야 할 것 같았으나 무례하게도 고지식하게 대답해버렸다. "전혀 생각해본 적이 없는데요."

내 대답에 미쯔꼬 양이 당황하는 것을 보았지만 나는 그녀를 위로해줄 말을 찾지 못했다. 그런데 호리구찌가 영리하게도 농담조로 말참견을 했다.

"그에게 그런 것을 묻지 말아요. 경제학을 배우는 사람들은 모두 감정이 없어요. 머릿속에는 그저 빌어먹을 숫자밖에 없거든요."

호리구찌가 웃기 시작했고 우리 셋 모두 웃었다. 그래서 나는 궁지에서 빠져나올 수 있었다. 나는 미쯔꼬 양이 점점 나와 서먹함이 없어져서 그녀가 또 프랑스의 어떤 것과 일본의 어떤 것을 물어올까봐 두려워 얼른 자리에서 일어났다. 실례가 되건 말건 나는 인사도 하지 않고 일이 있다는 핑계로 황망히 빠져나왔다.

그후 더이상 미쯔꼬 양과 대면해 이야기를 하지는 못했다. 공원에서 호리구찌와 같이 있는 그녀를 두어번 본 적은 있지만 멀리서 뒷모습이나 옆모습만 보았을 뿐이다. 나는 그녀가 또다른 질문으로 공격해올까봐 두려워 호리구찌의 집에는 아예 가지를 않았다. 이따금 간다 해도 그녀를 만나지 않으리란 것을 안 다음에야 가곤 했다. 호리구찌는 이런 점을 모르는 듯 "미쯔꼬가 안부를 묻더군"이란 말을 여러차례 했다. 나는 대답할 말이 없었다. 한번은 그가 미쯔꼬 양과 어디에 간다며 함께 가자고 했다. 그의 호의를 저버리고 싶지 않았지만 나는 끝내 핑계를 대고서 사절했다.

미쯔꼬 양을 다시 만나지는 못했지만 나는 호리구찌의 얼굴을 통해 그녀의 소식을 알 수 있었다. 그의 수척한 얼굴은 두 사람의 온갖 일들을 숨김없이 드러내고 있었다. 나는 그의 얼굴에 검은 그림자가 스쳐 지나가는 것을 분명히 보았다. 니이가따 현에 계시는 호리구찌의 아버지는 장문의 편지를 보내 미쯔꼬 양과 사귀는 것에 대해 반대하며 그를 호되게 꾸짖었다.─모든 일을 다 말해주지는 않았지만 나는 그의 얼굴에서 이를 알 수 있었다. 그후 그는 미쯔꼬 양의 아버지가 다롄에 있는 미쯔꼬 양 오빠의 의견을 받아들여 그들의 교제를 갑자기 반대하고 나섰음을 알려주었다.

2월 초 어느 일요일 오전, 나는 강의 노트를 빌릴 생각으로 호리구찌를 찾아갔다. 졸업이 다가와서 모두들 시험 준비에 바빴다. 평소에 강의를 열심히 듣지 않던 나까지 다급해졌으니 호리구찌는 틀림없이 집에서 열심히 공부하고 있을 것 같았다. 그러나 그의 방에 들어간 나는 그와 미쯔꼬 양이 방석 위에 꿇어앉아 머리를 맞댄 채 울고 있는 것을 보았다. 평소에 늘 열심히 공부하던 학생이 이 지경에 이른 것을 보니 그가 가여워졌다. 나는 날마다 신문에서 무슨 '신주우'[2]니 하고 떠들어대는 것을 보고 이 두 사람이 사랑 때문에 자살하면 어쩌나 하고 걱정을 했다. 그들을 위로하려 했지만 말하기가 꺼려져 말문이 열리지 않았다. 동시에 이곳 신문에서는 요즘 여성들이 나라를 제쳐둔 채 사랑 타령만 한다고 비난했다. 정부와 민간이 이구동성으로 여성은 국가와 결혼해서 아이를 양육해야 한다고 주장했다. 그래서 나는 그저 입을 다물고 있을 수밖에 없었다. 호리구찌는 눈물을 닦으며 나를 맞이했고, 나는 어찌할 바를 몰랐다. 미쯔꼬 양이 고개를 숙인 채 울고 있어서 나는 아는 체도 하지 못했다. 호리구찌에게서 노트를 받아든 나는 얼른 인사를 하고

---

2 원주 心中. 정사(情死)의 의미로 일본에서 사랑하는 연인이 함께 자살하는 것을 일컫는 말.

나와버렸다. 호리구찌는 노트를 건네주면서 자신은 졸업 못해도 괜찮다며 절망적으로 말했다. 하지만 나는 일시적 비분에서 나온 말이란 것을 알고 있었다.

3월에 나와 호리구찌는 모두 졸업을 했다. 성적이 나쁜 것은 별 문제가 아니었다. 중요한 것은 우리 두 사람이 헤어져야 한다는 것이었다. 나는 벌써부터 그가 미쯔꼬 양과 함께 '신주우'를 할까봐 걱정이 되었다. 그의 얼굴색이 나날이 초췌해지는 걸 보고 나는 더욱 걱정이 되었다. 그러나 졸업 후 일본 각지를 돌아다녔지만 호리구찌와 미쯔꼬 양의 정사情死 소식을 신문에서 보지는 못했다. 코오베神戶에서 배를 타고 귀국하기 전 나는 그가 써준 주소로 편지 한 통을 부쳤다.

중국에서 온갖 역경에 처하기도 했지만 나는 담대하게 발길을 내디뎠다. 나는 어느 대학에 초빙되어 교편을 잡게 되었다. 신사들 사이에서 지낸 지 이년도 안되어 나는 차라리 똥 치우는 인부가 더 깨끗하다는 생각이 들었다. 나는 사람들에 의해 학교에서 배척되어 밀려나게 되었다. 교단에서 곤두박질쳐 사회 속으로 굴러들어가 그럭저럭 몇년을 보냈다. 교수로 있을 때 종종 호리구찌가 생각났다. 나 같은 둔재가 신사복을 입고 대학에서 굴러먹고 있는 것을 알면 호리구찌는 어떻게 생각할까 하고 마음속으로 생각하곤 했다. 그는 별로 좋은 직업을 얻지 못했을 거라고 나는 생각했다. 그래서 신사들의 농간에 염증이 나서 쓸쓸해질 때면 호리구찌에게 편지를 쓰곤 했다. 그도 매번 빠짐없이 답장을 보내왔다. 편지 내용은 예상 밖으로 몹시 다정하고 진지했다. 그는 상업학교 교사가 되었고, 와가쯔마我妻라는 성을 가진 여성과 결혼하여 아이를 낳았다고 했다. 생활이 여의치는 않지만 특별한 요구 없이 그럭저럭 지낸다고 했다. 그의 편지는 사람됨과 똑같았고 분수를 지키려고 하는 태도에는 전혀 변함이 없었다. 사상적으로 그는 약해져서 집안에 대대로 내려오는 종교를 더할 나위 없는 위안으로 삼고 있었다. 심지어 언젠가는 "살아 있기 때문에 그냥 사는 것"이며, "탈 없이 아이만 잘 키우면 된다"라고 하기도 했다.

중국 사회에서 몇년간 방황하며 곤두박질친 뒤에 나는 끝내 쫓기듯 호리구찌가 사는 곳으로 찾아갔다.

가기 전에 그의 편지를 받았다. "……그곳 사회에 대처할 수 없고 매일 온갖 일들 때문에 울화가 치민다면 차라리 여기 와서 지내는 게 좋을 것 같네. 좋은 것으로 자네를 후하게 대접해줄 수는 없지만 적어도 친형제처럼 대하며 곤두박질칠 걱정은 안 들도록 해주겠네. 그리고 이곳의 섬세한 자연은 광활한 자연에 싫증이 난 자네를 틀림없이 반가이 맞아줄 걸세!"

나는 원래 중국 사회에서 퇴각할 생각은 없었지만 호리구찌의 편지를 읽자 외국에 나가서 좀 놀아보는 것도 좋겠다는 생각이 들어 지체 없이 중국을 떠났다.

호리구찌의 집은 바닷가의 조용한 소도시에 있었다. 호리구찌가 편지에 쓴 대로 경치가 아주 섬세했다. 집은 이동이 가능한 건물이었다. 산은 밋밋했으며 나무는 가느다란 가지들만 있었다. 바다는 파도 하나 없이 너무도 잔잔했다.

호리구찌는 예전과 다름없이 수척한 얼굴에 평화로운 모습이었다. 아내는 둥근 얼굴에 일솜씨 좋은 온순한 여성이었다. "아이만 잘 키우면 된다"는 조건에 딱 맞는 여성이었다. 활발한 네살배기 아들은 엄마보다 더 동그란 얼굴을 가지고 있었다.

이렇게 평범한 가정에서 묵으며 매일같이 평범한 얼굴들을 보고 있자니 나는 책을 읽은 듯 그 특징들을 암기하게 되었다. 내 집에 있을 때보다 더 편안하게 나는 이곳에서 조용하게 지냈다. 하긴 언제 내게 집이란 것이 있기나 했던가?

호리구찌는 이제 독실한 신앙인이 되어 있었다. 부친이 니찌렌 종 불교 신자였기 때문에 그 자신도 부친의 신앙을 이어받은 것이다. 비록 유산은 장자인 그의 형이 다 물려받았지만 말이다. 그의 아내는 남편이 이 종교를 믿어서 그냥 따라 믿었다. 그의 아들은 아직 말도 제대로 하지 못했지만 부모를 따라 경을 외워대곤 했다.

나는 이런 것에 대해 문외한이었다. 나는 니찌렌 상인日蓮上人의 법화종과 신란 상인親鸞上人 일파의 선종 사이에 어떤 차이가 있는지도 알지 못했다. 『나무묘법연화경南無妙法蓮華經』과 '나무아미타불南無阿彌陀佛'의 우열은 더더욱 판단할 수 없었다.

'토꼬노마'[3]에는 위패를 모셔두는 궤가 있었고 그 안에 무엇이 들어 있는지는 모르지만 종잇조각 같은 게 수북이 쌓여 있었다. 이 밖에도 '토꼬노마' 벽에는 숱한 종잇조각이 붙어 있었는데, 호리구찌 집안의 조상 영혼부터 일가친척의 소녀 영혼까지 죽은 사람들의 이름이 모두 적혀 있었다.

아침에 나는 이층 방에서 이불을 덮고 누운 채 호리구찌 부부가 응접실에서 독경하는 소리를 들었다. 나는 흐릿하고 몽롱한 눈으로 창문 쪽을 보았는데 날이 아직 밝지 않은 것 같았다. 잠에 취한 눈으로 나는 이불 속에서 이 부부가 정성스레 독경하는 소리를 들

---

3 일본 전통 타따미방의 장식 공간으로, 족자나 생화, 화분을 두는 방 한쪽 구석의 오목한 작은 공간. 소형 불단, 조상의 위패를 모시는 곳으로 사용되기도 한다.

었다. 세상에서 이들 부부보다 더 분수를 지키며 사는 사람도 없을 거라는 생각이 들었다.

호리구찌는 학교에서의 수업시간이 많지 않아 수업 준비에 그리 많은 시간이 들지 않았다. 내가 처음 도착했을 때는 가을 학기가 시작된 지 얼마 되지 않아서였다. 그는 많은 시간 나와 함께 외출하곤 했다. 조용한 바다를 구경하기도 했고 밋밋한 산에 오르기도 했다. 우리는 자주 대화를 나누었다. 내가 그에게 이 몇해 동안 곤두박질쳐온 경과를 들려주자 그는 그저 머리를 끄덕이며 한숨만 내쉴 뿐이었다. 그가 자신의 생활을 이야기해줄 때 나는 연민의 미소를 지으며 듣곤 했다.

"미쯔꼬는 어떻게 됐어?" 그는 미쯔꼬 양의 이야기를 입에 올린 적이 한번도 없었다. 심지어 그녀의 이름조차 잊어버린 것 같았다. 하지만 한번은 내가 바닷가를 산책하고 돌아오는 길에 무심코 이렇게 물어보았다.

그는 놀라면서 나를 바라보았다. 어떻게 네가 아직도 그녀를 기억하고 있느냐는 듯 의아스러운 눈길이었다. 뒤이어 그가 입술을 달싹이자 수척한 얼굴이 더욱 파리해 보였다. 그는 산 너머 저편의 붉게 물든 노을 쪽으로 눈길을 돌리더니 별로 관심 없다는 듯 나직한 목소리로 천천히 말했다.

"그녀는 상인에게 시집갔는데 요즘 심한 폐병에 걸렸대!"

그가 갑자기 말을 거두어들이는 듯했다. 말을 뚝 끊으려 애썼으나 그의 노력에도 불구하고 말꼬리를 떨며 길게 끌었다. 그의 심정을 헤아려 나는 더이상 묻지 않았다.

집에 돌아왔을 때 시각이 아직 일렀지만 그는 경건하게 불단 앞에 꿇어앉아 독경을 하기 시작했다. 아마 족히 두시간은 되는 것 같았다.

이튿날 아침, 수업이 없는 호리구찌가 이층의 내 방으로 올라와 불쑥 말했다.

"어젯밤 미쯔꼬와 이야기를 나눴어."

이 말에 나는 어리둥절했다. 어젯밤 그는 틀림없이 집에서 독경을 하느라 외출하지 않았으며 집에 손님이 온 것도 아닌데 어떻게 미쯔꼬 양과 이야기를 할 수 있단 말인가? 농담이라고 하기에는 그의 얼굴이 너무나 진지한데다 희색마저 감돌았다. 나는 놀라서 뭐라고 해야 좋을지 몰라 멍하니 그를 바라보았다.

"이것은 종교의 힘이야!" 그가 확신에 찬 어조로 말했다. "어젯밤 독경할 때 그녀가 '토꼬노마'에 나타났어. 나를 아직도 기억하고 있다더군. 자기 몸은 아직 괜찮고 다시 만날 기회가 있을 거라고 했어. 그녀는 또 앞으로 행복이 나를 기다리고 있을 거라고도 했어. 그래서 난 오늘 정말 기뻐."

나는 주저하며 고개를 살짝 가로저었고 대꾸를 하지 않았다. 내가 믿지 않는다는 것을 알자 그는 더욱 힘있는 말투로 다시 설명했다. "이건 정말 영험한 거야! 나는 벌써 여러차례 경험했어. 영혼은 사람과 달라. 영혼은 사람을 속이는 법이 없어."

"하지만 그녀는 아직 살아 있지 않나……" 나는 자세히 따지고 싶지 않아서 그냥 그의 말허리를 자르고 물었다.

"죽었든 살았든 상관없이 영혼은 어디든 갈 수 있어. 가장 중요한 것은 영혼과 교감할 수 있는가이지." 그는 힘있게 내 질문에 답했다. 그의 신앙은 그야말로 확고부동한 것이었다. 내가 보기에 그는 점점 더 깊이 빠져들어가는 것 같았다. 하지만 내가 무슨 수로 그를 깨닫게 할 수 있겠는가?

"이것은 거짓이 아니야. 우리 아버지도 신앙에서 많은 도움을 받았어. 많은 사람이 신앙에서 도움을 받고 있어. 여기서 좀더 머물다 보면 너도 알게 될 거야. 사실 나처럼 이렇게 믿으면 숱한 고뇌와 번민이 줄어들 거야." 그가 솔직하게 나한테 말했다. 그는 비록 내 동료 교수들처럼 달콤하게 말하지는 않았지만 진지하게 관심을 기울이고 있음을 한눈에 알 수 있었다. 나는 비록 이런 도리에 질색하긴 했지만 그의 호의에 감동했다. 게다가 국적을 뛰어넘어 사람을 대하는 것은 최근에 보기 힘든 일이었다. 적어도 일본의 신문기자는 이런 태도를 강력히 반대하는 터라 그의 이런 관심에 나는 더욱 감사해 마지않았다. 그래서 나는 "응" 하고 대답하며 반박을 하지 않았다.

나는 일부러 화제를 돌렸고 우리는 즐겁게 대화를 나누었다. 그런데 어찌된 영문인지 화제가 영혼 문제로 다시 돌아오고 말았다. 나는 참지 못하고 불쑥 그에게 물었다.

"너는 정말 귀신이 있다고 믿어?"

"물론이지. 귀신이 없다면 세상이 어떻게 있을 수 있겠어?" 그는 당연하다는 듯 별로 생각하지도 않고 대답했다.

"뭐라고—?" 나는 그의 말뜻을 이해하지 못해 목소리를 끌며 의문을 표시했다.

"간단한 이치야. 귀신이 없다면 우리는 어디 가서 천리天理를 찾을 수 있겠어? 이 세상의 모든 인과응보는 귀신의 세계에서 찾아 설명할 수 있어. 인간의 모든 고락과 선악은 다 업보에 의한 것이야!" 그는 확신에 차서 이렇게 이상한 도리를 설명해주었다. 나는 이런 논리를 분명히 알 수는 없었지만 그의 이런 사고방식과 행위에 대해 조금씩 이해를 하게 되었다.

그는 내가 예전에 생각했던 것처럼 평범한 사람이 아니었다. 심지어 그는 이 사회조직 속에서 불합리한 것을 보고 이런 불합리한 것에 맞서 무언가 해야 된다고 느끼고 있었다. 그러나 그는 곧바로 다시 이 책임을 그의 이상 속에 있는 다른 세계의 통치자에게 손쉽게 떠넘긴 채 자신은 단지 독경과 절하기 등 안전하고 쓸모없는 거동만을 유일한 피난처로 삼았다. 그의 양심이 위로를 받기 위해서 귀신의 세계가 점점 그의 뇌리 속에 펼쳐진 것이다. 귀신은 이렇게 생겨난 것이다.

"알았네." 나는 무덤덤하게 말했다. 그러나 내가 이해하게 된 것은 결코 그가 한 이야기가 아니라 이런 이치일 뿐이었다. 그는 물론 나의 생각을 오해했다. 그래서 나는 또다시 귀신의 문제를 가슴속에 담아두었다.

나는 이렇게 조용한 삶에서 쓸쓸함을 느끼기 시작했다. 오로지 책만 읽으며 지내는 것이 불편했다. 혼자서 집 밖을 돌아다녀도 별로 재미가 없었다. 게다가 이 코딱지만 한 도시를 나는 며칠 지나지 않아 여기저기 다 구경해버렸다. 집에는 언제나 부부와 아이뿐 찾아오는 손님이라곤 한명도 없었다.

호리구찌는 돌연 지극정성으로 독경을 하기 시작했다. 오후에 독경하는 일도 있었다. 그는 수업을 마치고 집에 돌아오면 즉시 불단 앞에 무릎을 꿇고 절을 했다. 어느날 그는 독경을 마치자마자 황급히 가방을 들고 나갔다. 얼마 후 그가 돌아왔을 때 마당을 서성이고 있던 나는 어디에 갔다 왔느냐고 물어보았다.

"바닷가에 갔다 왔어. 공양을 바치러 갔더랬지." 그가 짤막히 대답했다.

나는 영문을 알 수 없어서 물었다. "무슨 공양……?"

"그저께도 바닷가에 가서 한차례 바쳤어. 죽은 친구를 위해서야. 어젯밤 고등학교 동창의 영혼이 우리 집에 왔었어. 그 친구는 죽은 지 반년밖에 지나지 않았어. 만주에서 죽었지. 나한테 울며 하소연하기에 독경을 해주고 공양을 했지. 공양이 끝난 후 공물을 바다에 던지고는 뒤돌아보지 않았네. 그의 영혼은 평안하게 다른 곳으로 갔을 거야. 더이상 우리 집에 오지 않거든." 그가 감동 어린 말투로 설명해주었다.

내 생각에 그는 어젯밤 이상한 꿈을 꾼 것 같았다. 사실 그런 종류의 악몽을 나는 얼마나 자주 꾸는지 모른다. 내가 그런 꿈에 일일이 공양을 했다면 우리 집 재산은 거덜이 났을지도 모른다. 이것과는 관계없이 나는 그에게 물어보았다.

"이런 일이 요즘 자주 있나?"

"왜 그럴까? 전에도 가끔 있었는데 요즘 갑자기 많아졌어. 벌써 네댓명에게 공양을 했네. 내일모레도 공양이 있는데 한 사람은 내 아내의 친구야. 요즘 우리 집에 귀신이 많아!" 그가 진지하게 대답했다. 잠시 조용하더니 그가 사죄의 말을 했다. "정말 미안해. 이런 말을 듣게 해서 말이야. 겁나지 않아?"

"괜찮아." 나는 얼른 대답했다. 나는 "괜찮아"란 짧은 한마디로 그의 말을 전부 부정한 것이었다.

호리구찌의 눈에는 이 집에 귀신이 사람보다 더 많을 것이다. 하지만 내 눈에는 귀신이 보이지 않을 뿐만 아니라 사람도 거의 보이지 않았다. 호리구찌의 아내는 온순해서 존재하는 것 같지도 않았다. 호리구찌의 아들은 나가서 친구랑 놀기를 좋아했다. 호리구찌가 다시 학교에 수업하러 가서 홀로 위층에 있게 된 나는 마치 절에서 도를 닦는 중 같았다. 비록 친형제 같은 다정한 대우를 받고 있지만 마음속엔 외로움이 하루하루 커져갔다. 이때 누군가가 그린 귀신 그림이 눈앞에 어른거려 마치 불난 데 부채질하는 것 같았다. 외로움이 세차게 불타올라 내 마음은 바짝바짝 타들어갔다. 그러나 호리구찌는 이런 점을 전혀 알지 못했고 중국에 있는 동료 교수들도 알 리가 없었다. 우정 어린 환대 속에서 나는 괴로워했으며 음모에 에워싸여 속을 끓였다. 나는 이렇게 어리석은 인간이었다.

저녁에 위층에서 나는 호리구찌의 장서를 읽었는데 죽은 사람들의 고리타분한 말에 화가 났다. 그것이 혹세무민하는 사기꾼들의 상투적 수법이라는 생각이 들었다. 이때 나는 호리구찌가 아래층 응접실에서 독경하는 소리를 들었다. 그 속에는 죽은 자들을 제도하려는 구절도 있었고 귀신 나부랭이와의 대화도 섞여 있었다. 나는 자신도 모르는 사이에 처음으로 갖가지 소리가 분별되었고 아래층에서 떠도는 수많은 귀신들이 보이는 것만 같았다. 나는 갑자기 진지해졌으며 이 일로 인해 오히려 더욱 고민이 되었다.

호리구찌가 말한 귀신의 세계가 내 눈앞에 펼쳐졌다. 끝없는 들판에 시가지도 없고 집도 없이 오로지 무수한 사람만 있었다. 피 묻은 알몸들, 머리와 다리가 잘린 사람들, 손발이 잘린 사람들, 머리를 풀어헤친 채 장작처럼 말라빠진 누런 몸을 드러낸 사람들, 그리고 괴상망측한 모양의 수많은 사람들…… 모두들 하늘을 향해 두 팔을 벌리고 울부짖고 있었다. 바로 이런 것들이란 말인가? 그렇다면 호리구찌가 말한 천리는 어디에 있는 것일까? 소위 인과응보란 것은 여기서 어떻게 설명할 수 있을까? 이 세상의 선악과 고락은 어떤 인과관계를 가지고 있는가? 만일 눈앞의 환상이 사실이라면 당연히 이 귀신들은 살아 있을 때보다 이 사회조직이 어떠한지를 더 분명하게 알고 있을 것이다. 이때 착오의 구렁텅이에서 빠져 나오지 못하던 호리구찌의 독경 소리가 갑자기 사라졌다. 그러고는 가볍게 훌쩍거리는 소리가 들렸다. 처음에는 소리가 작아 내 마음속에서만 들리는 것 같았으나 점점 소리가 커지더니 귀신 세계의 광경이 또다시 출현해 무수한 귀신들이 애원하며 울고 있었다.

이상하네! 나는 거의 내 눈을 믿지 못할 지경이었다. 애처롭게 울고 있는 귀신들 무리 속에서 갑자기 화려한 옷으로 치장한 신사 모양의 뚱보들이 나타난 것이다. 그들은 이를 드러낸 채 징그럽게 웃으며 피가 뚝뚝 떨어지는 말라빠진 귀신을 입에 물고 뜯고 있었다. 다른 말라빠진 귀신들은 소리내 울면서 뿔뿔이 도망쳤다……

"꺼져, 꺼져버려!" 나는 발끈해 소리쳤다. 이렇게 속임수로 가득한 세상에 살면서 아무것도 하지 못하는 자신에게 나는 신물이 났다. 눈앞에 펼쳐진 귀신의 세계를 쓸어버리려는 듯이 나는 힘껏 오른손을 휘둘렀다. 그리고 사람들을 속이는 책들을 땅바닥에 내던졌다. 그러자 곧 환상이 사라져버렸다. 귓가에는 여전히 호리구찌가 독경하는 소리가 들렸다. 그밖에는 적막한 세계일 뿐이었다. 사람 소리 하나 없었다. 적막함이 마치 예리한 칼로 내 심장을 도려내는 것 같았다. 나는 손으로 가슴을 어루만지며 창밖의 어둠을 멍청히 바라보았다. 죽은 것인가, 산 것인가? 나는 고통스럽게 스스로에게 물었다.

또 하루가 지나갔다. 평안하게 지내는 하루는 마치 일년처럼 길었다.

"미쯔꼬의 소식이 왔어. 그녀가 지금 즈시_{逗子}의 병원에서 요양

하고 있다네." 호리구찌가 갑자기 나한테 말했다. 저녁 무렵 아이를 데리고 나온 그가 나와 함께 바닷가를 산책할 때였다.

"미쯔꼬 양이 편지를 보냈어?" 내가 물었다. 나도 미쯔꼬 양의 소식이 무척 궁금했다.

"아니. 집에서 온 편지를 통해 안 거라 그것밖에 몰라. 그녀의 병이 더 위독해졌을까봐 걱정돼." 이렇게 말하는 호리구찌의 얼굴에는 어찌할 수 없다는 안타까운 기색이 역력했다.

나는 그의 대답이 실망스러웠다. 하지만 내 실망보다 그의 고통이 더 크다는 것을 나는 알고 있었다. 미쯔꼬 양에 대한 사랑을 그는 예전과 다름없이 마음속 깊이 여전히 간직하고 있는 것 같았다. 하지만 그는 이것을 마음속 깊이 묻어둔 채 이따금 무의식적으로 사람들 앞에 드러낼 뿐이었다. 호리구찌 같은 사람은 고통을 마음속 깊이 간직한 채 모든 액운을 순순히 받아들이며 심지어 그것을 당연한 도리나 운명으로 여기기까지 한다. 그러나 내심 자신의 손실을 애통해한다. 이런 내 생각은 틀리지 않았다. 이를 증명이라도 하듯 그가 말을 이었다. "어찌된 영문인지 나는 그녀의 병이 늘 걱정스러워. 어떤 불행한 일이 생길 것만 같아." 그가 양미간을 찌푸려 이마에 어두운 그림자가 생겼다.

"그녀의 영혼은 너희가 다시 만날 기회가 있다고 너에게 알려주지 않았니? 행복한 날들이 너를 기다리고 있다고 하지 않았니?" 나는 그를 위로한답시고 말했다. 말재주가 없는 내가 이런 말을 불쑥 내뱉으니 마치 일부러 그를 놀리는 것만 같았다.

"그래, 나도 원래는 그렇게 생각했지! 그런데 즈시에서 병을 앓고 있다는 소식을 들은 후로는 마음이 놓이지 않아. 내가 왜 그런지 모르겠어." 내 말을 진지하게 듣고서 그가 맥 빠진 목소리로 변명하듯 말했다. 그러고는 수평선 너머로 붉게 물든 노을을 멍하니 바라보았다. 아이가 옆에서 그의 손을 잡아끌며 조잘조잘 물어댔지만 그에게는 들리지 않는 것 같았다.

"구태여 그렇게 걱정할 필요가 있을까? 아무튼 그녀는 이제 너와는 아무 상관이 없고 평소에 너도 편지 한장 쓰지 않았잖아." 이렇게 나는 그에게 말했다. 나 자신도 무기력한 말이란 걸 알았지만 더 적당한 말을 찾을 수가 없었다. 문학적 소양이 없는 사람은 임기응변하는 재주도 없는 것 같다. 그래서 신사들 틈에서 배겨내지 못했는지 모른다. 그런데 호리구찌는 내 말을 성실한 충고로 받아들여 더 진지하게 대답했다.

"바로 그것 때문에 그녀에게 더 관심을 갖지 않을 수가 없어. 이 모든 것은 다 운명의 지배를 받고 있는 것 같아. 나 자신은 그저 어쩔 수 없다는 심정일 뿐이야. 곰곰이 생각해보니 인생이 정말 덧없구나!"

이런 말들을 뱉으며 그는 여전히 하늘을 쳐다보았다. 구름은 이미 색깔이 바뀌어 있었다. 발그레하던 노을은 이제 산봉우리 같은 어두운 구름이 되어 있었다. 밤의 장막이 그물처럼 바다에 드리워졌다. 바다는 여전히 잠을 자는 듯 고요했다. 밀물이 점점 밀려 올라왔다. 아버지가 자기 말을 들은 척도 안하자 아이는 바닷가로 달려가 조개껍질을 주우며 놀았다.

스무해 동안 분수를 지키며 살아온 그가 마침내 절망스러운 호소를 하고 있다. 이 순간에는 어떤 만능의 종교라도 그 힘을 잃어버리고 말 것이다. 더없이 평범한 사람이라 할지라도 눈을 부릅뜨고 자신의 마음속 깊은 곳의 상처를 바라본다면 소위 만고불변의 진리에 대해서 의혹을 품게 될 것이다. 적어도 이때 호리구찌는 존재하는 모든 것에 대해 불만을 느끼고 있었다.

"삶이란 그리 녹록한 것이 아니지." 그가 자신이 만든 운명의 굴레에서 발버둥 치며 신음하는 모습을 보자 나는 마음이 움직였다. 타고난 천성이 돌려 말할 줄 모르는 나는 그의 말을 거리낌없이 곧바로 부정해버렸다. "자신의 운명을 지배할 수 없는 사람만이 운명의 지배를 받게 되지……"

내 말이 채 끝나기도 전에 그가 갑자기 말을 가로막았다. "들어봐. 이게 무슨 소리지?"

주위는 아주 고요했다. 무슨 소리가 있다면 바닷물이 소곤거리는 소리뿐이었다. 그게 아니라면 그는 틀림없이 자기 마음이 울부짖는 소리를 들었을 것이다. 아무리 참고 견딘다 할지라도 때로는 몇 마디 불평을 하기 마련이다. 그러나 그는 불행히도 『나무묘법연화경』의 수많은 구절들을 이용해 이런 마음을 묻어버릴 것이다. 환란 후에 재만 남은 그의 마음을 내가 꺼내서 씻어줄 수 있을까? 이삼십년간 그를 지배해온 환경의 힘에 나 혼자 빈주먹으로 대항하는 것은 내가 예전에 신사들 틈에서 좌절했던 것처럼 너무 무모한 일일 것이다. 그러나 어리석은 나는 늘 기쁘게 이런 일만 골라 했다.

내가 막 말을 하려고 할 때 아이가 저편에서 큰 소리로 그를 불렀다. 그는 갑자기 눈살을 찌푸리며 고통스럽게 말했다. "돌아가세……!" 그러고는 아들을 향하여 갔다.

즈시에서 편지가 왔다. 편지 봉투에는 검은 테두리가 둘러져 있었고 안에는 이런 내용이 씌어 있었다.

삼가 망처 미쯔꼬의 명복을 위해 부의금을 보내주셔서 깊이 감사드립니다. 처의 유해는 이미 모일 즈시의 모처에 안장되었습니다. 즉시 통지해드리지 못한 점 널리 양해 바랍니다.

남편 오오구찌 아무개
아버지 오오구찌 아무개

호리구찌의 손에서 이 편지를 넘겨받은 나는 연거푸 두번을 읽었다. 나도 모르게 프랑스 여성과 일본 여성 문제가 떠올랐다. 그녀의 빛나는 두 눈이 편지 위에서 여전히 반짝이고 있는 것만 같았다. 석장 타따미방의 전등빛 아래서 빛나던 소녀의 얼굴이 뇌리에 스쳤다.

"어떻게 갑자기 이것이 왔을까?" 내가 물었다.

"그러게 말이야! 첫번째 통지는 받아본 적도 없어. 게다가 뭘 보낸 적도 없는데 어떻게 이런 감사장이 왔는지 모르겠어. 이런 착오로 인해 나는 그녀가 죽은 날짜도 알지 못하게 됐어." 애써 참으려다 끝내 터져나온 그의 비통한 목소리를 들으며 나는 더욱 외로움에 젖어들었다.

요꼬야마 미쯔꼬의 모습이 내 뇌리에서 마지막으로 한차례 나타났다 사라졌다. 나는 검은 테두리가 둘러져 있는 편지를 호리구찌에게 돌려주었다. 눈물을 훔치고 있는 그에게 내가 말했다.

"사람은 어쨌든 죽기 마련이고 죽은 이상 다시 떠올릴 필요는 없어. 사실 나는 몇년 전부터 그녀가 '신주우'를 할까봐 걱정했어! 그녀가 이렇게 몇년 더 살 줄 누가 알았겠어."

말을 하고 보니 또 쓸데없는 소리를 한 게 느껴졌다. 난 정말 어쩔 수 없는 인간이다! 그러나 이미 엎질러진 물이니 어쩔 도리가 없었다.

"어떻게 알았어?" 그가 놀라서 물었다.

"무얼?" 그의 뜻밖의 물음에 내가 의아스러워하며 반문했다.

"신주우!" 그가 힘주어 말했다.

"신주우! 난 그냥 추측을 해봤을 뿐이야. 신문에 '신주우' 기사가 종종 실렸잖아? 솔직히 말하자면 난 너와 그녀가 사랑 때문에 동반자살을 하지 않을까 걱정했었어." 나는 아주 솔직하게 말했다.

"아!" 한숨을 지으며 대꾸하는 그의 얼굴에서 놀란 기색이 사라지고 후회막급의 표정이 드러났다. 그가 말했다.

"사실은 그녀가 몇번 제의를 했지만 내가 거절했다네. 마지막으로 그녀가 나에게 케곤노따끼[4]에 같이 가자는 긴 편지를 보내왔어. 그런데 나는 '모든 것은 다 운명의 안배예요. 사람은 전혀 힘이 없어요. 그래서 운명에 저항하는 것은 어리석은 일이에요. 우리는 일엽편주에 불과하니 물결 따라 가는 수밖에 없어요. 운명에 순종하며 살다보면 좋은 결과가 있을 거예요……'라는 답장을 보냈지. 이렇게 해서 그녀와 나는 헤어지게 되었어. 그뒤로 다시 만나지 못했어. 그때 내가 그녀의 제의에 응했다면 나는 지금 이 자리에 없겠지. 나는 그녀의 결심이 확고하다는 것을 알았어. 그저께 밤 꿈속에서도 나는 그녀와 어디론가 가서 '신주우'를 하는 걸 본 것 같아."

"이제 좋은 결과를 얻었군." 그의 이야기를 듣고서 나는 짤막하게 말했다. 조롱일 수도, 동정일 수도, 비난일 수도, 의문일 수도 있었다. 사실 이 모든 것이 다 포함된 말이었다. 그때 두 사람 앞에 그

---

4 일본 닛꼬오(日光) 국립공원 안에 있는 폭포.

가 말한 그 두가지 길밖에 없었다고 나는 믿을 수 없었다. 살아가는 데 단지 그 두가지 길밖에 없었다고 나는 생각할 수 없었다. 사실 그는 가장 중요한 것을 잊어버린 것이다.

"이제 좋은 결과를 얻었군." 그는 의심스럽게 이 말을 곱씹었다. 그러다가 갑자기 깨달은 듯 자신을 책망했다. "자기가 뿌린 씨앗의 댓가를 스스로 받아들여야지. 할 말이 없군." 그의 얼굴이 갑자기 고통스러운 경련으로 일그러졌다. 나는 도살장에 끌려온 짐승의 울부짖음을 볼 때처럼 마음속이 부르르 떨렸다.

"그럼 자넨 여전히 운명을 믿고 있나?" 나는 더이상 그를 위로하지 않고 나무라듯 물었다.

그는 아무 대답 없이 머리를 푹 숙인 채 타따미 위에 꿇어앉아 있었다.

학교는 겨울방학을 했다. 호리구찌는 며칠째 독경을 하면서 공양을 바치느라 여념이 없었다. 점심식사 때마다 그는 내게 어젯밤 아무개의 영혼이 집에 왔다고 하면서 그 사람의 이력을 대충 말해주곤 했다. 남자나 여자 모두 이 사회의 희생자였는데, 호리구찌는 그들이 모두 운명에 순종한 착한 사람이라고 했다. 그래서 그는 공물을 들고 바닷가에 가서 던져주며 그 친구들의 영혼을 달래주곤 했다. 그리고 집에는 또다른 친구의 영혼이 그의 제도를 기다리고 있었다.

호리구찌는 나한테 고통을 하소연할 때면 누가 와서 구원해주기를 바라는 듯한 막무가내의 심정을 드러냈으나, 불단 앞에 무릎을 꿇고 엎드려 있을 때에는 지체 없이 다른 사람의 영혼을 제도하는 기도를 올리곤 했다. 이것은 아마 종교의 힘일 것이다. 그러나

이 종교는 무수한 귀신을 그의 집으로 끌어들여서 그는 인간 세상에서 산다기보다는 귀신의 세계에서 사는 것 같았다.

새해가 다가오니 평소 말없이 일만 하던 호리구찌 부인이 더욱 묵묵히 일을 했다. 호리구찌 역시 일이 많았고 연하장 쓰는 일이 하나 더 늘었다. 아이만 신이 나서 여기저기 친구를 찾아가 놀곤 했다. 이층 방은 무덤처럼 괴괴했다. 나는 혼자 방에서 케케묵은 서적들을 뒤적이며 옛 성현들의 포위 공격을 받고 있었다.

새해가 되자 이 가정에도 생기가 좀 돌았다. 우체부가 끊임없이 다량의 연하장을 배달해주었다. 세배하러 오는 손님도 적지 않았다. 대부분 집에 들어오지는 않고 현관에 명함이나 연하장만 놓고 가버렸지만 어쨌든 문 앞에 사람 그림자가 많아진 것만은 사실이다. 아이도 친구들을 자주 데리고 왔는데 대부분 말끔한 키모노를 입은 계집애들이었다. 아이들은 마당에서 하고이따5로 하네6를 치며 놀았다. 이것은 계집애들의 놀이였지만 요즘엔 사내아이들도 많이 했다.

일년 내내 일만 하던 호리구찌 부인의 창백한 얼굴에 웃음기가 돌았고 말수도 좀 늘었다. 저녁때 별일이 없으면 나도 응접실로 내려가서 난롯가에서 '백인일수'7 놀이를 하곤 했다. 이런 놀이에서

---

5 배드민턴과 비슷한 일본 전통놀이에서 사용하는 도구로 넓은 나무채 뒤쪽은 예쁜 인형으로 장식되어 있다.
6 원주 일본의 깃털 제기.
7 한명이 카드에 적힌 시의 앞구절을 소리 내어 읽으면 듣는 사람이 그 뒷구절이 적힌 카드를 찾아내는 카드게임. 『백인일수(百人一首)』란 대표적 가인 백명의 와까(和歌, 일본 전통 시)를 한 사람당 한수씩 100수를 선정하여 모은 와까집이다. 그중 특히 유명한 것은 중세 일본의 가인 후지와라노 사다이에(藤原定家, 1162~1241)가 오구라 산장을 장식하기 위해서 고른 『오구라 백인일수(小倉百人一首)』이다.

나는 당연히 그들 부부의 상대가 되지 않았다.

호리구찌는 나흘 동안 바닷가에 나가지 않았다. 아마 새해에는 귀신도 좀 쉬어야 하나보다. 그러나 1월 5일 오후에 그는 갑자기 독경을 부지런히 하기 시작했다. 서너시간 내리 독경을 하더니 함께 바다에 가자면서 이층 방에 있는 나를 큰 소리로 불렀다. 아래로 내려가서 보니 그는 공물 꾸러미를 들고 현관에 서 있었다.

"어젯밤에 누군가의 영혼이 또 찾아왔나?" 나막신을 신으며 내가 물어보았다.

"바로 요꼬야마 미쯔꼬야. 이따 자세히 알려줄게." 그가 진지한 어조로 나지막이 말했다.

우리는 말없이 집을 나섰다.

바닷가에서 돌아오는 길이었다……

우리는 예전처럼 좁은 골목길을 빙 돌아왔다. 호리구찌는 아까 그렇게 짤막히 대답을 한 후 더이상 아무 말도 하지 않았다. 탁탁 두 사람의 나막신 소리만 무겁게 울려댔다. 이 침묵에 숨이 막힐 것 같았던 나는 참지 못하고 그에게 말했다.

"그건 어쩌면 꿈일 거야. 그녀는 어떤 모습이었나?"

"꿈도 믿을 수 있는 것 아니겠어? 나는 여러차례 꿈을 꾸었는데다 영험이 있었어." 그는 발걸음을 멈추고 이렇게 말하면서 나를 몇번 쳐다보았다. 몇걸음 앞에 '마두관음馬頭觀音' 비석이 서 있었다. 그는 비석으로 다가가 합장을 하고 절을 했다. 그는 이곳을 지날 때마다 늘 이렇게 절하곤 했다. 이런 모습을 나는 여러번 보았다.

"그녀의 모습이 몹시 초췌했어. 그녀는 눈물을 머금은 채 내가 구제해주길 바라고 있었어. 그래서 나는 그녀가 귀신이 되어서도 불행해 보여 오늘 독경을 해 그녀의 영혼을 제도해준 거야. 앞으로도 그녀를 위해 독경해주려고 해!" 이렇게 말을 이어가는 그의 목소리가 좀 변한 것 같았다. 비통한 감정이 북받치고 있음을 나는 알았다. 그러나 나는 동정심이라고는 전혀 없는 사람처럼 그를 위로하기는커녕 오히려 반박하듯 말했다.

"자네 말대로 그녀는 운명에 순종하며 살았잖은가? 그러니 그녀에게 응당 좋은 결과가 있어야 하잖나! 자네가 그녀에게 보냈던 편지에서도 그렇게 쓰지 않았었나……?"

"하지만…… 하지만—" 마치 복병을 만나기라도 한 듯 당황한 그는 '하지만'만 되뇔 뿐 더이상 말을 잇지 못했다.

"하지만 모든 잘못은 바로 운명에 있어. 이 운명이란 것을 아는 사람은 오직 자네뿐이야! 나는 운명을 믿지 않아. 설사 정말 운명이란 것이 있다 해도 난 그것을 없애버리고 말겠어!" 내가 화를 내며 말했다. 나는 할 말이 없어 뒤로 물러서는 그를 보고 얼른 쫓아갔다.

그는 나와 더이상 싸우려 하지 않았다. 그는 머리를 떨구고 걷기만 했다. 입으로 우물우물 잠꼬대 같은 말을 무어라 중얼거렸는데 나에게는 『나무묘법연화경』을 외는 것이 아니라 "내가 잘못했어"라고 말하는 것처럼 들렸다.

그날밤 호리구찌는 갑자기 몹시 초조한 모습을 보였다. 저녁도 먹는 둥 마는 둥 했고 생각에 잠긴 것처럼 입을 다물고 있었다. 또 사소한 일로 아이를 야단쳐 울리기까지 했다. 식사 후 그는 '백인일수' 놀이를 하자고 했다. 그러나 호리구찌 부인이 밥상을 물리고 놀이패를 가져오자 그는 갑자기 놀고 싶은 마음이 없어졌다면서 혼자 나가버렸다. 아내가 밤에 어디 가느냐고 물어도 대답하지 않았다.

이층 방으로 돌아온 나는 다시 케케묵은 유가 서적에 짓눌렸다. 방 안에 화로가 있긴 했지만 몹시 추웠다. 외로움이 밀려왔다. 주위는 오싹하리만치 고요했다. 갑자기 어디에선가 노랫소리가 들려왔다. 고요한 밤에 들려오는 처량한 소리는 마치 귀신이 울부짖는 소리 같았다. 호리구찌는 늦도록 돌아오지 않았다. 바람이 불자 노랫소리는 흩어졌다. 나무들이 애처롭게 울부짖고 집이 흔들렸다. 아래층에서 아이가 우는 소리가 들렸다. 위층은 마치 귀신의 소굴 같아서 더이상 앉아 있을 수가 없었다. 벌떡 일어나 아래층으로 내려간 나는 현관으로 가서 나막신을 찾았다.

"장 선생님, 나가시려고요? 어딜 가시게요?" 호리구찌 부인이 방 안에서 초조한 목소리로 물었다.

"바닷가에 가려고요!" 나는 곧장 이렇게 대답했다. 그리고 그녀의 말을 기다리지 않고 바람을 맞으며 황급히 집을 나섰다.

바다는 완전히 다른 모습이었다.

평소의 낯익은 바다는 전혀 볼 수 없었다. 밀물이 산더미처럼 몰려와 백사장을 삼켜버렸다. 성난 파도가 끊임없이 해안에 들이쳤다. 바다 위에서 바람이 울부짖으며 춤추듯이 날아다녔다. 바다는 바람에 발버둥을 치며 철썩였다. 바다를 바라보니 온통 어둠뿐이었다. 어둠속에서 꿈결처럼 흰색의 빛이 번쩍였고 바다는 눈을 깜박이며 흰 거품을 토해냈다.

이미 어둠속에 사라져버린 해수욕장은 한덩이 어두운 그림자로 변하여 바닷속에 숨어버렸다. 휘익 바람이 불 때마다 바다는 괴성을 질러댔다. 나는 저물녘에 올라갔던 바위를 찾아보았으나 지금은 온데간데없이 사라져 볼 수가 없었다.

바닷가에 서서 나는 바람과 격투를 벌이고 있는 바다의 장엄한 모습을 바라보았다. 산처럼 높은 파도가 나를 덮칠 것 같았다. 내가 딛고 선 바위가 갑자기 흔들리며 뒤쪽으로 구르자 바람이 그 틈에 내 몸을 흔들어댔다. 내 얼굴과 손은 예리한 칼에 베인 것처럼 아파왔다. 파도가 밀려올 때마다 후려치는 흰 물갈기에 내 발등은 젖고 말았다.

나는 뒤로 얼른 두어걸음 물러나서 정신을 가다듬고 자세를 바로잡았다. 방금 나를 삼켜버릴 듯했던 파도가 떠올라 심장이 멈추지 않고 쿵쿵 뛰었다.

어둠은 시나브로 짙어만 갔다. 바다는 미친 듯이 날뛰며 해안으로 들이쳤다. 휘이익 바람이 괴상한 소리를 지르며 불어왔다. 이 모든 것이 다 희생물을 찾는 것 같았다.

이 무서운 광경을 보면서 나는 경이를 느꼈다. 평소 그렇게 고요하던 바다가 거센 바람을 만나서 이렇게 격분하며 노호하다니!

"유감스럽게도 호리구찌가 여기에 없군. 호리구찌가 여기에 있다면 그에게 무언가 교훈을 줄 수도 있을 텐데. 이 바다가 그에게 무언가를 깨닫게 해줄 텐데." 나는 이렇게 중얼거리며 깊은 생각에 빠져들었다.

바람은 여전히 내 손과 얼굴을 때렸지만 나는 아픈 줄을 몰랐다. 파도에 신발이 젖었지만 나는 추운 줄도 몰랐다. 바람과 파도가 격투를 벌이고 있는 이 광경을 홀로 마주하고 있자니 모든 감각이 사라지는 듯했다.

"장 군, 자네 왔군." 뜻밖의 목소리에 놀라 나는 정신이 들었다.

고개를 돌리니 호리구찌의 빛나는 눈동자가 보였다. 그의 수척한 얼굴에서 이렇게 빛나는 눈을 본 것은 처음이었다. 더욱 나를 놀라게 한 것은 그가 여기에 와 있었다는 사실이었다.

"이 광경을 다 보았나?" 나는 약간 머뭇거리다가 놀랍고도 기쁜 심정으로 이렇게 물었다.

그가 고개를 끄덕이며 나지막이 말했다. "자네보다 훨씬 먼저 왔었지."

나는 놀라면서 그의 빛나는 두 눈을 바라보고 암시하듯 중얼거렸다.

"그렇게 고요한 바다가 이렇게 무섭게 노호할 줄은 몰랐네."

"그만하게." 그가 내 어깨를 덥석 잡으며 괴로운 듯 말했다. 내 어깨를 잡은 그의 손이 파르르 떨렸다. 나는 아무 말 없이 놀라서 그를 바라보았다.

"돌아가세. 집에 가서 자세히 얘기해주겠네." 얼마 후 그가 이렇게 덧붙였다.

1935년 2월 3일 일본 요꼬하마에서

비
雨

1

며칠째 비가 추적추적 내렸다. 하늘은 좀처럼 맑게 갤 기색이 없었다.

아침부터 저녁까지 나는 책상 앞에 앉아 있었다. 책상이 창가에 놓여 있어서 머리만 들면 유리창으로 흘러내리는 빗방울을 볼 수 있었다. 창밖을 내다보니 뿌연 빗줄기만 보였다. 빗방울이 단조로운 소리를 내며 창 밑 자갈길 위로 떨어졌다. 요 며칠 동안 똑같이 들리는 빗소리가 계속되었다. 빗소리는 처음에 내 귀에만 들리다가 점점 내 마음속으로 파고들어와 마음을 싱숭생숭하게 만들었고 편안히 책을 볼 수 없게 했다. 결국엔 책의 글자가 흐릿하게 보였다. 나는 더이상 견딜 수 없어서 책을 덮고 일어났다. 나는 방 안을 이리저리 거닐다 담배에 불을 붙였다.

나는 한모금 또 한모금 연신 담배연기를 내뿜었다. 희뿌연 담배연기가 나의 눈을 가로막았다. 그래도 귀는 여전히 예민해서 나는 자신의 발걸음 소리를 들었다.

이 세상에 오로지 나 한 사람만 있는 게 아닐까 하는 이상한 생각이 들었다. 나는 방에 있을 수가 없었다. 나는 더이상 망설이지 않고 담배꽁초를 버렸다. 그리고 외투를 걸치고 모자를 쓴 다음 총총히 계단을 내려와 뒷문으로 빠져나갔다.

밖에는 여전히 비가 내리고 있었다. 골목은 아주 고요했다. 비에 젖은 자갈길은 미끄러웠다. 빗방울이 얼굴에 떨어지면서 안경을 적셨다. 나는 그것에 아랑곳하지 않고 마음속에 치미는 불덩이를 빗물로 끄려는 생각만 했다. 나는 정신이 혼미한 상태로 좁은 골목길을 빠져나왔다.

거리는 꽤 넓었지만 내 눈앞에 펼쳐져 있는 것은 온통 황량한 풍경뿐이었다. 가게 문 앞에는 희미한 등불이 가물거렸고 거리에는 인력거 몇대가 소리 없이 달리고 있었다. 비실비실한 그림자들이 내 앞을 스치며 지나갔다. 모든 것이 생기를 잃어버렸다. 생명이 없는 거리를 위협이라도 하듯 장대비가 세차게 계속 내렸다.

나는 여전히 멈추지 않고 인도를 걸었다. 빗물이 모자챙을 따라 끊임없이 떨어져서 안경알에 고였지만 나는 빗물을 닦지 않았고 호주머니에 넣은 손을 빼지도 않았다. 눈앞의 풍경이 똑똑히 보이지 않았지만 그것을 애써 보려고도 하지 않았다. 나를 억누르는 무언가와 필사적으로 싸우면서 내가 할 수 있는 것이라곤 오로지 걷는 것뿐이었다.

어디로 가야 하나? 나는 알지 못했고 또 그것을 생각하려 들지도 않았다. 심지어 사거리에서 잠시 멈추지도 않았다. 나는 몇번이나 물웅덩이에 빠지고 빗물이 구두 속으로 들어와 양말이 젖었지만 아랑곳하지 않았다. 한번 멈추면 누군가의 손아귀에 붙잡힐까봐 두려운 듯이 나는 그저 성큼성큼 걷기만 했다.

한 거리, 또 한 거리, 계속 걸었지만 내 눈앞에 펼쳐져 있는 것은 여전히 쓸쓸한 풍경뿐이었다. 얼마나 걸었는지 모르지만 내 마음은 여전히 활활 타오르는 불꽃에 달궈진 것 같았다. 차가운 빗방울이 내 몸을 적셔도 아무 소용이 없었다. 나는 추운 것도 피곤한 것도 느끼지 못했다.

골목 어귀에서 나는 돌연 발을 멈추었다. 아니 멈춘 것이 아니라 모퉁이를 돌아 안으로 들어갔다. 무엇 때문인지 생각할 겨를도 없었다.

골목은 아주 조용했다. 등불이 켜져 있는 집은 거의 없었다. 등불이 켜져 있는 집에서도 웃음소리는 들리지 않았다. 나는 3번지 집 뒷문에 가서 섰다. 문을 두드리려고 손을 뻗었을 때에야 비로소 나는 위^후 군의 집이라는 걸 알아차렸다.

문을 열어준 사람은 바로 위 군이었다. 네댓새 보지 못한 사이 핏기 없는 그의 얼굴은 더욱 초췌해져 있었다. 그는 내가 온 것을 보고 놀란 모양이었으나 아무 말 없이 위층의 자기 방으로 나를 안내했다.

"왜 왔어? 내가 오지 말랬잖아?" 위 군은 꾸짖듯 말하면서도 다정하게 내 손을 꼭 잡아주었다.

나는 감격해하며 그를 바라보았다. 하지만 걱정 때문에 이 감격도 금방 사라져버렸다. 나는 그의 손을 뿌리치며 나지막이 물었다. "소식 있어?"

그는 고통스러운 듯 눈을 크게 떴다. 그리고 고개를 끄덕이다가 다시 절망적으로 두어번 가로저었다.

"설마 희망이 없는 건 아니겠지?" 나는 두려움에 휩싸여 외쳤다.

"소리 낮춰!" 그가 내 어깨를 가만히 두드리며 귓속말로 말했다. 잠시 후 그가 알려주었다. "그녀는 그래도 우대를 받고 있대. 그런데 도대체 어디에 있는지 알아내지를 못했어."

"믿을 만한 거야?" 내가 초조해하며 물었다.

"누가 알겠어? 우리가 알고 있는 건 이 소식뿐이야. 여러 친구들에게 수소문해보았지만 소용이 없었어. 우리는 그녀를 만날 방법이 없어." 그의 어조는 담담했지만 담담함의 이면에는 깊은 고뇌가 숨어 있었다. 네댓새 전에 그를 만났을 때에도 이 소식뿐이었다. 요며칠 동안 아무 소식도 얻지 못한 것이 분명했다.

"이것 좀 봐, 온통 빗물을 뒤집어썼네." 위 군이 불쑥 입을 열었다. "여기 오면 안돼. 네 안전을 생각해야지." 나를 꾸짖는 위 군의 말투에는 깊은 배려가 담겨 있었다.

나는 쓴웃음을 지으며 외투와 젖은 모자를 벗어 의자 위에 놓은 다음 탁자 옆에 앉아 걱정 가득한 목소리로 대꾸했다. "나는 그렇게 살 순 없어. 나는 방 안에 갇혀 답답하게 죽어갈 순 없어. 그런 생활이 얼마나 무서운지 알아? 감옥살이하는 것보다도 더 무서워."

"자기 고민만 하소연하지 말고 좀 진정해." 그가 앉더니 걱정스레 나를 바라보았다. "넌 좀 참아야 돼. 나 좀 봐. 내 생활을 좀 생각해보라고." 그는 입을 다물고 말없이 머리만 긁었다. 어떤 고민스러운 일을 생각하는지 아니면 고통스러운 기억 때문인지 그는 더이상 말을 잇지 못했다. 틀림없이 그녀와 관련된 일일 것이다. 나의 초조함은 점점 진정되었으나 마음은 오히려 더욱 쓰라렸다.

"화華의 어머니가 오셨어." 그는 손을 내려 탁자를 짚더니 갑자기 결심한 듯 나지막이 말했다. "지금 다락방에 계셔. 딸의 일을 모르고 계신데 알려드릴 용기가 나지 않아. 생각해봐. 꾸며대기도 쉽지 않아. 우리 이모잖아. 이모는 내가 커오는 것을 보신 분이야. 화를 만나러 여기 오겠다는 이모의 말도, 화에게 보낸 이모의 편지도 다 나를 통해 전해졌어. 그때 이런 일이 생길 거라곤 상상도 못했지. 어떻게 사실대로 말씀드릴 수 있겠어? 쉰이 다 된 이모한테……" 그의 목소리는 점점 심하게 떨리더니 결국 흐느낌으로 변했다. 그러나 그는 슬픔을 드러내고 싶지 않다는 듯 울음을 뚝 그치더니 나지막이 한숨을 내쉬었다.

화는 어머니를 무척 사랑한다고 나한테 말한 적이 있다. 어머니가 이십년이나 수절하면서 자기를 키우고 학교에 보내주었다고 했다. 학식 있고 어진 이 노부인의 유일한 희망은 바로 화가 마음에 드는 남편을 얻어 행복한 삶을 사는 것이었다. 딸을 이해하지는 못했지만 온 심혈을 기울여 딸을 사랑했다. 그런데 지금은…… 나는 그 일에 생각이 미치자 화가 전에 나한테 해준 말이 생각나 마음이 또 아프기 시작했다. 나는 슬픈 기색을 보이기 싫어 온 힘을 다해 참았다.

"그래도 그녀를 구할 방법을 찾아봐야지." 내가 혼잣말하듯 중얼거렸다. 무언가 효과적인 방법을 찾으려 애썼으나 머리가 갑자기 무거워지면서 생각이 굳어져버렸다. 나는 얼굴에 무수한 부스럼이라도 생긴 것처럼 얼굴을 박박 긁어댔다.

"어떤 방법이 있을까? 여러 사람을 찾아가보았지만 방법이 없었고, 그녀가 있는 곳을 아는 사람도 전혀 없었어." 위 군이 걱정스러워하며 말을 받았다. 그의 말이 과장이 아니라는 것을 나는 안다. 그는 화를 위해 며칠 동안 분주히 뛰어다녔지만 전혀 결실을 얻지 못했다.

"화는 벌써 이 세상 사람이 아닐지도 몰라." 나는 문득 이런 생각이 들었다. 이 생각을 떨쳐버리려 애썼으나 떨칠 수가 없었다. 나는 소름 끼치는 이 말을 나도 모르게 내뱉고 말았다.

"아니야, 절대 그럴 리 없어!" 그는 몸서리치며 반박했다. 마치 내 손아귀에 있는 그녀를 구해내기라도 하듯 그의 목소리가 점점 높아지며 힘이 들어갔다. "그녀는 한 일도 별로 없고, 격렬한 행동도 하지 않았어."

"왜 꼭 격렬한 행동을 해야 하나?" 나는 벌떡 일어나 한 손으로 탁자를 짚고 그의 논리를 반박하듯 화를 내며 말했다. "그녀는 남들처럼 타락하길 원치 않았고, 자기가 하고 싶은 말을 했으며, 하고 싶은 일을 했어. 바로 그것 때문이 아니야?" 말을 마치고 보니 위군이 아무 말 없이 멍한 눈길로 나를 바라보고 있었다. 나는 분노가 사그라들자 다시 자리에 앉았다. 내 눈앞에 마대 자루와 강물이 어렴풋이 떠올랐다. 강물에 떨어진 마대 자루는 둥둥 떠내려가다가 점점 가라앉았다. 그 마대 자루 속에 그녀의 몸이 들어 있을 것만 같았다. 나는 고통스럽게 눈을 감았다.

"아니야, 그럴 리 없어. 나는 그녀가 아직 살아 있으리라고 믿어." 위 군이 불쑥 자신 있게 말했다. 그 소리에 나는 눈을 번쩍 떴다. 그의 단호한 눈빛이 보였다. 그러나 그 눈빛은 점점 흔들리기 시작했다. 이어서 그가 의혹에 찬 어조로 중얼거렸다. "하지만 이런 시절에 뭘 추측하기란 어려운 법이지. 누가 자신 있게 말할 수 있을까……?"

다락방에서 나이 든 여인의 기침소리가 들렸다. 꽤 헛헛한 소리였다. 기침소리는 이내 멎었다. 기침소리에 말이 끊긴 위 군은 더이상 입을 열지 않았다. 방 안은 다시 정적 속으로 빠져들었지만 노부인의 기침소리는 내 귀뿐만 아니라 마음속까지 파고들었다. 화어머니의 기침소리가 들리자 새삼 화의 모든 것이 떠올랐다. 고통과 분노가 다시 내 마음속 가득 치밀어올랐다.

"아직도 주무시지 않는군. 이모는 언제나 밤이 깊어야 잠드시지." 다시 어두워진 얼굴로 위 군이 나를 바라보며 나지막이 말했다. "딸 생각을 하고 계시는 거야. 이모가 벌써 눈치채셨을까봐 걱정이야. 나란 사람은 거짓말을 잘하지 못해 탄로 나기 쉬워. 그렇지 않다면 이모가 왜 우울해하면서 나무라는 눈길로 나를 계속 쳐다보시겠어? 무슨 말씀을 할 듯 말 듯 하시면서 말이야."

"아실 리 없어." 내가 멍하니 대꾸했다. 그를 위로하려고 한 말이 아니라 무슨 뜻인지 생각하지도 않고 그저 내뱉은 말이었다. 가슴이 답답해서 뭐라도 뱉어내야만 했다. 나는 자제력을 잃고 두 손으로 얼굴을 감싸쥐었다.

"언젠가 모든 사실을 이모한테 알려드리게 될까봐 두려워. 마냥 속일 수는 없으니까." 그가 어쩔 수 없다는 듯 나직이 말했다. 혼자 중얼거리는 것 같기도 하고 나더러 확실한 대답을 해달라고 추궁하는 것 같기도 했다.

나는 잠자코 있었다. 그가 갑자기 나를 바라보며 소리쳤다. "피! 피! 네 얼굴에……"

나는 그의 말뜻을 알아차렸다. 손으로 얼굴을 쓱 닦으니 손바닥에 피가 가득했다. 나는 태연하게 말했다. "이만한 피가 뭐 그리 대수라고."

그는 말을 하지 않았지만 얼굴에는 놀라는 기색이 감돌았다.

나는 그의 대각선 쪽에 앉아 있었다. 그의 목소리를 듣는 것도,

그의 눈빛을 바라보는 것도, 이 방 안의 정적도 나는 두려웠다. 나는 벌떡 일어나 외투를 걸치고 모자를 쓴 뒤 아무 말 없이 아래층으로 내려갔다. 다락방 앞을 지날 때 내 발걸음 소리에 놀라 깨셨는지 화의 어머니가 콜록콜록 기침을 했다. 그 기침소리가 채찍처럼 뒤에서 나를 쫓아왔다. 나는 급히 계단을 내려갔다.

위 군이 뒤따라 내려와서는 낮은 목소리로 앞으로 행동을 조심하라는 몇마디 당부를 했다. 이런 말을 여러번 들은 터라 나는 대충 답하고는 밖으로 나왔다.

나는 가슴 가득 울화를 품고 갔다가 그대로 가지고 나왔다. 비가 세차게 내려 땅바닥에 빗물이 흥건하게 고여 있었다. 발을 디딜 때마다 물이 튀었다. 나는 외투 깃을 올리고 하늘을 쳐다보았다. 하늘은 칠흑같이 깜깜했다. 차가운 빗방울이 달아오른 내 얼굴을 때렸다. 얼굴의 핏자국이 빗물에 씻겨내려갔다. 상처가 얼얼하게 쓰라렸다. 나는 어찌할 바를 몰라서 한숨을 내쉬다가 고개를 숙인 채 골목을 나왔다.

자욱한 안개가 낀 듯 눈앞이 온통 뿌옇게 흐렸다. 얼굴에 빗물이 흘러내렸고 비에 젖은 모자가 머리를 무겁게 내리눌렀다. 모자챙을 따라 빗방울이 계속 떨어져내렸다. 외투는 흠뻑 젖었고 바짓가랑이도 흙탕물에 푹 젖었다. 구둣발은 수시로 물웅덩이를 첨벙첨벙 밟았다. 나는 고개를 숙인 채 정처 없이 걸었다. 집으로 돌아가고 싶지 않았다. 그 썰렁하고 적막한 방에서 나는 이미 지칠 대로 지쳐버렸다. 나는 허둥대며 정처 없이 걷기만 했다.

한 거리, 또 한 거리, 나는 벌써 거리를 몇곳이나 지났는지 모른다. 나는 제법 번화한 거리를 지나 갑자기 골목으로 돌아 들어갔다. 나는 어느 집 문간에 섰다. 나는 깜짝 놀라 고개를 들었다. 주황색

페인트칠을 한 문의 한쪽에 '15'라는 검은색 숫자가 뚜렷이 씌어 있었다.

정신이 번쩍 든 나는 문을 두드리지 않고 뒤로 두어걸음 물러나 아쉬운 눈길로 다락방을 바라보았다. 불빛은 없었다. 주위는 모두 정적에 잠겨 있었다. 가슴이 또 아파왔다. 며칠 전까지만 해도 내가 아래서 "화" 하고 부르면 그녀는 다락방 창문 밖으로 고개를 내밀고 인사를 한 뒤 내려와 문을 열어줘 나를 들어오게 했다. 우리는 작은 원탁에 마주 앉아서 차를 마시며 이런저런 일들을 이야기하곤 했다. 내가 이틀간 한 일을 이야기해주면 그녀도 자신이 한 일들을 말해주었다. 그녀는 명랑하게 이것저것 가리키며 보여주기도 했고 책 몇권을 펼쳐들고 나에게 물어보기도 했다. 그런 다음 그녀는 칠흑 같은 커다란 두 눈으로 나를 정답게 바라보며 자신의 감정을 토로했다. 나도 내 모든 것을 솔직히 그녀에게 털어놓았다. 우리는 자주 이렇게 만났으며 때로는 위 군도 우리와 함께하곤 했다. 열흘 전만 해도 위 군과 함께 그녀를 보러 와서 그녀 방에서 두어 시간이나 있었다. 그러나 지금은 모든 것이 변했다. 그것도 너무나 갑작스럽게.

나는 다시는 여기 오지 않겠다고 결심했었다. 친구들도 모두 나한테 경고했다. 나 역시 여기서 그녀의 흔적을 다시는 찾을 수 없으리라는 걸 알았다. 그러나 내 두 발이 나를 여기로 데려온 것이다. 내 발은 나의 머리보다 더 잊는 법을 모르는지 나로 하여금 지난 모든 것을 새록새록 되새기게끔 했다.

나는 이곳을 곧바로 떠날 수 없었다. 나는 멀찌감치 서서 다락방을 바라보았다. 창문 두짝은 굳게 닫혀 있었고 방 안은 칠흑같이 컴컴했다. 나는 문득 그녀가 잠들어 있지 않을까 하고 생각했다. 그녀의 칠흑 같은 커다란 두 눈이 내 눈앞에 언뜻 떠올랐다. 눈을 똑바로 뜨고 자세히 보려 했으나 안경알에 빗방울이 달라붙어 앞이 잘 보이지 않았다. 빗방울이 사정없이 나의 머리와 얼굴과 몸을 때렸다. 나는 목석처럼 거기에 서 있었다. 꼼짝도 하지 않고 자신을 보호하려는 어떤 동작도 없이 말이다. 나는 우두커니 서 있다가 근처 어느 집 뒷문이 쾅 하고 열리는 바람에 놀라서 황급히 그 자리를 떴다.

나는 여전히 어디로 가야 할지 알지 못했다. 내 발이 내 몸을 싣고 이 골목에서 나갔다. 거리의 등불이 처연하게 빛났다. 담배 가게의 점원이 문을 닫고 있었다. 인도에 우산을 든 행인 두어명이 맞은편에서 걸어왔다. 이 모든 것이 나와는 전혀 상관없는 것 같았다. 나는 문득 이 커다란 도시에서 자신이 완전히 낯선 이방인처럼 느껴졌다. 이 생각으로 나는 다시 고뇌에 빠졌고 내 마음속 울화도 다시 치밀어올랐다. 비는 여전히 세차게 내렸으나 나는 그것을 느끼지 못했다. 나에게는 다른 방도가 없었다. 발길 닿는 대로 아무데로나 가는 수밖에 없었다.

나는 큰길 쪽으로 걸어갔다. 발은 아주 무거웠고 신발은 진흙투성이였다. 나는 빨리 걸을 수가 없었다. 자동차 한대가 뒤에서 고속으로 달려와 내 옆을 스쳐 지나가며 날카롭게 경적을 울려댔다. 나는 깜짝 놀라며 위로 훌쩍 뛰었다. 흙탕물이 온몸에 튀었다. 순간 쨍한 웃음소리가 들려왔다.

'사람들은 서로 어떤 관련도 없다.' 이 생각이 내 머리를 다시 예리하게 찔렀다. 나는 곧바로 얼굴에 경련이 일어날 것 같았다. 이런 생각으로 나의 머리가 콕콕 찌르듯 아주 생생하게 아파올 때 남들은 차 안에서 즐겁게 웃고 있었다. 내 생각과 내 고민에 관심이 있는 사람은 한명도 없었다. 나는 고통스러워 몸부림쳤다. 나는 이제 마지막 고비에 이르렀는지도 모른다. 그러나 아무도 아는 사람이 없었다. 마음이 한동안 말로 표현할 수 없는 억눌림 속에 있게 되자 내 몸에서 격정이 되살아났다. 그 격정은 수시로 나의 가슴을 휘저었다. 오장육부가 뒤틀린 듯 마음이 쓰라렸다. 나는 외투 주머니에 넣은 손을 꽉 쥐었다. 무언가를 부숴버리거나 차라리 그 무언가에 의해 나 자신이 부서져버렸으면 좋겠다. 비가 더욱 세차게 내려 마지막에 홍수가 나서 나와 모든 것을 삼켜버리길 바랄 뿐이었다.

그러나 빗줄기는 세지기는커녕 오히려 점점 약해졌다. 격정으로 달구어진 나는 곧 터져버릴 것 같았다. 나는 이를 악물고 미친 듯이 앞으로 걸어갔다. 나는 썰렁한 거리를 더이상 바라보지 않았고, 내가 어느 방향으로 가는지도 상관하지 않았다.

거리를 지나고 또 지났다. 어찌된 영문인지 나도 모르게 어느 골목으로 돌아 들어갔다. 발길은 3번지 집 뒷문 앞에서 멈추었다. 나는 문 앞에 멍하니 서서 위 군의 방으로 다시 들어가야 할지 말아야 할지 망설였다.

나는 여기에 다시 와서는 안되었다. 위 군의 초췌한 얼굴을 보는 것도 두렵고 노부인의 기침소리를 듣는 것도 두려웠다. 심지어 이 문을 두드리는 것조차 두려웠지만 내 발은 하필이면 나를 다시 이곳으로 데려오고 말았다. 내 발은 정말 망각할 줄 모르고 내 머리보다 더 똑똑하게 기억하고 있었다. 심지어 내 마음이 잊고 싶을 때조차도 내 발은 나를 여기로 데리고 왔다.

하지만 나는 문을 두드리고 들어갈 수 없었다. 문간에 선 나는 고개를 들어 다락방을 바라보았다. 창문은 굳게 닫혀 있었고 안에는 불빛마저 없었다. 내가 방금 본 다른 다락방과 거의 비슷했다.

노부인은 이미 잠드셨겠지? 나는 노부인의 꿈속에 어떤 정경이 나타날지 무척 궁금했다. 노부인의 꿈속에서 화는 분명히 건강하게 살아 있을 것이다. 나의 생각은 노부인의 신상에 다시 머물렀다. 화가 보여준 사진 속에서 노부인은 자상한 모습이었다. 눈과 입이 화와 판박이었다. 문득 노부인을 한번 봤으면 하는 마음이 강렬해져 억제할 수가 없었다. 이때 그녀의 헛헛한 기침소리가 들려왔다. 이것은 다락방에서 나는 소리가 아니라 내 마음 깊은 곳에서 나는 소리였다. 문을 두드리고 들어갈 수 없음을 깨달은 나는 낮은 신음을 내뱉고 결연히 그곳을 떴다.

쉬지도 않고 거리의 풍경을 보지도 않은 채 나는 뭔가에 쫓기듯 아주 빨리 걸었다. 빗방울이 힘없이 내 얼굴에 떨어졌지만 나는 아무런 느낌도 없었다.

나는 허둥지둥 집으로 돌아왔다

2

흐린 날이었다. 공기가 아주 쌀쌀했다. 잿빛 하늘을 보니 마지막 희망마저 빼앗아가는 것 같았다. 그러나 나는 절망한 채 침대에 쓰러져 있고 싶지 않았다. 또 책상 앞에 조용히 앉아 있을 수도 없었다. 나는 안타깝게 방 안을 거닐기만 했다. 쉴 새 없이 담배만 피워대 머리가 흐리멍덩해졌다.

어제 온종일 나를 보러 온 사람은 한명도 없었다. 나는 줄곧 화 생각에 사로잡혀 있었다. 친구들이 찾아와 몇마디 해주길 바랐지만 밤이 되도록 문 두드리는 소리는 한번도 나지 않았다. 나중에 나는 외출해 15번지 집 뒷문에서 한동안 서성이다가 비틀거리며 겨우 돌아와 잠들었다. 어제 밤새도록 꿈을 꾸었다. 꿈속에는 온통 화의 모습뿐이었다. 하지만 흐릿한 모습에 토막 난 기억뿐이어서 눈을 뜨자 아무것도 뚜렷이 기억나지 않았다.

나는 한동안 방 안을 거닐면서 담배를 수없이 피워댔다. 머리가 쇳덩이처럼 굳어 내 몸을 무겁게 짓눌렀다. 나는 결국 지쳐서 책상머리에 가 앉았다. 책을 펼쳐들고 나직이 몇 구절, 몇 페이지를 읽었다. 나는 읽었지만 무슨 뜻인지 분명히 이해할 수가 없었다.

문이 가볍게 열리는 소리가 들렸다. 고개를 들어 보니 화의 그림자가 사뿐히 들어왔다. 그녀는 평소처럼 나에게 미소를 지었다.

"화!" 내가 놀라 부르짖었다. 일어서자 눈앞이 가물가물했다.

문은 가만히 닫혀 있었다. 방으로 들어온 사람은 없었다. 내 마음은 차츰 차분해졌다. 화가 여기 올 수 없다는 것을 깨닫자 내 마음은 다시 쥐어짜듯 아파왔다.

조금이라도 화와 관련된 것을 찾고 싶어서 나는 서랍과 책장을 샅샅이 뒤져보았다. 여기저기 다 뒤져봤지만 아무것도 찾지 못했다. 서류와 편지는 벌써 다 없애버렸다. 예전에 내 일기에는 화를 묘사한 부분이 많았고 일기를 펼치면 화가 내 앞에 서 있는 것만 같았다. 나는 그녀가 내 일기 속에 살고 있다고 종종 그녀에게 웃으며 말하곤 했다. 그러나 지금은 그 일기마저 없애버렸다. 그러니 내가 어디 가서 그녀의 모습을 찾을 수 있단 말인가?

나중에 나는 낡은 책 속에서 뜻밖에도 사진 한장을 발견했는데, 이미 색이 바래서 분명히 보이지는 않았다. 사진에는 화와 나 그리고 친구 둘이 있었다. 우리는 평소 사진을 찍지 않았지만 어찌된 일인지 그때 공원에서 이 사진을 찍었다. 두해 전 일로 그때 화는 머리를 두갈래로 땋은 모습이었다.

나는 멍하니 사진을 바라보았다. 당시 즐거웠던 우리의 삶을 보고 싶었으나 사진에서 화의 소녀 같은 얼굴은 이미 희미해져 있었고 칠흑 같은 커다란 두 눈도 많이 엷어져 있었다. 얼핏 보면 그 얼굴은 전혀 화의 얼굴 같지 않았다. 겨우 남은 이 사진마저 점점 사라져가리라는 걸 나는 알고 있었다. 나는 사진을 고통스럽게 바라보았지만 어찌해야 좋을지 알 수 없었다.

가까스로 저녁 무렵까지 버티자 위 군이 찾아왔다. 겨우 이틀 사이에 그의 머리에 흰머리가 부쩍 늘어 나는 깜짝 놀랐다.

"무슨 소식 있어?" 내가 흥분해 물었다.

"희망이 없는 것 같아." 그는 비통해하며 대답하더니 피곤한 듯 침대에 고꾸라졌다.

나는 더이상 물을 수가 없었다. 그의 대답은 예상했던 대로였다. 나는 이런 말을 또 듣게 될까봐 두려웠다. 나는 고통스럽게 방 안을 거닐며 죽어라 담배만 피워댔다.

"황煌 군." 위 군이 갑자기 나를 불렀다. 나는 몸을 돌려 그를 바라보았다.

"화의 일은 아무래도 희망이 없을 것 같아." 그는 이 말을 되풀이했다. "지금 그런 사람이 있다는 걸 어느 기관에서도 인정하지 않아. 모두 화를 모른다는 거야. 그녀는 이미 이 세상에 없는 게 분명해. 그러니까 그들이 그런 말을 하지. 그날 저녁 자네가 한 말이 맞았어." 그는 핏발 선 눈을 크게 뜨고서 나를 바라보았다. 금방이라도 대성통곡할 듯이 그의 얼굴이 일그러졌다. 하지만 그는 울지 않고 얼굴만 찡그렸다. 그러자 주름진 그의 얼굴에 무수한 잔주름이 생겼다.

내 마음이 갑자기 요동치기 시작했다. 나는 감정이 폭발하려는 것을 억누르기 위해 있는 힘을 다 썼다. 그는 그날 저녁 내가 한 말을 실제로 증명했으나 나는 그 증거에 오히려 압도되었다. 내 얼굴에 한동안 무서운 경련이 일었다. 적어도 오분은 그랬을 것이다. 나는 아무것도 보이지 않았고 아무 소리도 들리지 않았다.

"그러면 화의 어머니는?" 내가 입에서 나오는 대로 불쑥 물었다.

"화의 어머니는 집으로 돌아가신대." 그가 고뇌에 잠긴 채 담담하게 대답했다.

"집으로 돌아가신다고? 딸을 기다리지 않고?" 나는 놀라서 물었다.

"그러지 않아도 자네에게 말하려던 참이었어." 그가 벌떡 일어나 책상 앞으로 가서 앉았다. 책상 위로 몸을 숙인 그가 고개를 돌려서 나를 보며 말했다. 나는 책상 한쪽 구석에서 왼쪽 팔꿈치로 책 더미를 누르면서 그의 말을 들었다. 그의 얼굴은 여전히 고뇌와 비통에 잠겨 있었다.

"나는 화에게 일어난 일을 벌써 이모한테 알려드렸어. 더이상 숨길 수가 없었어. 나는 어젯밤 늦게 돌아왔는데 다락방이 캄캄해서 이모가 잠드셨다고 생각했지. 그런데 내가 방에 들어와 앉자마자 이모가 나를 부르면서 내 방으로 살그머니 들어오셨어. 이모는 머리가 부스스했고 몸이 휘청거렸지. 초췌한 얼굴에 핏발 선 눈이 다가오자 꼭 귀신 같았어. 내 앞에 서서 내 이름을 부르셨네. 이모는 요 며칠 밤에도 눈을 붙이지 못했으며 딸한테 틀림없이 무슨 일이 생겼으리란 걸 알고 있다고 하시더군. 무슨 일인지 대략 짐작하고 있으니 진상을 알려달라고 하셨네. 처음엔 감추려고 했으나 이모가 우셨어. 황 군, 자네도 알다시피 이모는 내가 커온 걸 보신 분이고 내가 어렸을 때 안아주시기도 한 분이야. 울면서 진실을 알려달라고 사정하시는데 내가 어떻게 거절할 수 있었겠나? 전에 화가 집을 떠나와 학교를 다닐 때 남들한테 업신여김을 당하지 않도록 잘 보살펴달라고 이모가 나한테 부탁하신 일이 생각나더군. 내가 고향 집에 돌아갈 때마다 이모는 나한테 고맙다는 말을 자주 하시곤 했다네. 지금…… 황 군, 내가 태연하게 거짓말을 할 수 있다고 생각하나……? 나는 어떤 일이 일어날지 미처 생각지도 못한 채 진실을 다 말해버렸네……" 그의 눈에서 갑자기 눈물이 주르륵 흘러내렸다. 목소리가 갈라지더니 그는 더이상 말을 잇지 못했다. 그의 얼굴은 무섭다기보다는 가련하게 변했다. 그 모습은 결단력과 자제력을 잃은 사람이 느끼는 고통을 여실히 드러내고 있었다.

내 마음은 동정심으로 떨렸다. 내 마음을 짓누르고 있는 고통이 점점 더 심해져갔다. 나는 속에서 천불이 날까 두려웠다. 나는 따지듯이 메마른 눈으로 그를 바라보았다. "그뒤에는?"

"이모는 어떤 뜻밖의 행동은 하지 않으셨네." 위 군은 말을 잠시 멈추었다가 계속했다. "목 놓아 우시지는 않고 몸을 심하게 떠실 뿐이었네. 그 자리에서 금방 쓰러지시기라도 할 듯이 말이야. 이모는 비난과 회한이 담긴 눈물 어린 눈으로 나를 보면서 거듭 분명하게 말씀하셨네. '내 그럴 줄 알았다. 그럴 줄 알았어. 나는 이십년간 마음 졸이며 살아왔어. 그래서 이런 일은 안 생길 줄 알았다. 결국 이 지경에 이를 줄 누가 알았겠어.' 이모는 방구석의 의자에 가서 앉더니 흐느끼는 것 같기도 하고 웃는 것 같기도 한 신음소리를 내셨네.

나는 이 타격에 이모가 미치시기라도 할까봐 어찌할 바를 몰랐어. 내가 다가가니 이모가 고개를 들고 나를 바라보시더군. 얼굴은 고통으로 일그러졌지만 미칠 듯한 기색은 보이지 않았네. 두줄기 눈물이 이모의 볼을 타고 흘러내렸네. 내가 입을 열기도 전에 이모는 내 마음을 알아차리고는 고통스럽게 입을 여셨어. '위로할 필요 없다. 이제 다 알았다. 진작부터 그럴 줄 알았어. 그애는 제 아버지를 꼭 빼닮았지. 그애가 그렇게 될까봐 걱정이었다. 그래서 그애한테 화華라는 이름을 지어주고서 공부도 안 시키고 바느질이나 배우게 해 장차 마음에 맞는 남편을 만나 한평생 편안히 살면 내가 고생스럽게 키워준 보람이 있을 거라 생각했지. 하지만 난 그애를 끔찍이 사랑했어. 그애는 정말 사랑스러운 아이였으니까. 그런데 공부를 하게 해달라고 자꾸만 졸라대서 결국 그애의 고집에 지고 말았지. 그애가 하겠다는 건 뭐든 다 시켜주었어. 내 마음이 너무 약한 것이 탈이었지. 애초에 내가 공부하러 가라고 놓아주지 않았더라면 지금의 이런 일은 생기지 않았을지도 몰라. ……네 이모부인 그애의 아버지…… 너는 그이의 일을 모를 테지. 화한테도 감추고 알려주지 않았단다. 그이는 옥사했어. 감옥에 갇힌 지 두달도 안돼 고문을 견디지 못하고 운명하고 말았지. 선통[1] 말년의 일이었단다. 나는 배 속에 뤄화若華를 가진 채 그이를 보러 감옥에 간 적이 있어. 그이는 자신이 왜 그런 일을 했는지 내게 설명해주었지. 자신은 두려운 게 없는데 나와 장차 태어날 아이만은 차마 포기할 수 없다고 했어. 장차 태어날 아이는 틀림없이 사내아이일 거라며 그 아이를 키워서 자신의 일을 이어나갈 수 있게 하라고 했지. 나는 그 말을 듣다가 계집아이를 낳으면 어떻게 하느냐고 무심결에 물어보았어. 그는 불쾌한 듯 아무한테나 시집보내면 그만이라고 하더구나. 그

---

1 宣統. 청나라 마지막 황제 푸이(溥儀)의 재위기간(1909~11) 동안의 연호.

이가 사망한 지 두달 후 뤄화가 태어났단다. 난 기뻤어. 계집아이니까 옆에 붙잡아둘 수 있을 거라고 생각했지. ⋯⋯그런데 지금 뜻밖에 딸애마저 아버지의 길을 걸을 줄이야!'

이모는 입을 다물고 눈을 감으시더니 머리를 의자 등받이에 기댄 채 살래살래 저으셨지.

나는 이모를 바라보며 그제야 분명히 깨달았어. 이모는 나보다 더 똑똑히 보고 있었다는 걸 말이야. 나는 이모의 말에 깊이 감동했어. 그러나 동시에 내가 가진 최후의 한가닥 희망도 사라져버렸어. 문득 화가 구제될 가망이 없다는 걸 느꼈거든. 이는 곧 내가 사형 판결을 받은 거나 다름없었네.

이모는 벌떡 일어나 부드러운 눈길로 나를 바라보면서 탄식하셨지. '네 탓이 아니야. 조금도 널 탓하지 않는다. 진작부터 이럴 줄 알았단다. 이제 자러 가야겠구나.' 그러고는 휘청거리며 방을 나가셨다네.

이모는 밤새 잠을 이루지 못하시는 것 같았어. 때때로 이모의 기침소리가 들려왔어. 그 소리엔 절망의 고통과 고독이 담겨 있었네. 나는 그 소리를 들으며 이모의 비참한 일생을 생각해보았지. 내 가슴에 나 자신의 슬픔 외에도 이모의 슬픔이 더해졌네. 그래서 나는 밤새 잠을 이루지 못했다네.

오늘 아침 다락방에 기척이 없기에 이모가 깊이 잠드셨나보다고 여겼지. 그런데 다락방 문간을 지나갈 때 이모가 갑자기 문을 열고 나를 부르시더군. 나는 서서 이모와 이야기를 나누었지. 이모의 얼굴은 무서울 정도로 핼쑥했어. '오늘 하루 더 기다려보다가 내일 오후 떠나야겠다.' 이모가 담담하게 말씀하시더군. 이모는 다른 말씀 없이 내가 대답하기도 전에 문을 닫아버리셨네. 나는 계단에 서서 방에 들어가 이모와 더 대화를 해야 하지 않을까 하고 주저하고 있었는데 안에서 문득 나직이 흐느끼는 소리가 들리더군. 이모가 안에서 울고 계셨지. 그 울음소리를 들은 나는 마음이 너무나 괴로웠어. 더이상 이모를 놀라게 할 수 없어서 황급히 뛰어나와 회사에 가서 일을 하고는 몇군데 들렀다가 여기에 온 걸세.

다른 사람들은 나를 보더니 모두들 내가 병이 났다고 하네. 요 이틀 동안 내가 어떻게 병이 안 날 수 있었겠나? 나는 이런 삶을 더이상 견뎌낼 수가 없네."

위 군은 일어나 침대 앞으로 가더니 푹 쓰러져버렸다. 이때 나는 그의 표정을 보지 못했으며 그도 나의 표정을 보지 못했다. 방안은 이미 어둠속에 잠겨 있었다. 그러나 나는 전등을 켜려고 하지 않았다.

나는 위 군이 방금 앉았던 책상 앞에 앉았다. 위 군은 침대에 쓰러져 아무 말도 하지 않았다.

우리는 이렇게 어둠속에서 오랫동안 그대로 있었다. 그는 무겁게 숨을 내쉬었다. 나는 점점 생각과 느낌이 없는 지경에 이르렀다. 내 마음은 이미 죽어버린 것처럼 텅 비어버렸다.

드디어 위 군이 일어나 전등을 켜고 말했다. "갈게. 소식 있으면 다시 찾아올게. 나다니지 말고 몸조심해."

나를 방에 혼자 남겨둔 채 그는 살그머니 가버렸다.

나는 그의 말을 똑똑히 들었고 그의 말을 따를 작정이었다. 그러나 그가 떠난 지 한시간도 안되어 나는 밖으로 나갔다. 나의 발은 내가 방 안에 조용히 있는 걸 허락하지 않았고 내가 마음속에서 지워버리고 싶은 곳으로 나를 데려가려고 했다.

3

아침에 늦게 일어났다. 해가 벌써 창문을 비추고 있었다. 나는 어젯밤 내내 거리를 헤맸다. 집에 돌아왔을 때 정신이 개운하지 않았다. 언제 잠이 들었는지도 모르겠다.

나는 그 골목을 나와서 거리 하나를 채 지나지도 않은 것 같은데 어떤 여인을 보았다. 그 여인의 뒷모습은 화와 비슷했다. 나는 그 여인의 뒤를 따르며 몇몇 거리를 지나갔다. 나는 몇번이나 "화" 하고 이름을 부르려다 말았다. 내 목소리는 쉬었는데다 화가 아님을 뻔히 알고 있었기 때문이다. 동시에 화는 이미 이 세상에 존재하지 않을 거라는 위 군의 말이 생각났다. 하지만 화와 뒷모습이 비슷한 여인을 보는 것만으로도 내 마음은 다소 위안을 얻을 수 있었다. 내 발은 이런 사정을 알고 나를 여러 거리로 데려갔다. 어느 네거리에서 자동차가 길을 막아 나는 그 여인을 놓치고 말았다. 그녀는 화처럼 내 눈앞에서 사라져버렸다. 나는 이곳저곳을 가보았지만 그녀의 종적을 찾을 수가 없었다.

나는 창문을 활짝 열어젖혔다. 햇빛이 쏟아져들어와 내 머리를 어루만져주었다. 나는 어젯밤에 겪은 일을 반추하며 심지어 그 여인을 진짜 화라고 여기기까지 했다.

그러나 이것 역시 내 마음을 오래 위로해주지는 못했다. 고통과 분노가 내 마음속에서 불타올랐다. 위 군이 나에게 경고한 말이 생각나자 나의 고뇌는 더 커졌다. 나는 이런 은둔생활을 계속할 수 없었다. 두려움 때문에 숨어서 아무것도 하지 못한 채 무익한 고뇌의 시달림 속에서 내 젊은 생명을 소모시킬 순 없었다.

나는 한사코 담배를 피워댔지만 소용없는 일이었다. 담배로는 그 무엇도 잊을 수 없었다. 희뿌연 담배연기가 나를 온통 에워쌌다. 그러나 그 칠흑 같은 커다란 눈은 여전히 담배연기를 뚫고 내 앞에 나타나곤 했다. 내 귓가에는 콜록대는 기침소리가 수시로 울려댔다. 이 소리는 아무 일도 하지 않고 가만히 있는다면 내가 무익한 고뇌의 시달림 속에서 죽어버릴 것이라고 말하고 있었다. 이런 삶은 만성 자살이나 다름없었다.

오후 2시쯤 위 군이 찾아왔다. 그의 안색이 어두웠다. 두 눈이 벌겋게 부어 있어서 좀전에 울었던 것이 분명했다. 그가 이런 모습으로 찾아오리란 것을 벌써부터 알고 있었다는 듯 나는 그의 얼굴을 보고도 놀라지 않았다. 게다가 나는 그가 무슨 말을 할 것인지 다소 짐작을 하고 있었다.

우리는 서로 공포의 눈길을 주고받았다. 그가 먼저 입을 열었다.

"방금 이모를 배웅하고 오는 길이야. 차가 떠날 때 이모는 울지 않았는데 오히려 내가 울었네. 이모는 딸을 포기할 결심을 한 것 같네. 이모는 딸의 일을 나한테 부탁하시면서 어떤 큰 타격이 닥쳐와도 자신은 묵묵히 참고 견딜 수 있다고 하셨네. 그런데 이모가 여기 와서 며칠 묵는 동안 중병을 앓은 사람처럼 변한 것을 나는 똑똑히 보았네. 이모는 기침을 심하게 했고 얼굴이 형편없이 여위어 있었네. 이모의 이런 모습을 보니 나는 웬일인지 큰 죄를 지은 것 같아서 울고 말았네······" 그는 여기까지 말한 뒤 목이 메어 더이상 말을 잇지 못하고 내 앞에서 울고 말았다.

나는 마음이 아팠다. 내가 겪고 있는 고통에 그는 또다시 많은 고통을 보탰다. 세상이 이렇게 넓은데 그는 이 방에 고통을 최대한으로 쌓으려는 것 같았다. 나는 눈이 빠지도록 그가 오기를 기다렸으나 그는 지금 내 앞에서 울고 있다. 그의 흐느낌은 내 절망에 또다시 절망을 보탰고 내 가슴을 견딜 수 없게 더욱 짓눌렀다. 고통은 끝이 없는 듯했다. 담벼락이 무너져내릴 것만 같았다. 나는 몸부림치다 더이상 참을 수 없어서 분노에 가득 차 소리쳤다.

"울긴 왜 울어? 위 군, 자네는 어떻게 우는 것만 배웠나? 화 어머니도 울지 않았잖아! 옛날부터 지금까지 얼마나 많은 사람이 울었나? 눈물이 모여 큰 강을 이루었는데 설마 자네의 눈물이 모자라기라도 하단 말인가? 눈물을 흘린들 무슨 소용이 있나? 그 어리석은 눈물을 거두게. 자네의 울음소리 듣기 싫네!"

내 말은 그에게 하는 말이 아니었다. 그를 나무라는 말이 아니라 나를 둘러싼 고통에 대해 하는 말이었다. 나는 오랫동안 참아왔다. 하지만 이제는 인내심이 한계점에 다다랐다. 나는 머리를 치켜들고 고통을 뿌리쳐야만 했다.

위 군이 흠칫 놀라면서 나를 바라보았다. 그는 내 마음을 헤아리지 못하는 것 같았다. 하지만 그는 울음을 그치고 눈물을 닦았다. 한참 만에 그가 서글프게 말했다. "안 울게…… 안 울게…… 하지만 화는 이 세상에 없어." 그는 품속에서 구겨진 종이쪽지 한장을 꺼내 내게 내밀었다.

나는 부들부들 떨리는 손으로 그 쪽지를 와락 잡아챘다. 눈에서 불꽃이 튀어나올 듯 나는 뚫어져라 구겨진 종이쪽지를 바라보았다. 연필로 쓴 글이었다.

저는 희망이 없어요. 이 일은 아주 갑작스레 일어난 일 같지만 이상할 것은 없어요. 이런 시절에 이상한 일이란 없으니까요. 어떤 일이든 일어날 수 있잖아요. 내 가슴속엔 그리운 정이 차고 넘쳐요. 하지만 후회하지 않아요. 저는 아주 즐거워요. 저는 당신들을 잊지 않을 거예요. 제 어머니를 잘 돌봐주세요! 저를 너무도 사랑하는 어머니는 이 충격을 견뎌내지 못하실 거예요. 이 소식을 어머니한테 바로 알리지 말고 천천히 알려주는 게 좋겠어요. 저를 잊지 말아주세요. 조심들 하세요. ……화.

나는 매 글자, 매 구절이 내 마음에서 메아리칠 때까지 읽고 또 읽었다. 화가 내 앞에 서서 말하는 것처럼 내 마음이 환해졌다.

"이 편지를 전해준 사람이 화는 이미 이 세상에 없다고 했네." 위 군의 목소리가 조종弔鐘처럼 내 귓전에 울렸다. "이 소식을 이모에게는 알리지 않았어. 이번만은 감출 수밖에 없었어. 화의 부탁을 어길 수는 없었지. 이것이 마지막 부탁이니까." 그의 눈에서 다시 눈물이 흘러내리며 다시 흐느꼈다.

그가 계속 나직이 흐느꼈다. 그 소리는 온 방 안을 울려 방 안의 공기는 온통 슬픔으로 가득 찼다. 방금 느낀 환한 기분이 없어지고 다시 싱숭생숭해졌다. "내 가슴속엔 그리운 정이 차고 넘쳐요"라는 말만이 내 가슴속에서 메아리치고 있었다. 이것은 화의 마지막 말이었다. 하지만 내가 어디에 가서 화를 찾아내 그녀에게 나도 그리운 정이 차고 넘친다고 말해줄 수 있겠는가? 지금은 이미 늦어버렸다. 그녀와 나 사이에 이미 하나의 세계가 가로막고 있었다. 고통에 또다시 고통이 보태졌다. 절망에 또다시 절망이 보태졌다. 날이 어두워지기 시작했다. 하늘에서 또 비가 내릴 모양이다. 모든 것이 음울하고 고뇌에 쌓여 칙칙했다. 한가닥 희망의 빛도 보이지 않았다. 위 군의 흐느끼는 소리가 내 마음을 끊임없이 두드려댔다. 초조해서 나는 미칠 지경이 되었다.

나는 더이상 참을 수가 없었다. 내 발이 무섭게 떨리며 제일 먼저 반항하려고 들었다. 위 군과 또다른 친구들이 경고를 했든 말든 상관없이 나는 화와 같은 운명에 빠지는 것이 두렵지 않았다. 나는 더이상 집에 숨어 지내는 은둔의 삶을 살 수는 없었다. 나는 더 늦기 전에 나가서 무슨 일이라도 좀 해야 했다.

"위 군, 가세. 청戚 군한테 가세!" 나는 문득 결심을 하고 말했다.

"그런데 비가 오는군." 위 군이 놀란 눈으로 나를 바라보며 나지막이 말하고 눈물을 닦았다.

나는 창문을 바라보았다. 들이치던 빗방울이 맥없이 유리창에 떨어졌다. 소리도 없었다.

나는 잔혹한 미소를 지으며 단호하고 당당하게 응수했다. "이만한 비쯤이야. 가세!"

1936년 3월 상하이에서

어떤 부부
某夫婦

삼년 전 나와 함께 한커우에 가서 우연히 윈遠 군을 만났던 친구가 갑자기 나에게 편지를 보내 원 군 부부의 소식을 물었다. 이 뜻밖의 편지를 받은 나는 일을 내려놓고 하루 종일 생각에 잠겼다. 나는 쓰촨으로 돌아온 후에 듣고 본 그 부부의 일이 내내 머리에 맴돌았던 것이다.

　작년 10월 말 충칭에 온 나는 서쪽 교외에 있는 어느 친구 집에서 살고 있었다. 충칭에 온 다음날 원 군 부부가 나를 보러 왔다. 부부가 함께 온 게 아니라 부인은 좀 늦게 왔다.

　충칭에서 원 군을 만나다니 정말 뜻밖의 일이었다. 나는 구이양을 떠나기 전 친구로부터 원 군이 간쑤에 갔다는 말을 들었다. 원 군은 지인 몇명과 함께 그곳에 일하러 갔는데 오년 내지 십년 동안 돌아오지 않을 결심을 하고 부인이랑 아이들과 함께 갔다는 것이다. 원 군을 만나고 나서야 전에 구이양에서 들었던 소문은 친구들의 추측이거나 와전된 내용이라는 것을 알게 되었다.

"밍팡明方은 나와 함께 가지 않고 장진으로 돌아가 교편을 잡기로 했네." 창백한 얼굴에 예전과 다름없이 부드러운 미소를 띠고서 원 군이 말했다.

미소 띤 그의 얼굴은 한커우에서 만났을 때와 차이가 없었다. 하지만 얼굴은 더 야위었고, 입가에 더부룩하게 난 수염 때문에 그는 훨씬 더 나이 들어 보였다. 다만 악수할 때 그의 손은 여전히 힘이 있었다.

"몸조심해야 해. 시베이[1]의 기후에 적응을 못 할 수도 있으니까 말이야." 갑자기 걱정이 되어 나는 그에게 당부의 말을 했다.

"괜찮아. 내 몸은 튼튼한 편이야." 그는 전혀 개의치 않고 말했다.

나는 그의 말을 믿지 않았다. 그는 전혀 튼튼하지 않았다. 최근 이년간 친구들은 자주 그를 '신경쇠약'이라 부르곤 했는데 지금 내가 보기에도 그의 얼굴엔 핏기라곤 전혀 없었다. 하지만 떠나기 전날 그에게 맥 빠지는 말만 주절거릴 수는 없어서 재차 간곡하게 당부했다.

"그래도 조심해서 나쁠 건 없어."

"알았네." 원 군이 고개를 끄덕이며 웃었다. "사람은 고생을 좀 해봐야 돼. 나는 지금까지 너무 평탄하게 산 것 같아. 사실 거기 가서 뭐 그리 고생할 것 같지는 않지만 말이야."

그러고는 신이 나서 자신의 포부를 말하기 시작했다. 그제야 나는 원 군이 현장縣長을 하는 친구를 도와주러 간쑤에 간다는 것을 알게 되었다. 현장은 젊은데다 고생을 마다하지 않고 열정적으로

---
1 간쑤(甘肅)가 포함된 중국의 서북 지역.

일하는 사람이어서 현장이 된 지 반년밖에 안되었는데도 백성들의 사랑을 받는다고 했다. 원 군은 그 친구를 도와 약간이라도 성과를 낼 수 있으리라고 믿었다.

"아마 누군가는 내가 자리를 탐낸다고 욕할지도 몰라." 문득 원 군이 혼잣말처럼 중얼거렸다. 그는 미간을 살짝 찌푸렸지만 다시 미소를 띠자 곧 펴졌다.

나는 이 말을 대수롭지 않게 여기고 대답 대신 물었다. "오년 내지 십년 동안 돌아오지 않을 작정이라고 들었는데 정말이야?"

그는 웃으며 좀 계면쩍은 듯 말했다. "그건 친구들의 농담일 뿐이야. 하지만 이왕 거기 간 이상 사오년은 있어야 헛수고가 되지 않을 거라고 생각해. 사실 나는 이제 나이를 먹을 만큼 먹었으니 마땅히 일을 좀 해야지. 물론 이것도 상황을 봐야 해. 거기서 오래 살 수 있을지 없을지⋯⋯" 그는 느릿느릿 말했지만 태도가 아주 간절했다. 이는 그의 결심이 확고하며 어느정도 자신이 있음을 말해주는 것이었다.

"좋아, 좋아." 나는 웃으며 말했다.

내 말에 기분이 좋아졌는지 그는 일어나 방 안을 몇걸음 걸었다. 갑자기 웃음 띤 얼굴로 나를 바라보던 그가 멈칫거리면서 말했다. "장차 내가 성과를 내면 나를 보러 올 거지?"

"그럼. 꼭 가겠네." 나는 깊이 생각하지도 않고 대답했다.

흡족한 표정으로 그가 말했다. "밍팡이 내년 여름방학 때 아이를 데리고 오기로 했어. 자네도 함께 오면 얼마나 좋을까."

바로 이때 밍팡이 왔다. 몇년 전에 나는 그녀를 밍팡이라고 불렀지만 지금은 농담조로 '원씨 부인'이라고 부른다. 그녀는 키가 크고 통통했으며 까만 눈동자에 둥근 눈을 가진 여성이었다.

"드디어 왔군요. 당신이 충칭에서 이이와 만나고 싶어한다고 들었던 것 같아요." 그녀는 나와 악수한 뒤 웃으며 말했다. "당신이 왔다는 소식을 듣고 이이가 무척 좋아했어요." 그녀의 눈길이 원 군의 얼굴로 향했다. "우리는 올해 충칭에서 당신을 기다릴 수 없을 거라고 생각했어요."

"하지만 왔잖아요. 나도 처음에 여기서 당신들을 보게 되리라고는 생각지도 못했어요." 나는 감격해하며 말했다.

"그런데 저이는 내일 떠난대요." 그녀가 목소리를 낮추어 말하더니 갑자기 고개를 돌려버렸다.

방 안에 잠시 정적이 흘렀다. 역시 내가 먼저 입을 열었다. "아이는요? 왜 아이를 데려오지 않았나요?"

그녀가 내 쪽으로 고개를 돌렸다. 걱정을 해본 적이라곤 없는 듯한 얼굴엔 여전히 미소를 띠고 있었다. "아이는 외할머니 댁에 가 있어요. 오늘 여기 와야 해서 애가 시끄럽게 할까봐 데리고 오지 않았어요."

아이는 이제 팔개월밖에 되지 않았다. 본 적은 없지만 아주 사랑스럽고 잘 울지 않는다고 한다.

"사실 샤오밍小明을 데리고 와서 자네에게 보여주어야 하는데." 원 군이 말을 이어나갔다. "처음에는 그럴 생각이었는데 나중에 밍광이 동창 두명을 만나러 가야 해서 데려오기가 불편해 집에 남겨두었어." 샤오밍은 아이의 이름이다.

"괜찮아. 어쨌든 자네 부인이 충칭에 또 올 테니 다음번에 보면 되지 뭐." 내가 말했다. 원 군이 말하길, 아내는 자신을 배웅한 다음 날 아침 배편으로 장진에 갈 것이라고 했다. 그들 부부가 함께 나를 만나러 오는 경우는 다시 없을 것이다.

우리는 더이상 그 일을 거론하지 않고 내 이야기, 그들 부부 이야기, 그리고 우리가 함께 아는 친구들 이야기를 중구난방으로 신나게 떠들어댔다.

날이 어두워지자 그들은 다른 약속이 있어서 가야겠다고 했다.

"지금 헤어지면 언제 다시 만나게 될지 모르겠군." 그가 내 손을 꼭 잡고 말했다.

"당신은 어떻게 벌써 잊었나요. 그가 방금 내년에 나와 함께 시베이로 당신을 만나러 간다고 했잖아요. 그때 적어도 일년간은 거기 머물라고 해요." 그의 아내가 이런 말로 그를 위로하는 동시에 그녀 자신도 위로하려는 것 같았다. 그녀는 여전히 미소 띤 채 부드럽게 애무하는 듯한 눈길로 그의 얼굴을 바라보았다. 나는 그녀의 가느다란 눈썹이 살짝 찌푸려지면서 콧마루에 주름이 생기는 것을 보았다. 하지만 주름은 이내 사라졌다.

"그래, 꼭 와야 해. 내가 꼭 성과를 내서 자네에게 보여주도록 하겠네." 이렇게 말하는 그의 얼굴에는 희색이 감돌았고, 그의 눈에서는 자신감이 솟아나왔다.

"그때가 되면 아이가 말을 하기 시작할 테니 정말 북적북적하겠군." 내가 불쑥 말했다.

"맞아요. 샤오밍이 제멋대로 떠들어대서 정말 시끄러울 거예요." 밍팡이 낭랑하게 웃으며 말했다. 그녀의 눈이 기쁨으로 빛나고 있었다.

아버지인 원 군의 얼굴도 같은 표정이었다. 그가 흠뻑 사랑에 빠진 모습으로 말했다. "샤오밍은 완전히 나 같아. 성질도 나랑 똑같아. 아니 나보다 더 드세."

"이게 다 너무 귀엽게 키운 탓이에요." 밍팡이 미소를 띤 채 원망하듯 한마디 했다.

원 군이 웃으며 나를 향해 변명하듯 말했다. "방법이 없어. 아이가 천천히 자라는 것을 볼 때면, 그리고 아이가 웃고 움직이며 당신을 쳐다보는 것을 볼 때면 아이에게 푹 빠지지 않을 수 없지. 사실 나뿐 아니라 당신도 마찬가지야." 그는 얼굴을 아내 쪽으로 돌리며 말했다. "당신과 장모님도 아일 너무 귀여워해."

밍팡은 더이상 말을 하지 못했다. 그들이 갈 때 내가 차와 배편의 출발 시각과 장소를 물어보자 그들은 배웅하지 말라고 간곡하게 당부했다. 원 군은 차를 타고 가고 밍팡은 배를 타고 간다고 했다. 그녀가 하루 늦게 떠나니 적어도 그녀를 배웅할 수는 있었다.

그러나 나는 두 사람 다 배웅하지 못했다. 그날밤 여독으로 내가 병이 났기 때문이다. 고열, 두통, 소화불량, 무기력증…… 나는 아래층으로 내려갈 힘도 없어 정류장과 나루터에 가는 건 엄두도 내지 못했다.

하지만 나는 상상으로 그들을 따라갈 수 있었다. 침대에 누운 채 꿈속에서 차가 출발하고 배가 닻을 올리는 것을 어렴풋이 본 것 같았다. 깨어나서 나는 그들이 평안히 갔기를 남몰래 기원했다.

두달 후 원 군이 짧은 편지를 보내왔다. 거기서 잘 지내고 있지만 너무 바빠서 편지를 쓸 시간조차 없다며 여름휴가 때 놀러 오길 바란다고 했다. 자기 아내는 날짜를 앞당겨 곧 출발할지도 모르겠다고 했다.

편지를 받고서 나는 자신도 모르게 미소를 지었다. 원 군은 원래 편지를 쓰기 싫어하는 사람이었다. 시간이 있어도, 친구들이 긴 편지를 써서 보내도 편지를 쓰기 싫어해 몇글자의 답신도 잘 하지 않는 사람으로 유명했다. 친구들은 이런 그의 성미를 알기에 그를 용서해주었다.

편지를 받은 지 엿새째 되는 날 저녁에 밍광이 갑자기 찾아왔다. 다짜고짜 그녀가 말했다. "작별인사를 하러 왔어요."

"어떻게 정말 거기로 가나요?" 내가 놀라서 물었다. 원 군의 편지가 생각났던 것이다.

"물론 정말 가지요." 그녀가 웃으며 고개를 끄덕였다. "친척이 비행기표 사는 걸 도와줬어요. 방금 내일 아침에 비행기가 떠난다는 통지가 왔어요." 그녀는 발그레한 얼굴에 생기발랄하고 흥분된 모습이었다.

"왜 이렇게 빨리 가나요?"

"나도 미처 생각하지 못했어요. 어제 오전 충칭에 도착했는데 지금 너무 바빠 오래 이야기할 시간도 없군요." 그녀가 서둘러 말했다. 그녀는 의자에 앉았다가 곧 다시 일어났다.

"그럼 내일 그를 만날 수 있겠네요." 내가 격려조로 한마디 했다.

그녀는 내가 말하는 사람이 누구인지 즉각 알아차리고 대답했다. "내일은 안돼요. 빨라야 모레지요. 또 차를 타고 가야 하거든요."

"모레라도 금방이지요." 내가 말했다. 그리고 또다시 물었다. "샤오밍을 데리고 가나요?"

"네." 그녀가 대답을 하고는 해석을 덧붙였다. "그이는 샤오밍이 어떻게 지내는지 걱정돼서 편지마다 샤오밍에 대해 이것저것 물어요. 샤오밍을 안 데리고 가면 날 가만두지 않을 거예요." 나는 그녀의 미소에서 어머니의 사랑을 읽을 수 있었다.

"사실 내가 보기엔 당신도 샤오밍을 떼놓고 가지 못할 것 같은데요." 내가 웃으며 말하자 그녀도 웃었다. 당연히 만족스러운 웃음이었다.

"그이에게 뭐 전할 말 없나요?" 그녀가 물었다.

나는 생각을 좀 해보았다. 원 군에게 할 말이 너무 많아서 편지를 써야 했지만 시간이 없었다. 게다가 지금 펜을 들고 싶지 않았고 짧은 시간에 무얼 쓸 수도 없을 것 같았다. 그래서 나는 "없어요. 그냥 안부나 전해주세요" 하고 대답했다. 그러고는 또다시 한마디 덧붙였다. "열심히 일하는 것도 좋지만 건강도 돌보라고 전해주세요."

나중의 이 말은 그녀에게 쓸데없는 말로 들릴 수도 있었을 것이다. 하지만 그녀는 진심으로 감사하며 그 말을 받아들였다. 그녀는 손을 내밀어 나와 이별의 악수를 했다. 그녀는 감사해하며 말했다. "꼭 그이에게 전해줄게요." 그러고는 또 당부의 말을 했다. "여름휴가 때 꼭 와야 해요. 기다릴게요."

나는 흔쾌히 그러겠다고 대답하고 아래층으로 내려가는 그녀를 배웅했다. 나는 그녀가 인력거를 타는 것과 차부가 쏜살같이 인력거를 모는 모습을 지켜보았다.

그녀가 떠난 후 기별이 전혀 없었다. 한달 후 나는 청두에 도착했다. 어느날 한 친구가 원 군의 아내도 여기 있다고 하는 말을 듣고 이상해서 자세히 물어보았다. 그제야 비행기가 고장이 나서 청두에 발이 묶여 다시 뜨지 못했다는 것을 알게 되었다. 승객들 중 어떤 이는 다음 비행기를 타고 떠났고 다른 이들은 청두에 남아 빈자리만 나길 기다렸는데 밍팡은 남은 승객 중 한명이었다.

이튿날 나는 밍팡을 만나러 갔다. 그녀는 동창 집에서 (동창 부부는 모 은행의 직원이었다) 아이를 안고 응접실에서 놀고 있었다. 그녀는 진심으로 나를 환영했고 나의 방문에 몹시 기뻐했다.

"여기서 다시 보게 될 줄은 몰랐어요." 내가 웃으며 말했다.

"나도 여기서 이렇게 오래 기다리게 될 줄은 몰랐어요." 그녀도 웃으며 말했다.

"그가 편지를 자주 하나요?"

"자주 해요. 그이는 초조하게 기다리고 있어요."

"건강은 어떻대요? 일은 잘되고 있나요?"

"일하는 데 별 어려운 건 없는데 몸이 좀 안 좋대요."

우리는 원 군에 관한 이야기를 계속했다. 하얗고 둥근 얼굴의 샤오밍이 동그랗고 까만 눈을 크게 뜨고 나를 보며 갑자기 "헤헤" 하고 웃기 시작했다.

"왜 웃니? 샤오밍, 너 리씨黎氏 아저씨 아니? '아저씨' 하고 불러봐!" 밍팡이 샤오밍을 어르며 자기 뺨을 샤오밍의 볼에다 비벼댔다. 두 사람의 볼이 다 발그레했다.

"나는 샤오밍을 처음 보는군요. 말을 할 줄 아나요?" 내가 샤오밍을 가리키며 물었다.

"아직 못해요. '아빠' '엄마'만 할 줄 알아요." 그녀가 대답하며 다시 샤오밍에게 말했다. "샤오밍, '아빠' 해봐. 아빠……"

아이가 힘껏 "아빠"라고 했는데 발음이 상당히 똑똑했다.

"아이 아빠가 들으면 무척 좋아할 텐데." 그녀가 만족스러워하며 말했다. 그녀가 웃으니 얼굴이 환하게 빛났다. "아, 샤오밍, '아저씨, 리씨 아저씨'라고 해봐."

"그래요, 아이가 정말 귀여워요. 아빠가 보면 정말 좋아하겠어요." 내가 말을 받았다. 원 군이 간쑤에 가기 전 아이에 대해 했던 말이 생각났다.

그녀가 나에게 이것저것 물어왔고 나도 그녀에게 물어보았다.

"그럼 언제 비행기를 탈 수 있게 되나요?"

"대략 이삼일 내로요. 항공사 직원이 다음 비행기에는 틀림없이 빈자리가 있을 거라고 했어요. 통지해준대요. 어제 물어보았어요." 그녀가 차분하게 말했다. 다음 비행기로 란저우에 가는 건 분명해 보였다.

나는 이틀 후 다시 그녀를 보러 오기로 했다. 하루가 지난 다음 날 아침에 다시 그녀를 찾아갔다. 그녀는 뜻밖에도 나에게 충칭으로 돌아가야겠다고 했다. "……어제 그이가 편지를 보냈는데 나더러 오지 말래요. 자신도 돌아오려고 한대요."

"왜 돌아오려고 하죠? 거기 일이 잘되어간다고 하지 않았나요?" 나는 놀라서 물었고 다시 한마디를 덧붙였다. "올 여름휴가 때 그를 보러 가려고 했는데."

"현장을 하는 친구가 떠나게 되었나봐요. 다른 두 친구도 떠나게 되었고요. 갑자기 무슨 문제가 생겼나봐요……" 그녀는 양미간을 찌푸리면서 말했다.

"그럼 그는 언제 돌아오나요?" 내가 걱정스레 물었다.

"얼마간 더 기다려야 될 것 같아요. 나는 우선 장진으로 돌아가 교편을 잡고 있다가 그이가 돌아오면 하반기 계획을 다시 세우려고 해요." 그녀가 대답했다.

"그것도 괜찮지요." 나는 그냥 입에서 나오는 대로 이렇게 말했지만 마음속으로는 다른 생각을 하고 있었다. 나는 이번 여름휴가 때 원 군이 있는 곳에 정말 가보고 싶었다. 시베이에는 한번도 가본 적이 없어서 올해 비교적 한가한 때를 틈타 한번 가보고 싶었던 것이다. 그런데 이제 원 군이 돌아오려 한다는 말을 들으니 시베이에 갈 계획을 취소할 수밖에 없었다.

"샤오밍은요?" 내가 불쑥 물었다.

"위층에서 자고 있어요." 그녀가 대답했다. 그녀의 눈길은 위층을 향하고 있었다. 그녀의 양미간이 활짝 펴지며 입가에 미소가 번졌다. 그후 그녀는 "그것도 괜찮지요"라는 내 말에 대한 대답이라도 하듯 이어서 말했다. "그이가 돌아오는 것도 괜찮지요. 그이는 최근 편지에 몸이 좋지 않고 신경쇠약이 상당히 심하다고 그랬어요. 게다가 일이 많고 대처하기도 쉽지 않다고 했어요. 돌아와서 좀 쉬는 것도 좋을 것 같아요. 그런데……"

"맞아요. 나도 찬성이에요. 그의 몸이 버텨내지 못할까봐 걱정이에요." 나는 그녀의 '그런데'의 뒷말이 무엇일지 짐작이 갔다. 나도 생각한 것으로 그것은 당연히 '그이는 괜히 허탕을 친 것 같아요'와 같은 말일 것이다. 나도 그녀와 같은 생각이었다. 우리는 모두 그가 풀이 죽은 채로 충칭으로 돌아오는 것을 바라지 않았다. 나는 그녀의 말을 계속 듣고 싶지 않아 말허리를 잘랐던 것이다.

"내 생각에 그이는 한 일년 정도 쉬면서 몸조리를 하거나 중학교에서 수업을 조금만 하다가 몸이 좋아지면 다시 일하러 가는 게 좋을 것 같아요. 어떻게 생각해요? 나를 도와 그이한테 좀 권해줘요. 그이가 당신 말은 잘 듣잖아요. 그런데 당신들은 둘 다 편지를 즐겨 쓰지 않으니." 여기까지 말하고 그녀가 미소를 지었다. 그녀의 미소 띤 얼굴에는 한줄기 희망의 빛이 반짝였다. 그녀가 남편을 여전히 이렇게 깊이 사랑하는 걸 보고 나는 친구 대신 행복을 느꼈다.

이때 그녀의 동창 집에서 일하는 하녀가 밖에서 "경계경보예요" 하고 알려주었다. 이웃집에서 누군가가 "나왔어요" 하고 부르짖는 소리가 들렸다.

"그럼 좀 기다려요. 가서 샤오밍을 깨워서 데려올게요." 그녀는 황급히 말하고 일어나서 계단 쪽으로 갔다.

이 도시에서 경계경보는 깃발로 표시했다. 깃발에 '경계경보'라고 써서 네거리의 경찰 초소에 꽂아놓곤 했다. 그래서 "나왔어요"라는 말은 경계경보가 울렸다는 뜻이었다.

밍팡이 아이를 안고 내려왔다. 샤오밍은 졸린 모습으로 실눈을 뜬 채 울지도 웃지도 않았다. 두 볼이 발그레했고 하얀 털모자에 하얀 스웨터 차림이었다.

"우리 샤오밍이 아직 잠이 덜 깼구나. 엄마도 안 부르려 하고 리씨 아저씨도 안 부르려 하니 말이야." 그녀는 한 손에 트렁크를 든 채 웃으면서 아이를 얼렀다.

"트렁크 이리 줘요. 내가 들게요." 나는 손을 내밀어 트렁크를 받았다.

"당신은 다른 일이 없나요?"

"없어요. 함께 대피해요." 내가 대답했다.

"그럼 고맙죠." 밍팡이 미소를 지으며 말했다. 그런 다음 샤오밍에게 말을 걸었다. 그녀는 아이의 몸을 흔들어주다가 뺨을 아이의 볼에 갖다댔다. 아이의 눈이 점점 커지더니 마침내 "혜혜" 하고 웃었다.

하녀가 물건을 꾸린 뒤 보자기에 싸서 들고 나왔다. 우리는 그녀가 대문 잠그는 것을 바라보았다. 그녀가 빠른 걸음으로 걸었다. 밍팡과 나는 천천히 그녀의 뒤를 따라갔다. 밍팡은 아이를 안고 나는 트렁크를 들었다.

하늘엔 하얀 구름이 뭉게뭉게 피어나 있었지만 햇빛이 구름을 뚫고 수시로 거리를 비추었다. 파란 하늘은 조금도 볼 수가 없었다. 내가 단정적으로 말했다. "오늘은 적기가 오지 않겠어요." 내 말이 채 끝나기도 전에 공습경보를 알리는 싸이렌이 울렸다.

소수의 사람들은 허겁지겁 뛰기 시작했다. 일부 사람들의 걸음걸이가 빨라졌다. 밍팡이 웃으며 내게 말했다. "적기가 오지 않을 거라고요?" 아이는 밍팡의 어깨 위에서 눈을 휘둥그레 뜬 채 나를 보며 헤헤 웃었다.

"지금은 '공습'일 뿐인데 뭐가 두려워요?" 나는 웃으며 대답했다. 우리는 이윽고 성벽에 다다랐다. 갈라진 틈새로 보니 사람들이 끊임없이 성벽의 갈라진 곳을 기어올라가서 성 밖 채소밭의 황폐한 무덤으로 내려가는 것이 보였다. 우리도 성벽의 갈라진 곳을 통해 성 밖으로 나갔다.

밍팡의 콧잔등에 땀방울이 송골송골 맺혔고 니트 코트가 그녀의 몸 뒤에서 무겁게 흔들렸다. 내가 물었다. "지쳤어요?"

"아니요." 그녀가 고개를 저으며 대답했다. 그러고는 자기 코를 샤오밍의 뺨에 비비며 사랑스러운 듯 말했다. "너는 요 조그만 눈으로 두리번거리면서 대체 뭘 보고 있니?"

아이가 즐거워하며 "헤헤" 하고 웃음을 터뜨렸다. 그녀가 내게 말했다. "사람들이 경보가 울려 뛰어가는데 얘는 사람들이 북적대는 걸 구경하고 있네요. 얘의 두 눈이 놀라 동그래진 것 좀 봐요. 얘는 이렇게 많은 사람들이 모두 장 보러 가는 줄 알고 신나나봐요."

"샤오밍은 정말 귀엽군요. 항상 웃는 낯이에요." 내가 말했다. 우리는 말하면서 계속 걸어갔다. 길이 좁고 사람이 많아서 우리는 천천히 걸었다. 얼마 후 우리는 도랑을 건너 측백나무 몇그루가 심어져 있는 묘지로 갔다.

흙무더기처럼 보이는 무덤에는 잡초가 무성하게 자라나 있었으며 묘비는 다 쓰러진 채 어떤 것은 절반이나 땅속에 묻혀 글자가 하나도 보이지 않았다. 밍팡이 비교적 매끈한 비석을 골라서 앉으며 한숨을 내쉬었다. 아이는 엄마 무릎에서 활발하게 뛰어놀았다.

"아이를 키우는 건 정말 힘들어요. 아이는 하루하루 무게가 늘어난다니까요." 원망하듯 말했지만 그녀의 얼굴색을 보면 아이에게 아주 만족하고 있음을 알 수 있었다. 과연 곧바로 그녀가 덧붙였다. "그래도 아이가 울지 않아 다행이에요."

"샤오밍은 정말 사랑스러운 아이예요. 당신 부부 모두 이 아이를 사랑한다는 걸 알겠어요." 내가 말을 받았다.

"맞아요. 아이 아빠는 정말 아이를 사랑해요. 편지를 보낼 때마다 아이 체중이 늘었는지, 아빠를 부를 줄 아는지, 잘 웃는지…… 너무나 많은 걸 물어본다니까요. 나는 벌써 잊었나봐요." 그녀가 웃으며 말했다.

"아빠들은 다 그렇지요." 나는 입에서 나오는 대로 말했다. 사람들이 밟아서 평평해진 무덤 위에 내가 막 앉았을 때 경보 해제를 알리는 소리가 들렸다. 우리는 곧바로 일어나서 시내로 돌아갔다.

오후에 나는 그녀와 함께 표를 무르러 항공사에 갔다. 나흘 후 그녀는 모 은행의 차를 타고 충칭으로 돌아갔다.

그날 아침 나는 그녀를 배웅하러 갔다. 은행 가족들이 타는 차여서 배웅 나온 사람이 적지 않았다. 밍팡은 왼쪽 창가에 앉아 있었다. 차가 출발할 때 그녀는 아이와 함께 고개를 내밀고 나를 보았다. 나는 그녀에게 손을 흔들어주었다. 아이는 새까맣고 둥근 눈을 크게 뜨고 "헤헤" 웃어서 배웅 나온 사람들이 다 쳐다보았다. 아이와 엄마를 보니 둘의 얼굴이 참 닮아 보였다.

삼주일 후 나는 충칭으로 돌아와 서쪽 교외의 친구 집에서 여전히 지냈다. 원 군은 기별을 보내지 않았다. 밍팡은 벌써 장진으로 돌아갔다. 나는 그녀에게 짤막한 편지를 보내 원 군의 소식을 물었다. 그녀는 답장에서 그이는 한달 안에 출발할 것이라고 하면서 자신은 장진에서 교편을 잡고 있는데 수업시간이 많지 않고 생활은 그런대로 지낼 만하며 여름방학 중에 충칭으로 가려 한다고 했다.

그러나 여름방학이 되기도 전에 그녀가 왔다. 그녀는 나를 찾아온 것이 아니었다. 그녀가 충칭에 온 사실을 내가 알았을 때 그녀는 이미 광위안으로 출발한 뒤였다. 그녀는 내게 편지를 보냈다.

××, 나는 그이가 광위안에 있으며 병이 위중하다는 전보를 받고 충칭에 왔어요. 지금 광위안으로 가는 차를 구했고 내일 아침 출발할 거예요. 일정이 촉박해 당신을 보러 갈 수 없으니 이해해주세요. 마음이 너무 산란해요. 그저 그이의 병세가 더이상 악화되지 않기를 바랄 뿐이고 그이를 잘 간호해 안전하게 충칭으로 돌아올 수 있기를 바랄 뿐이에요. ……밍팡.

글씨는 평소의 편지와는 달리 아주 흘려 썼다.

나는 그녀가 좋은 소식을 가져오기를 기다렸다. 그리고 여러 곳에 원 군의 병세를 알아보았으나 확실한 답변을 듣지 못했다.

밍팡은 한번 가서는 기별이 없었다. 그런데 어느날 뜻밖에 그녀가 찾아왔다. 그녀가 되돌아와 내 앞에 선 것이다. 그녀는 여전히 늘씬한 몸과 검은 눈동자에 둥근 눈을 가지고 있었다. 그러나 그녀는 수척했고 웃음기가 없었으며 두 볼의 건강한 붉은빛이 바래져 있었다. 그녀가 입을 떼기도 전에 벌써 나는 그녀가 어떤 소식을 전하려고 하는지 알아차렸다.

"그를 만났어요?" 나는 떨리는 목소리로 나지막이 물었다. 나는 고개를 숙인 채 감히 그녀를 바라볼 수가 없었다.

"너무 늦게 갔어요." 그녀가 괴로운 목소리로 대답했다. 나는 더이상 참을 수 없어 눈을 들었다. 그녀는 원망스러운 듯 고개를 가만히 가로저었다. 그녀의 메마른 눈에 붉은 핏발이 서 있었다.

"어떻게 이렇게 빨리? 도대체 믿을 수가 없네요." 내가 고통스러워하며 말했다.

그녀는 말없이 고개를 숙인 채 나의 대각선 쪽에 앉더니 한 손으로 오른뺨을 괴었다. 방 안에 견디기 어려운 정적이 흘렀다. 갑자기 아래층 마당에서 한 아이의 맑은 웃음소리가 들렸고, 이어서 두어명의 아이들이 노래하는 소리가 들렸다.

"샤오밍은요?" 침묵을 깨기 위해서 내가 물었다.

그녀는 고개를 들고 나를 바라보았다. 잿빛 하늘에 번개가 번쩍이듯 그녀의 눈이 반짝였다. 그녀는 여전히 괴로운 목소리로 대답했다. "아이는 외할머니 집에 있어요." 그러고는 좀 멈추었다 다시말했다. "아이는 아무것도 몰라요." 그녀는 웃으려 했지만 웃지를 못했다.

"모르는 게 낫지요." 나는 고개를 끄덕이며 말했다. 그녀를 위로해주고 싶었으나 적당한 말을 찾을 수가 없었다. 내 마음이 이렇게 아픈데 어떻게 평온한 웃음을 꾸며낼 수 있겠는가? 나는 이어서 말했다. "아이는 서서히 자랄 거예요. 틀림없이 좋은 아이가 될 거예요."

"그래요. 서서히 자라겠지요." 그녀는 위로가 되는 말을 들은 듯이 말했다. 이어서 그녀가 한마디를 덧붙였다. "아버지가 없는 아이는 빨리 자라는 법이지요."

이 말에 나는 몸서리가 쳐졌다. 그녀의 입은 다시 닫혀버렸다.

나는 그녀의 얼굴을 주의 깊게 살펴보았다. 얼굴은 예전의 광채가 사라져버렸고, 양미간은 깊게 파였으며, 눈은 건조한데다 흰자위가 시뻘겋게 충혈되어 있었고, 눈꺼풀은 약간 부어 있었다. 그녀는 아주 많이 울다가 이제야 겨우 냉정을 되찾았음이 틀림없었다.

"그가 무슨 말을 남긴 건 없나요?" 나는 더이상 이런 걸 물어보고 싶지 않았지만 자신도 모르게 불쑥 튀어나오고 말았다.

"없어요." 그녀가 고개를 가로저으며 대답했다.

"도대체 무슨 병이었죠? 어떻게 이렇게 빨리? 그들은 왜 좀더 일찍 당신에게 전보를 쳐주지 않았을까요?" 이렇게 취조하듯 그녀에게 물으면 안되었지만 나는 고통 때문에 말을 내뱉었다. 이는 그녀를 괴롭히면서 나 자신까지도 괴롭혔다.

"몰라요." 그녀는 잠깐 머뭇거리다가 이렇게 짤막하고 차갑게 대답했다. 이 말에 놀라서 내가 다시 물었다.

"그는 어디에 묻혔나요?"

"몰라요." 그녀의 얼굴에 드리워진 어두운 구름이 더욱 두꺼워졌다.

나는 그녀가 왜 이렇게 냉담하게 대답하는지 알 수가 없었다. 그래서 다소 불만스러워 다시 추궁하듯 물었다.

"정말 광위안에 갔었나요?"

그녀는 이런 내 물음이 이상하지 않은 듯 여전히 괴로운 목소리로 대답했다.

"자동차가 강을 건너 그 옛 도시에 들어갔을 때 높은 종루가 보였어요. 그곳의 모든 것이 다 소박하고 안정되게 느껴졌어요. 전혀 무서운 곳 같지 않았어요. 차에서 내릴 때 내가 꿈을 꾸고 있나 하고 의심할 정도였죠." 그녀는 한숨을 내쉬고서 다시 말했다. "나는 지금 정말 꿈을 꾸고 있는 것만 같아요."

그렇다. 광위안은 그렇다. 나는 광위안이란 곳을 안다. 그녀의 말이 맞다. 그 옛 도시의 모습이 이제 내 눈앞에 떠올랐다.

"거기에서 사흘, 아니 나흘 동안 있었어요. 나는 차를 구해 곧 그곳에서 도망쳤지요. 나는 그곳이 너무나 싫어요. 무서워요. 그곳을 다시는 보고 싶지 않아요!" 그녀는 갑자기 말투를 바꾸더니 목청을 높이고 이를 갈면서 말했다.

"하지만 그가 거기에 묻혀 있지 않나요? 광위안에 갔다면서 어떻게 그가 묻힌 곳을 모른다는 거예요?" 나는 이상해서 물었다. 그녀는 너무 충격을 받은 나머지 정신이상이라도 생긴 것일까? 안 그렇다면 그녀는 왜 이렇게 이해할 수 없는 말을 할까?

내가 그녀에게 상처 주는 말을 하기라도 한 듯 그녀는 눈을 크게 뜨고 나를 바라보았다. 여전히 칠흑같이 까만 눈동자였지만 이제는 총기가 다 사라진 것 같았다. 그녀는 갑자기 눈동자를 심하게 굴리더니 머리를 뒤로 젖힌 후 맹렬하게 흔들어댔다. 나는 이제야 그녀의 머리가 숱 많고 길다는 것을 알게 되었다! 그녀는 감정을 쏟아내며 큰 소리로 말했다. "그이는 병이 걸린 게 아니에요. 매장한 사람도 없어요. 폭탄에 맞아 흔적조차 남지 않았어요. 정말 아무것도 남지 않았어요."

"그럴 리가! 사실이 아닐 거예요!" 나는 머리를 몽둥이로 얻어맞은 듯했다. 나는 갑자기 벌떡 일어나서 손으로 탁자를 내리치며 반박하듯 큰 소리로 외쳤다. "그가 병이 위중하다는 전보를 받았다고 했잖아요?"

"그건 그들이 지어낸 거였어요. 그들은 내가 곧바로 광위안으로 오리라고는 생각하지 못했던 거죠. 그들은 또 그이가 병사했다는 전보를 쳤지만 난 벌써 광위안에 도착해 있었어요. 나는 그곳을 두 눈으로 똑똑히 보았어요. 성벽에 작은 구멍이 나 있었어요. 바로 그 날 폭격당한 흔적이었지요. 죽은 사람은 한명만이 아니었고 구덩이는 이미 평평하게 메워져 있었어요." 그녀가 잠시 멈추었다가 다시 말을 이었다. "나는 나흘간 그곳에 머물렀어요. 날마다 거기 가서 오랫동안 배회하곤 했죠. 한번은 경보가 울렸는데도 나는 그냥 그대로 있었어요. 바로 그 구멍 옆에 서 있었던 거죠. 여기는 그이가 서 있던 곳이니 다시 폭탄이 날아와 나를 부수고 내 피와 살이 그이와 합쳐져 한곳에 묻히길 바랐지요. 난 정말 그렇게 죽고 싶었어요. 하지만 하필 그날은 적기가 오지 않았어요. 당신은 믿지 못하겠지만 나는 여태껏 그렇게 실망스러운 적이 없었어요." 그녀는 피곤한 듯 한숨을 내쉬었다. "그후 그곳을 떠났어요. 광위안엔 영원히 가지 않을 거예요."

나는 아무 말도 하지 못하고 맥이 빠진 채 앉아 있었다. 이제는 위로의 말 외에 그녀에게 할 말이 더이상 없을 것 같았다. 대체 무슨 말로 그녀를 위로해줄 것인가?

"이제 가야겠어요." 그녀가 일어서며 나지막이 말했다.

"좀더 있다가 가요." 나는 황망히 만류했다. 그녀가 이렇게 빨리 떠나리라고는 생각하지 못했던 것이다. 나는 그녀에게 할 말이 많아서 그녀가 더 있어주길 바랐다.

"싫어요. 원래 이 말을 하고 싶지 않았는데 결국 하고 말았네요. 사실 다 말하고 나니 답답한 가슴이 좀 뚫리네요." 여전히 가라앉은 목소리로 그녀가 천천히 말했다. 그녀는 맥 빠진 눈길로 사방을 둘러보더니 오른손을 들어 머리를 쓸어올렸다.

"그럼 당신은……"

그녀는 내 말이 끝나기도 전에 대답했다. "장진으로 돌아가서 교편을 잡을 거예요. 그래도 살아야 하니까."

"샤오밍은요? 아이는 괜찮겠죠. 아이는 앞으로 당신에게 위로가 되어줄 거예요. 당신은 마땅히 잘……" 뒷말은 하지 않았지만 그녀는 이미 내 말뜻을 알아차렸다.

그녀의 눈에 갑자기 빛이 나며 수척한 얼굴에 생기가 돌았다. 근심 어린 그녀의 얼굴에 얼핏 웃음이 감돌았지만 곧바로 또다른 어두운 구름에 뒤덮이고 말았다. 그녀는 동의한다는 듯 고개를 끄덕이며 말했다. "그래요. 샤오밍을 위해서라도 마땅히 잘 살아야죠. 그애를 잘 키워야 하니 장진으로 데리고 가야겠어요. 샤오밍이 곁에 있으면 애 아빠가 옆에 있는 것 같아요. 장차 그애는 아빠가 못다 한 일을 꼭 해낼 거예요." 그녀는 잠시 멈추었다가 다시 한마디 덧붙였다. "그애가 아빠의 복수를 할 날이 올지도 모르겠네요."

나중의 이 말을 나는 당시에 그다지 이해할 수 없었지만 그녀가 떠난 후 문득 깨달았다. 그녀의 말이 맞다. 샤오밍더러 아버지의 복수를 하게 한다면 너무 늦을 것이다. 적어도 십몇년은 기다려야 하니까 말이다. 이 광대한 중국 땅에는 원 군의 수많은 친구가 아직 있지 않은가? 원 군과 같은 운명을 가진 지식인이 나를 비롯하여 아직도 무수하게 많지 않은가? 복수를 해야 한다면 그것은 마땅히 우리들이 해야지 샤오밍에게 시켜서는 절대로 안된다.

나는 시내로 가는 버스 정류장까지 밍팡을 배웅해주었다. 그녀는 떠나면서 장진에 도착하면 나한테 편지를 쓰기로 약속했다. 과연 그녀는 약속을 어기지 않았다. 그러나 그 편지 후로는 더이상 소식이 없었다. 내가 편지를 두통이나 보냈지만 답장이 없었다. 석달이 또지나갔다. 최근에 그녀의 어머니한테 들은 소식에 의하면 그녀와 아이는 잘 지낸다고 한다. 앞으로 이 젊은 모자를 위해 걱정하지 않아도 되겠다는 생각이 들었다.

1941년 12월 27일 구이린에서

돼지와 닭
猪與鷄

창밖, 나뭇가지가 가만히 흔들리고 햇빛이 푸른 이파리를 투명하게 비추었다. 펼쳐진 어느 나무 이파리 뒤에서 나는 조그만 벌레의 검은 그림자를 보았다. 한줄기 햇살이 비치자 자그만 흰나비 한 마리가 나무 꼭대기에서 날아올라 푸른 하늘 저 멀리로 사라져버렸다. 계속 나비 그림자를 좇던 내 눈길은 그만 처마에 막히고 말았다. 참새 한마리가 처마 위로 머리를 내밀었다가 곧 다시 움츠리더니 도망쳐버렸다. 나무 끝이 크게 흔들거렸고 나는 방 안에서 상쾌한 기분을 느꼈다. 창문 앞에는 유자나무가 있었다. 유자가 익는 계절은 아니었지만 나뭇가지에 주먹만 한 유자가 달려 있었다. 찌는 듯한 더위가 한창인 때여서 무심결에 손으로 이마를 만져보니 땀방울이 송골송골 맺혀 있었다.

지금은 이곳 마당이 가장 조용한 때인 아침 아홉시경이다. 매일 이맘때가 되면 나는 집에서 두어시간쯤 책을 읽을 수 있었다. 그래서 나는 오전의 이 시간을 제일 좋아한다. 이날 날씨는 퍽 무더웠지만 내 마음은 여전히 아주 평온했다.

여기는 내가 사는 집이긴 하나 나에겐 낯선 곳이다. 나는 십여년간 집을 떠나 있다가 수천리 밖에서 돌아온 지 한달도 채 안되었다. 집은 한줄로 늘어선 본채와 곁채 다섯칸인데 십여명이 거주하고 있었다. 가운데 비어 있는 한칸짜리 방은 응접실 겸 식당으로 쓰였다. 우리가 사는 곳은 그리 비좁은 편은 아니었지만 그렇다고 넓은 편도 아니었다. 낮에는 사람들이 모두 학교에 가거나 일하러 나가서 나는 홀로 집에서 손님처럼 한가하게 지내곤 했다. 나는 친구를 만나러 가거나 집에서 글을 쓰거나 독서하거나 한담을 나누는 것 외에는 달리 할 일이 없었다. '한가하다'란 형용사가 나의 현재 모습을 표현하는 가장 적절한 단어일 것이다.

뚜벅뚜벅 구둣발 소리가 자갈길에서 울리기 시작하더니 차츰 사라졌다. 나는 누구 발소리인지 알고 있기에 자신도 모르게 이맛살이 찌푸려졌다. 이는 어쩌면 무의식적인 행동일지도 모르지만 원인이 없는 것은 아니었다. 나는 무언가를 기다리듯 고개를 들어 창밖의 푸른 하늘과 나무를 바라보았다.

"×할 놈, 어느 개새끼가 나한테 시비를 거는 거야! 돼지를 키우는 게 법에 걸리는 일도 아닌데! 물가는 오르기만 하니 누군들 돈벌이할 생각이 없겠어? 돼지를 기르는 것도 살림살이를 위해서야!"누군가가 쟁쟁한 소리로 크게 떠들어댔다. 마치 열일고여덟 살 먹은 아가씨 목소리 같다. 하지만 나는 보지 않고도 목소리의 임자가 서른 몇살 먹은 과부댁 펑씨馮氏란 걸 알았다. 한시간 전에 나는 그녀가 마당의 유자나무 옆에 서서 흡족한 미소를 지으며 진흙탕을 뒤지는 작은 검은색 돼지 한마리와 한가롭게 벌레를 쪼아

먹는 노란 병아리 다섯마리를 바라보는 것을 본 터였다. 입으로 꾸꾸 소리를 내면서도 그녀의 눈길은 돼지와 병아리를 따라 움직이고 있었다. 펑씨댁은 검은색 비단 치파오를 입고 있었고 몸이 작고 통통했으며 얼굴빛이 감노랬다. 넙적한 얼굴에 얇은 입술 사이로 하얀 이빨이 드러나 있었다. 나는 그때 유자나무 밑에 서 있는 사람과 돼지와 병아리는 아주 그럴듯한 그림이라는 생각이 들어 속으로 몰래 웃고 말았다. 그녀는 내가 자기를 보고 있다는 걸 알았는지 별안간 돌아서더니 부끄러운 듯 가버렸다.

이 돼지와 병아리 때문에 우리 집 마당에서는 몇번이나 싸움이 일어났다. 대략 열흘쯤 전으로 그날도 쾌청한 아침이었다. 왼쪽 곁채에 사는 왕씨네 아들이 병아리를 몰고 변소로 갔다며 펑씨댁이 마당에서 펄쩍펄쩍 뛰며 새된 소리로 아이에게 욕을 퍼부어댔다. 그녀의 말은 언제나 '개× 같은 놈' 아니면 '×할 놈'으로 시작되었다.

"이 개× 같은 놈이 날마다 우리 병아리에 눈독을 들이더니 잡아먹지 못해 안달이 났구나! 내가 너에게 뭘 잘못했느냐? 놀려면 어디 가선들 못 놀라고! 왜 우리 집에 들어오고 그래? 내가 널 무서워할 줄 아느냐! 네 아비가 돌아오면 내가 또 널 단단히 혼내줄 테다. 개× 같은 놈, 이 뒈질 놈, 내가 널 혼꾸멍내지 않나 두고 봐라! 언젠가는 이 몸이 만만치 않다는 걸 알 게다."

"혼내시구려. 내가 댁 같은 아줌마를 겁내면 사람이 아니지. 어느 개가 당신 병아리를 해쳤다고? 사람을 그렇게 헐뜯었다간 혀가 문드러지고 옳게 뒈지지도 못해요." 왕씨네 아들이 버르장머리 없이 대꾸했다.

"네놈이 감히 나한테 악담을 해! 너 같은 개새끼 말고 또 누가 그러겠어! 네가 우리 병아리를 해치지도 않았는데 내가 널 욕하겠어! 난 널 건드리지도 않았는데 네 녀석이 날 뒈지라고 욕하다니, 뒈질 놈은 바로 너다! 이 칼 맞을 놈, 이 ×할 놈아!"

"와봐요, 와보라고요. 와서 ×해보라고요. 바지 벗어봐요. 내가 겁낼 줄 알아요······"

펑씨댁은 화가 나서 펄쩍펄쩍 뛰었다. 물론 그녀는 지지 않고 덤볐고, 두 사람이 주고받는 말은 점점 사나워졌다. 나는 더이상 듣고 싶지 않았다. 그들은 그렇게 반시간 남짓 욕지거리를 해댔다. 왕씨네 아들은 못 당해내겠던지 밖으로 도망쳤다. 펑씨댁은 승리라도 거둔 양 욕을 한바탕 퍼부었고 그후에야 마당은 다시 조용해졌다. 점심식사 후 거리로 나갈 때 나는 병아리들이 나무 밑에서 한가로이 놀고 있는 것을 보았다. 골목 옆에 있는 독채를 지나면서 보니 문이 활짝 열려 있었고 방 안에서 마작판이 벌어지고 있었다. 네모난 상에 부인 넷이 둘러앉아 있었는데 아까 왕씨네 아들과 싸운 중년 부인도 끼여 있었다. 그녀는 패가 잘 맞는지 얼굴에 미소를 띤 채 호호호 기분 좋게 웃고 있었다. 저녁에 돌아오는 길에 보니 네명의 부인은 아직도 마작판에서 떠나지 않고 있었다. 그저 햇빛을 50촉짜리 전등이 대신하고 있을 뿐이었다.

한번은 병아리 두마리가 우리 집으로 먹이를 찾아서 온 일이 있었다. 제일 어린 조카가 병아리를 내몰았는데 때마침 오른쪽 곁채에서 나오던 펑씨댁이 이를 보고 섬돌 위에서 언짢은 듯 한바탕 투덜대더니 급기야 소리 높여 욕까지 퍼부어댔다.

"이것들이 염치도 없이 제집에 먹이가 없다고 나가 돌아다니고 그러다가 다른 사람에게 쫓겨나는군. 그러고도 찍소리를 못하네. 정말 못난 미물이구나."

아무도 대꾸하지 않았다. 나는 조카더러 그녀와 상대하지 말라고 했다. 조카는 방에서 나지막이 욕을 몇마디 하더니 머리를 숙이고 책을 읽기 시작했다.

그녀는 계속 욕을 퍼부어댔다. "매를 맞고도 가만히 있다니, 정말 한심하군. 다음에 또 남의 집에 들어갔다간 봐라. 다른 사람이 널 때려죽이지 않으면 나라도 네놈 다리를 부러뜨려놓을 테다!"

하지만 아무도 나가서 그녀를 상대하지 않았으니 그녀가 승리한 셈이었다. 반시간쯤 지나서 나는 그녀가 또다시 마작판에 앉는 것을 보았다. 그녀는 입을 삐죽 내민 채 안색이 좋지 않았다.

다음날 병아리들이 평소처럼 우리 집으로 들어왔다. 그때 조카는 집에 없었다. 나는 병아리들이 마음대로 모이를 쪼아 먹도록 놔두었다. 펑씨댁은 그때 마당에서 이야기하고 있어서 틀림없이 병아리들이 드나드는 것을 보았을 것이다. 그러나 그녀는 기분 좋게 웃고는 가버렸다. 아무도 그녀가 병아리 다리를 분지르는 것을 보지 못했다.

하루는 또 그녀의 병아리가 어디로 갔는지 한마리가 줄어들었다. 어쩌면 그녀가 나중에 말한 것처럼 왕씨네 아들이 죽여버렸는지도 모르고, 어쩌면 어느 도랑에 빠져 죽었는지도 모른다. 어쨌든 그녀는 병아리를 찾지 못했다. 그러자 그녀는 저물녘에 마당에 서서 욕을 퍼부어댔다.

"개× 같은 놈, 개새끼, 죽일 놈의 새끼, 내 병아리를 훔쳐가다니. ×할 놈, 처먹고 뱃가죽이 터져 죽을 거다. 독이 올라 죽고, 목구멍에 걸려 죽을 거다. 네 오장육부가 푹푹 썩으면 닭에게 먹이고 개에게도 먹일 테다. 이 벼락 맞아 죽을 놈……!"

아무도 대꾸하지 않았다. 나는 일부러 창문 밑에 서서 욕설을 퍼부어대는 그녀를 구경했다. 줄무늬가 있는 꽃 적삼에 검정색 비단 바지 차림의 그녀는 삿대질을 하며 발을 동동 굴렀다. 하얀 이가 드러나니 그녀의 거무튀튀한 얼굴이 더욱 검게 보였다.

"어떤 놈이 내 병아리를 훔쳐갔는지 떳떳이 나서봐. 방구석에 대가리 처박고 새색시처럼 있지 말고. 내 닭이 그렇게 맛있지도 않은데 내 닭을 먹은 놈은 제명에 못 살 거다. 온 식구가 다 제명에 못 살 거다……!"

"정말 「닭을 욕하는 왕 노파」[1]를 노래하는 것 같네요." 옆에 있던 조카가 가만히 웃으며 말했다. 나 역시 웃음을 참을 수 없었다.

펑씨댁은 한시간이나 욕을 퍼부어댔다. 이튿날 아침 10시쯤 그녀는 또다시 자기 집 문 앞에서 욕을 퍼붓기 시작했다. 어제와 비슷했는데 이런 말도 있었다.

"네 녀석이 내 닭을 훔치다니, 내가 그리 만만해 보여? 나중에 내가 조사해내면 네놈은 뒈질 거다. 뒈지고말고. 너 같은 개새끼는 키가 영영 자라지 않을 줄 알아! ……아이고, 생활이 쪼들리지만 않는다면 누가 좋아서 닭을 키워? ……이 빌어먹을 녀석 때문에 내가 고생이구나. 이 양심 없는 녀석, 이 죽일 놈아……!"

"누구보고 그런 거요? 똑똑히 말해요!" 집에서 나오던 왕씨네 아들이 쌀쌀맞게 끼어들며 말했다. 열한두살쯤 된 왕씨네 아들은 광대뼈가 튀어나오고 턱이 도드라진, 수척하고 기다란 얼굴이었다.

"누구긴 누구야, 바로 네놈이지! 이 뒈질 놈아, 네가 감히 날 어쩔 테냐! 네미 ×할 놈, 네 조상 ×할 놈아!" 펑씨댁은 발을 동동 구르더니 얼굴이 붉으락푸르락하며 당장 덮치기라도 할 듯 소리쳤다. 그러나 그녀와 아이 사이에는 마당이 가로놓여 있었다.

---

1 원주 쓰촨의 연극명.

"똑똑히 말해요. 욕하지 말고요" 아이가 어른처럼 훈계를 했다. "걸핏하면 네미 ×할 놈이라니요! 당신이 ×을 잘하니까 말끝마다 그 소리지. 누가 그따위 닭을 원한대요? 도둑맞는 게 무서우면 밤에 끌어안고 자든지……"

펑씨댁은 그 말에 자극받아 더욱 성이 났다. 그녀는 이번에 정말 마당으로 달려갔다. 그런데 서너걸음 가더니 걸음을 멈추었다. 그런 그녀는 침을 튀겨가며 욕을 퍼부어댔다.

"나를 욕하다니…… 좋아…… 네 따위 새끼하고는 말 안해! 네 어미가 돌아오면 내가 분명히 일러줄 테다. 네 어미 아비가 ×할 때 정신이 빠져서 너 같은 놈이 나왔군!"

이후의 말싸움은 더욱 격렬했다. 입에 담지 못할 말들이 듣기 너무나 거북해서 나는 책 읽기를 포기하고 친구를 만나러 갔다.

이것이 이틀 전의 일이었다.

펑씨댁은 새로이 돼지를 기르기 시작했다. 돼지에 대해서는 큰 싸움이 일어나지 않을 성싶었다. 소위 '수군거림'은 나도 몇번 들었다. 마당에 돼지가 돌아다니니 여기저기 지저분해지기 마련이었다. 같은 집에 사는 사람들이 다 불만이었고 이러쿵저러쿵 말들이 많았다. 내 조카와 조카딸도 투덜거렸다. 하지만 펑씨댁을 찾아가서 항의하지는 않았다. 이때 펑씨댁이 돼지 기르는 것에 대한 사람들의 험담을 느닷없이 꺼낸 걸 보면 그녀도 무슨 말을 들은 듯했다. 하지만 이것은 나와는 상관없는 일이었으므로 나는 별로 주의하지 않았다.

"펑씨댁, 정말 계산이 빠르군. 닭도 기르고 돼지도 키우다니 말이야." 한 노파가 부럽다는 듯 말했다. "오늘 돼지고기 값이 팔 위안이 넘었대."

"옌씨嚴氏 할머니, 아직 모르시는군요. 닭이랑 돼지를 기르면 맥이 다 빠져요. 날마다 마음 졸이고 저녁에도 잠을 못 자요. 빌어먹을 족제비가 와서 닭을 물어가질 않나, 돼지가 사고를 치질 않나. 이 닭 몇 마리 때문에 내가 그 개× 같은 왕가네 아들하고 얼마나 많이 싸운 줄 알아요! 정말 고약해요. 내가 밥 먹고 할 일이 없어 이러는 게 아니라 실제로 물건 값이 너무 올랐어요. 그렇지 않다면 어느 개새끼가 닭을 기르고 돼지를 치면서 고생하겠어요." 자신의 돼지와 닭에 아주 만족한 듯 웃음을 지으며 펑씨댁이 말했다.

"그렇고말고. 난 닭은 고사하고 돼지기름 냄새도 두 달 동안 맡지 못했어. 달걀도 이제 하나에 일 위안이라니, 정말 사람 죽겠어." 옌씨 할멈이 탄식하듯 말했다.

"맞아요. 지금은 물건 값이 하루하루 비싸지기만 해요." 펑씨댁이 말했다. 그러고 나서 그녀가 약속했다. "이제 알을 낳으면 할머니한테 몇 개 갖다드릴게요."

"원 당치도 않은 말이지." 옌씨 할멈은 이렇게 감사를 표하고서 잠시 말을 멈췄다가 다시 이었다. "그때 가면 달걀 하나 값이 몇 위안으로 뛸지 누가 알겠어."

"그러게요." 펑씨댁이 말을 받았다.

"듣자 하니 쿤밍昆明에서 나는 베가 한 자에 일 위안으로 내려갔대." 옌씨 할멈이 중요한 소식이라도 되는 양 말했다.

"그럴 리가요. 할머니는 남의 말만 믿으시는군요. 쿤밍 베 값이 올라서 이제 이십 위안이나 해요." 펑씨댁이 큰 소리로 말했다.

그들이 이야기를 주고받는 사이에 병아리 세 마리가 우리 집에 들어와 한가롭게 거닐고 있었다.

"저것 봐요. 저것들이 또 남의 집에 들어갔네요. 아무리 소리쳐도 말을 안 들어요. 옌씨 할머니, 내가 이 병아리 때문에 정말 속이 썩고 화가 나서 죽을 맛이에요. 할머니도 아시다시피 내가 노름을 좋아하기로 유명하지만 요 며칠간은 마작패도 잡아보지 못했어요."

"그래, 요 며칠 마작판에서 자넬 못 봐 이상하다 했지. 마작을 그만둔 건 아니지? 누구와 싸웠다는 소리도 못 들었는데 알고 보니 그런 일이 있었군. 사실 마작은 시간 보내는 일이야. 하지만 닭을 키우면 시간도 보내고 돈도 벌 수 있지." 옌씨 할멈이 비위를 맞추며 맞장구를 쳤다. 그리고 입에서 나오는 대로 아첨의 말을 덧붙였다. "그래도 펑씨댁이 재주가 좋군."

"아이고, 옌씨 할머니까지 날 놀리시네! 내가 무슨 재주가 좋다고 그러세요!" 펑씨댁이 호들갑을 떨며 말했다. "사실 이런 세월에 부수입을 올릴 방도를 찾는 것은 마지못해 하는 짓이지요. 영감이 남겨준 돈으로 우리가 어떻게 살아갈 수 있겠어요! 옌씨 할머니도 생각해보세요. 처음 여기로 이사 왔을 때 오 위안이던 집세가 이제 오십 위안으로 올랐는데, 더 오른다잖아요."

"집주인 팡씨ヵ氏 부인은 아주 부자여서 집이 몇채나 있고 식구도 적으니 돈 몇푼이 아쉽지는 않겠지. 왜 자꾸 집세를 올리려는 거지?" 옌씨 할멈이 말을 받았다.

"돈이 많은 사람일수록 욕심이 많아요. 집이 낡아서 비가 오면 새질 않나, 바람이 불면 기왓장이 떨어지질 않나. 항전 시기라 셋집 얻기도 힘들어요. 셋집 얻기가 쉬울 것 같으면 진작 이사를 갔죠. 그 노파가 나를 어쩌겠어요?" 펑씨댁이 분개하며 말했다

"그만하게. 저기 팡씨 부인이 오네." 옌씨 할멈이 나지막이 경고했다.

"호랑이도 제 말 하면 온다더니. 일 없이 찾아올 리는 없으니 좋

은 이야기는 못 듣겠지." 펑씨댁이 중얼거렸다.

기다리고 있으니 과연 오래지 않아 한 여인의 오만한 목소리가 울려퍼졌다. "아니, 저건 어디서 난 돼지야? 우리 집에서 돼지 기르는 건 안돼. 누가 기르는 거야? 끌어내."

사람보다 목소리가 먼저 들리더니 그후 인사하는 소리가 들렸다. "펑씨댁은 오늘 마실 가지 않았나?"

펑씨댁이 인사치레로 몇마디 응수해주자 집주인 여자가 큰 소리로 고함치듯 말했다. "펑씨댁은 누가 기르는 돼지인 줄 알죠? 우리 집에서 돼지 키우는 건 안돼요! 별꼴 다 보겠네. 마당에서 돼지를 키우면 안돼. 안돼, 절대 안돼!"

"광씨 아주머니, 집에 하루도 붙어 있지 않는데 내가 어떻게 알겠어요?" 펑씨댁이 우물쭈물 대답했다.

"난 돼지라면 딱 질색이야. 더럽고 보기 싫은데다 여기저기 파헤치고 다니니 집을 허물어뜨리면 어떡해. 집세 몇푼은 까짓것 문제도 되지 않지만 집이 허물어지면 어디에서 돈이 솟아나 집을 고치겠어!" 집주인 여자가 다시 투덜대기 시작했다. "이제 집을 세놓아도 진짜 별 가치가 없어. 집세 몇푼 받아봐야 무슨 쓸 데가 있어야지. 그 돈으로 고기도 몇근 못 사고 쌀도 한말 사지 못하는걸. 게다가 사람들이 집을 망쳐놓기만 하고 이 좋은 집에서 돼지를 기르니."

"광씨 아주머니, 그렇게 화내지 마세요. 난 집을 망쳐놓지 않았어요. 나는 원래 깔끔해서 남의 집에 살더라도 제집처럼 깨끗이 써요. 우리 영감은 생전에 늘 이런 나의 깔끔한 성격을 칭찬해주곤 했죠." 펑씨댁이 조리있게 얼버무렸다.

"그럼 내가 펑씨댁에게 감사해야겠군" 광씨 부인이 빈정거렸다.

이때 뜻밖에 아이의 낭랑한 목소리가 끼어들었다. "펑씨 아주머니, 아주머니 돼지가 오늘 아침에 또 우리 방에 들어왔어요."

"이런 빌어먹을, 어떤 개새끼가 말참견이야?"펑씨댁이 성이 나서 욕을 퍼부었다.

"펑씨댁이 기르는 돼지라고? 방금 모른다고 했잖아."팡씨 부인이 불만 가득한 목소리로 놀랍고 이상하다는 듯 물었다.

"내가 기르는 건데 왜? ×할, 돼지 좀 기른다고 법에 걸리나? 물가는 오르기만 하니 누군들 부업을 할 생각이 없겠어? 이것은 살림살이를 위해서야! 공무원도 돼지를 치는 판국인데 이 과부가 돼지를 치면 안되나!"펑씨댁이 갑자기 말투를 사납게 바꾸며 대답했다. 이제 체면 따위는 내팽겨치고 더이상 감출 게 없었다.

"여긴 내 집이니 내가 안된다고 하면 안돼!"

"내가 집세를 내니 돼지를 기르고 싶으면 기르는 거지. 돼지를 기른다고 날 어쩌겠어!"

"억지 부리지 마. 어쩌겠느냐고? 당장 나가!"

"못 나가! 내가 집세를 낼 돈이 없나, 밀리길 했나, 왜 나가라는 거야!"

"좋아, 집세를 낼 돈이 있단 말이지. 그럼 다음달부터 집세를 백위안으로 올리고 보증금도 천 위안으로 올리겠어. 그러니 살려면 살고 아니면 나가. 여러 말 할 것 없이 돼지를 끌어내지 않으면 집세를 오십 위안 더 내야 해. 분명히 말해두었으니 인정머리 없다고 날 탓하지 마."

"멋대로 집세를 올리는 건 인정 못해. 무슨 근거로 집세를 더 올리는 거야! 내가 순순히 당할 줄 알고. 난 절대로 집세를 더 못 내. 이사도 못 가. 그러니 날 어쩔 테야!"

"나도 더 말하지 않겠어. 때가 되면 사람을 시켜 집세를 거둘 거야. 이 집은 내 거야. 내가 올리고 싶으면 올리는 거야. 싫으면 나가! 지금 물가가 많이 올라서 이까짓 집세는 별로 도움도 안돼. 집세를 올리지 않으면 난 무엇으로 살라고!" 팡씨 부인이 당당한 기세로 한바탕 말한 후 펑씨댁의 대답은 듣지도 않고 왕씨네 아들을 돌아보며 말했다.

"왕원성王文生, 잊지 말고 어머니께 전해드려라. 다음달부터 집세는 백 위안으로 오르고 보증금은 천 위안으로 오른다고. 잘못 전하지 마라. 나 간다."

팡씨 부인이 가자 펑씨댁이 뒤에서 욕을 퍼부어댔다.

"늙어 뒈지지도 않고, ×할 년! 쉰살이나 먹은 년이 연지 곤지 바르고 요귀처럼 무슨 꼴이야! 그저 사내들만 홀릴 뿐이지. 내가 네 따위한테 잘 보일 줄 알아? 내가 돼지 칠 돈은 있어도 너 같은 개×년한테 줄 돈은 없다! 그렇게 으스대지 마. 내일 폭탄이 떨어져 네 년의 집이 잿더미가 되면 정말 속 시원하겠다!"

"집이 폭탄에 맞아 박살나면 좋을 게 뭐요?" 왕원성은 남의 불행이 고소하다는 듯 말했다.

"누가 너 같은 개새끼더러 말참견하랬어! 모든 게 개 ×구멍에서 나온 네놈이 일으킨 사단이야!" 펑씨댁이 별안간 목소리를 높였다. "너 고자질 참 잘했다. 그러면 내가 후하게 상을 내릴 줄 알았더냐! 집세 올라간 것 말고 뭐가 있어? 그 요귀 같은 년 궁둥이를 핥으면 되는 줄 알아! 이 빌어먹을 개새끼야!"

그뒤에도 이십여분 동안 어른과 아이의 말싸움은 계속되었다. 방에서 놀던 병아리 세마리는 싫증이 났는지 천천히 밖으로 나가고 있었다. 펑씨댁이 외출한 듯했다. 반나절이 지나도록 그녀의 목소리가 들리지 않았다. 꿀벌 한마리만 유리창에 부딪치며 윙윙 맴돌 뿐이었다. 하늘은 더욱 푸르렀고 나뭇잎은 더욱 밝아 보였다. 나는 좀 피곤해졌다.

오후에 푹 잠들어 있었는데 '두두두두' 하는 소리에 잠이 깼다. 방문 밖으로 나가 보니 펑씨댁이 허리를 굽힌 채 돼지를 쫓고 있었다. 그녀는 얼굴에는 웃음이 가득했고 부드러운 눈길로 돼지 새끼를 바라보고 있었다. 돼지는 벌써 개만 한 덩치로 자라나 있었다. 잿빛 돼지는 주둥이를 내두르더니 몸을 굼뜨게 흔들어댔다.

저녁에 나는 조카들에게 펑씨댁 이야기를 해주었다. 10시가 넘어서 오른쪽 곁채에서 별안간 "붕붕…… 잡아라" 하는 날카로운 소리가 들려왔다. 나는 대뜸 펑씨댁 목소리란 걸 알았다.

"족제비가 또 닭을 물어갔어요." 제일 어린 조카가 이렇게 말하면서 흡족한 미소를 살며시 지었다.

이날 밤 펑씨댁은 족제비 때문에 세번이나 소동을 벌였다. 한번은 한밤중에 꿈속에 빠져 있던 내가 깰 정도였다.

이튿날 아침 10시경, 펑씨댁이 뜨락에서 왕씨네 아들과 큰 소리로 이야기를 주고받고 있었다. 이번엔 욕설이 아니었다. 그녀의 목소리는 아주 부드러웠다.

"원성아, 제발 부탁이니 이제 우리 닭 좀 괴롭히지 마. 사정을 좀 봐줘. 이제 병아리가 한마리밖에 안 남았어. 생각하면 가슴이 아파. 어젯밤에 족제비가 다 물어가서 이제 외톨이로 한마리밖에 안 남았어. 내 속이 얼마나 상한지 아니. 그런데도 날 못살게 굴 테냐. 내가 너한테 미움받을 일을 한 것도 아닌데……"

이처럼 우거지상을 하고 사정하는 꼴이 왕원성에게 만족을 주었는지 그는 웃기만 하다가 대답 없이 밖으로 훌쩍 뛰어나갔다. 왕원성의 어머니는 교외에서 일하기 때문에 일주일에 이틀만 집에 와 있었다. 왕원성의 아버지는 삼십몇급 되는 공무원이어서 아침 7시에 출근하면 오후 5시에야 집에 돌아왔다. 그래서 자식을 단속할 사람이 없었다. 열예닐곱살 먹은 귀머거리 계집아이가 왕원성을 시중들 뿐이었다.

왕원성의 그림자가 사라지자 펑씨댁이 뒤에서 낮은 소리로 욕을 했다. "뒈질 놈의 새끼, 제대로 뒈지지도 못할 놈." 귀머거리 계집아이는 그녀의 말이 들리지 않아 문간에 서서 실실 웃을 뿐이었다.

이윽고 펑씨댁이 방으로 들어갔다. 그리고 왕원성이 생글거리며 뛰어들어왔다. 그는 나무 위로 기어올라가 가장귀에 앉더니 득의양양하게 항전가를 불렀다. 돼지 새끼는 땅을 헤집고 있었다. 외톨이가 된 병아리는 풀이 죽은 채 땅바닥에서 모이를 찾고 있었다.

이때 야무진 목소리가 조용한 분위기를 깨뜨렸다. "펑씨 아주머니, 우리 마님이 얼른 오시래요." 바깥 독채에 사는 계집아이가 들어오면서 말했다.

"그래, 갈게." 펑씨댁이 방에서 응답했다. 이윽고 펑씨댁이 옷을 단정하게 갈아입고 나왔다. 그녀는 돼지와 닭을 살펴보고 나서 나뭇가지에 앉아 있는 왕원성을 쳐다보았다. 그녀는 웃는 얼굴로 왕원성에게 말했다.

"원성아, 네가 우리 돼지와 닭을 지켜봐주고 있구나. 이것들이 도망치지 못하게 하렴. 이다음에 잘 키워서 팔아 돈이 생기면 너에게 과자 사줄게."

"알겠어요." 왕원성이 사양하지 않고 고개를 끄덕이면서 대답했다. 그는 걸어가는 펑씨댁의 뒷모습을 바라보면서 여전히 노래를

홍얼거렸으나 펑씨댁의 모습이 보이지 않자 별안간 경멸조로 말했다. "흥, 댁의 돼지가 크면 내 성을 갈지! 누가 그까짓 과자가 먹고 싶대? 이 막돼먹은 여자야!"

그가 나무에서 훌쩍 뛰어내렸다. 몸이 비끗거려 한쪽 다리로 무릎을 꿇었으나 다행히 손으로 땅을 짚어서 고꾸라지지는 않았다. 그는 귀머거리 계집아이가 방문 앞에서 웃고 있는 것을 보고 일어나며 흙을 한줌 뿌렸다. 계집아이가 달아나자 그는 불쾌한 듯 욕을 해댔다.

"× 같은 년! 개×같이 웃기는!"

그후 마당은 다시 쥐 죽은 듯 조용해졌다. 창밖을 내다보니 사람은 그림자도 없었고 돼지 새끼는 나무 밑에 누워 있었으며 닭은 느릿느릿 산보하고 있었다.

여전히 창밖을 바라보고 있는데 펑씨댁이 건들거리며 들어왔다. 또각또각 구둣발 소리가 울릴 때마다 온몸의 살덩이가 출렁거리는 듯했다.

"그 녀석이 나가니 여기가 조용해졌군." 이렇게 중얼거리고 나서 그녀가 갑자기 놀라서 소리를 질렀다. "아니, 돼지가 오늘 시들한 걸 보니 병난 거 아니야."

그녀는 마당으로 가서 돼지를 살펴본 다음 "두두두두" 하면서 돼지를 쫓았다. 십여분이 지난 후 그녀는 오른쪽 곁채로 들어가더니 곧 다시 나왔다. 그리고 중얼중얼하며 부리나케 마당을 나섰다. 그러면서 마지막으로 고개를 돌려 뜰을 바라보았다.

사흘 후, 실은 사흘인지 나흘인지 똑똑히 기억나지는 않지만, 오후 2시쯤 나는 땀을 흘리며 밖에서 돌아왔다. 하늘에는 구름 한점 없었고 햇볕은 따가웠다. 나는 대문을 들어서다가 노기등등해서 나오는 팡씨 부인과 마주쳤다. 얼굴에 바른 연지와 분이 땀에 반은 씻겨나가 쪼글쪼글한 주름이 다 드러났다. 곱슬곱슬한 긴 파마머리는 목뒤까지 내려왔다. (나는 대뜸 새로 지진 파마머리란 걸 알았다. 그제 조카딸들에게 파마하는 데 드는 값을 들었다. 백오십 위안이라고 한다!) 새로 지어 입은 치파오는 피둥피둥한 몸을 감싸고 있었다. 값싼 향수 냄새(이제 싸다고 할 수는 없다)가 확 풍겨오자 나는 자신도 모르게 '늙은 요귀'란 말이 떠올랐다. 그녀 뒤에는 짧은 옷을 입은 튼실한 중년 사내가 따라오고 있었다.

펑씨댁은 옷깃이 풀어헤쳐진 채 방문 앞에 앉아서 울며 불며 욕을 해대고 있었다.

"……개× 같은 것들, ×할 년, 내 돼지 물어내. 내 돼지 물어내! ……내가 만만할 줄 알아. 만일 내 돼지가 잘못되면 (내가 참을 수 없어서 웃음을 터뜨렸으나 그녀는 듣지 못했다) 네년은 죽을 줄 알아. ……돈만 있으면 제멋대로 해도 된단 말이냐! 내가 집세를 떼먹고 안 낸 것도 아닌데. 돼지를 키우는 게 나라 법에 걸리는 일도 아닌데……!" 그다음은 다소 악에 받친 욕설이었다.

옌씨 할멈과 독채의 장씨댁이 옆에서 이 일을 거론하며 팡씨 부인을 힐난했으나 상당히 온화한 말투였다. 나는 그들의 이야기를 듣고 나서야 팡씨 부인이 하인을 데리고 와서 펑씨댁과 교섭하다가 결국 대판 싸웠다는 것을 알게 되었다. 팡씨 부인이 하인을 시켜 돼지 새끼를 몇번 걷어차게 했다고 한다. 그들은 실컷 이야기한 후 펑씨댁에게 다가가 몸을 숙이고 위로했다.

"펑씨댁, 그만하구려. 그 사람네는 돈 있고 권세 있으니 어디 당해낼 수 있겠어? 더구나 이런 사소한 일을 가지고 말이야. 돼지는 원래 키우기 힘든 법이야. 요 이틀간 보니 시들한 게 병이 난 거 같아. 내 생각엔 일찌감치 팔아서 몇푼의 돈이라도 손에 넣는 게 좋을 것 같아……" 옌씨 할멈이 느릿느릿 권고했다.

"싫어, 싫다니까요! 나는 꼭 기르고 말겠어요! 내가 그 늙은 요귀 년을 겁낼 줄 알아요! 까짓것 이사 가버리면 그만이지!" 펑씨댁이 울먹이며 강경하게 말했다. 하지만 그녀는 곧 눈물을 거두었다. 그녀는 두 사람에게 한바탕 넋두리를 늘어놓으며 욕을 뱉더니 위로의 말을 꽤 듣고 나서야 그들을 따라 밖으로 나갔다.

마당이 조용해졌다. 돼지 새끼는 정신을 잃은 듯 땅에 누워 있었지만 몸에 뚜렷한 상처는 없었다. 별안간 돼지가 눈을 뜨고 나를 바라보았다. 너무도 힘없고 고통스러운 눈빛이었다.

집에 들어가니 시골에서 돌아온 형과 형수가 조카들과 함께 집세 올려주는 일에 대해 이야기하고 있었다. 아까 집주인 여자가 와서 집세를 오십 위안 더 내고 보증금을 삼백 위안 더 내라고 했는데, 그녀의 말투는 생각했던 것보다는 부드러웠다. 그러나 펑씨댁에게는 더 가혹한 조건을 내걸어서 격렬한 다툼이 벌어졌고 하마터면 두 여인이 드잡이까지 할 뻔했다. 돼지는 두 사람이 언쟁을 벌일 때 하인에게 얻어맞았는데 장씨댁이 말리지 않았더라면 일이 이렇게 간단히 끝나지는 않았을 것이다.

한시간쯤 지났을 때 제일 나이 어린 조카가 들어와 나에게 소곤소곤 말했다. "넷째 삼촌, 얼른 가서 보세요. 펑씨댁이 돼지 몸을 씻겨주고 있어요. 진짜 웃겨요."

나는 조카를 따라 창문 밑으로 갔다. 나무줄기가 눈을 가리지는 않았다. 펑씨댁이 땅에 쭈그리고 앉아 옆에 놔둔 세숫대야의 물에 솔을 적셔서 돼지 몸을 씻어주고 있는 게 보였다. 돼지는 맥없이 계속 신음소리만 냈는데 펑씨댁은 연거푸 위로의 말을 건네고 있었다.

그날 저녁 나는 형님 내외와 차를 마시러 나가면서 펑씨댁이 허리를 구부리고 "두두두두" 하며 돼지를 조심조심 우리 안에 넣는 것을 보았다. (여기서 설명을 덧붙여야 하는데, 돼지우리는 펑씨댁이 거처하는 방 뒤에 있었고 골목과 통해 있었다.) 돼지는 아무 감각이 없는 듯 땅에 누운 채 몸을 부르르 떨고 있었다. 펑씨댁은 극도의 인내심을 보이며 처음부터 끝까지 가만가만 손을 흔들어 부드럽게 돼지를 불렀다.

이튿날 나는 돼지가 밖으로 나오는 것을 보지 못했다. 또 하루가 지난 후 점심 무렵 나는 펑씨댁이 옌씨 할멈에게 하는 말을 들었다.

"오늘은 더욱더 안돼요. 일어나지도 못하고 먹지도 못한 채 그저 흰자위만 굴리고 있어요. 내가 바라보니 돼지가 눈물이 그렁그렁한 채 나를 쳐다보는데 마음이 아파 견딜 수가 없었어요. 짐승도 사람처럼 심장이 있어서 뭐든 다 아는 모양이에요. 그저 말을 못한다 뿐이지." 펑씨댁의 목소리에는 우울함 속에 걱정이 담뿍 담겨 있었다.

"내가 보기엔 그날 얻어맞아 속에 상처가 난 것 같아. 약을 줄 테니 발라봐. 효과가 있을지도 모르니까." 옌씨 할멈이 말했다.

"돼지가 말을 할 줄 알면 얼마나 좋겠어요. 어디가 병났는지 모르니 고칠 수도 없고 그저 안달복달할 뿐이지요. 옌씨 할머니가 좀 알아봐주세요. 무슨 방도가 없을지……"

그다음 말은 조카들에 의해 끊기고 말았다. 조카들이 벌떼처럼 방으로 뛰어들어와 점심 먹으러 가자고 소리쳤던 것이다. 사실 펑씨댁의 이야기는 계속되었는데 단지 내가 알아들을 수 없었을 뿐이었다.

그날 날이 어두워지기도 전에 돼지 새끼는 죽고 말았다. 나는 펑씨댁이 방문 앞에 홀로 앉아 서럽게 우는 것을 보고서야 돼지가 죽은 사실을 알았다. 펑씨댁은 소란을 피우지도 않았고 목소리가 크지도 않았다. 다만 고개를 떨군 채 흐느끼며 자기의 슬픔을 웅얼웅얼 하소연할 뿐이었다.

아무도 그녀에게 알은체를 하지 않았다. 처음에는 왕원성이 귀머거리 계집아이와 함께 웃으면서 한동안 그녀를 바라보았다. 왕원성은 방금 땄는지 손에 주먹만 한 파란 유자를 들고 있었다. 아까 나는 그가 유자나무에 기어올라가는 것을 보았었다. 그는 귀머거리 계집아이와 우격다짐으로 유자 던지기 놀이를 하면서 더이상 펑씨댁 일에 신경 쓰지 않았다. 물론 구경꾼은 그 두 사람에 그치지 않았으나 나중에는 모두들 흩어져 가버렸다. 밤은 펑씨댁의 그림자를 덮었고 그녀의 목소리를 삼켜버렸다.

밤은 다시 햇빛에 쫓겨났다. 이후 나는 펑씨댁이 마당에서 한마리밖에 남지 않은 병아리에게 먹이를 주는 것을 보았다. 어떤 때는 처마에서 날아온 참새에게도 먹이를 주었다. 병아리는 점점 자랐다. 병아리가 마당에서 한가로이 왔다 갔다 했으나 쓸쓸하다는 느낌은 어쩔 수 없었다.

다시 며칠이 지나 월말이 되었고 펑씨댁이 이사를 갔다. 나는 그녀가 이사하는 것을 보지 못했으며 어디로 이사하는지도 몰랐다. 듣자 하니 펑씨댁 혼자서 인력거꾼과 함께 이삿짐을 날랐다고 했다. 이삿짐이 많지 않았지만 세번에 걸쳐 날랐다고 했다. 이것을 보면 새로 구한 집이 이 근처인 듯했다. 아무도 그녀를 도와주지 않왔다. 그녀에게는 아는 친구가 없었으니 이것도 예상 밖의 일은 아니었다.

제일 어린 조카가 펑씨댁이 이사하던 모습을 나한테 들려주었다. 조카애가 제일 재미있게 본 것은 펑씨댁이 아이를 안듯 병아리를 품에 안고 조심조심 인력거에 올라타던 모습이었다.

펑씨댁이 이사한 후 이튿날 오전, 집주인이 와서 텅 빈 방을 보고 따라온 하인에게 방 청소를 시켰다. 오후에 새로운 세입자가 들어왔는데 젊은 부부였다. 남자는 지방 사람이었고 여자는 상하이 말을 썼다. 여자는 옷이 화려했으며 생김새도 아름다웠다. 이 부부는 여전히 신혼인 것 같았다. 두 사람은 금슬이 좋아 매일 저녁 남자가 근무처에서 돌아오면 마당에 해맑은 웃음소리와 노랫소리가 흘러넘쳤다.

들자 하니 이 부부는 집주인의 친척이라고 했다. 그래서인지 집주인이 우리 마당으로 찾아오는 횟수가 많아졌다. 이후 마당과 계단이 아주 깨끗해진 것은 말할 것도 없고, 더이상 돼지와 닭의 발자국도 생기지 않았다.

그런데 내가 있는 집은 비가 올 때면 여전히 비가 샜고, 바람이 세게 불 때면 기왓장이 떨어지면서 먼지가 흩날렸다.

1942년 청두에서

사회적 약자에 대한 연민과 희생정신

중국 현대문학사에서 루쉰(魯迅), 궈모뤄(郭沫若), 마오둔(茅盾), 라오서(老舍), 차오위(曹禺)와 더불어 6대 작가라 불리는 바진(巴金, 1904~2005)은 장편소설의 대가로 평가된다. "'인생은 짧고 예술은 길다'라고 사람들은 말하지만 나는 예술보다 더 영원한 것이 있다고 믿는다. 나는 그것을 위해서라면 예술조차 버릴 수 있다. 대다수 사람들에게 광명을 가져다줄 수 없다면, 어둠을 타파할 수 없다면 예술이 대체 무슨 소용이란 말인가?"라고 하며 문학의 효용에 대해 의문을 제기했던 바진은 예술보다 더 영원하다고 믿는, 모든 인간이 자유롭고 평등한 삶을 누릴 수 있는 세상을 건설하고자 창작에 매진한다. 이는 단편소설도 예외가 아니었다.

5·4운동의 산아라고 자처했던 바진은 서구 문학의 영향을 가장 많이 받은 중국 작가로 꼽힌다. 백여편의 단편소설을 쓴 바진은 "모빠상, 뿌시낀, 체호프, 고리끼, 조르주 쌍드 등 외국 작가들의 영향을 받았으며, 이외에도 어려서 읽은 지방 희곡과 중국 전통소설의 영향 및 5·4 시기 작가들의 영향도 받았지만 당시 소위 '약소민족'의 단편소설의 영향을 가장 많이 받았다"고 고백했다. 약소민족의 작가들은 조국이 식민지 상태에 놓임에 따라 펜을 무기 삼아 억압받는 동포를 위해 호소했으며 침략자에게 항의했다. 당시 중국은 비록 인구는 많았지만 끊임없이 벌어진 서구 열강과 일본과의 전쟁에서 패함으로써 동아시아의 환자로 조롱당하며 '약소민족'으로 전락했기 때문에 바진은 같은 처지에 있던 약소민족 작가들의 작품을 애독하곤 했다. 이런 작가들의 작품을 참고하면서 바진은 자신이 경험한 1920~30년대 중국의 사회제도와 현실에서 소재를 취하여 자신의 감정을 토로했다.

1929년부터 신중국이 수립되는 1949년까지 바진은 70여편의 단편소설을 썼고 이는 열두권의 단편소설집에 수록되어 있다. 그중 10권까지의 작품은 1929년부터 1937년 사이에 창작되었고, 그후의 두권에 수록된 작품은 중일전쟁 기간에 창작된 것이다. 따라서 바진의 단편 대부분은 중일전쟁 이전 시기에 창작되었다고 할 수 있다. 신중국 수립 이후의 작품은 예술성이 높지 않다고 생각되어 다루지 않았다.

바진의 단편은 소재, 내용과 표현기법 및 작풍의 변화에 따라 세 시기로 나눌 수 있다. 전기는 1929년부터 1932년까지의 시기로 『복수(復讐)』『광명(光明)』『전기의자(電椅)』『행주(抹布)』에 수록된 단편들을 썼다. 중기는 1933년부터 1936년 중일전쟁 발발 전까지의 시기로 『장군(將軍)』『침묵(沈默)』『신·귀신·인간(神·鬼·人)』『침몰(沈落)』『머리카락 이야기(髮的故事)』『장생탑(長生塔)』에 수록된 단편들을 썼다. 후기는 중일전쟁 시기로 『환혼초(還魂草)』『소시민의 일상사(小人小事)』에 수록된 단편들을 썼는데 작품 수가 많지는 않다.

전기의 단편은 전해 들은 이야기나 서적, 사료 등에서 소재를 취하여 사랑의 불행, 전쟁의 재난, 가난한 사람들의 생존 고통을 묘사한 것이 대부분이다. 그중 외국생활을 묘사한 작품이 스물세편이나 되어 이 시기 단편의 삼분의 이를 차지한다. 이는 작가가 프랑스에서 두해 동안 생활한 경험을 바탕으로 해서 외국의 사회생활 및 풍속에 대한 관찰과 느낌을 통해 창작된 것으로, "외국인이나 중국인이나 동일하게 청춘, 활동, 자유, 행복, 사랑을 추구한다. 이는 자신뿐 아니라 그들이 사랑하는 사람들을 위한 것이며, 이 모든 것을 잃은 후의 비애가 곧 인류가 공유하는 비애이다"라는 주제를 설파하고 있다. 이 작품들은 중국 독자들에게 낯설고 예외적인 것으로 느껴지기보다는 오히려 더욱 강렬하면서 필요한 것으로 느껴졌다. 당시 반봉건 반식민 상태에서 살아가던 중국인은 청춘, 생명, 활동, 사랑을 잃어버리는 경우가 아주 많았기 때문이다.

중기의 단편은 중국의 사회생활에 대한 묘사가 많고, 광둥, 베이핑, 일본 여행 등 작가의 경험을 바탕으로 쓴 것이 비교적 많으며, 현실에 대한 냉정하고 객관적인 서술로 지식인의 불행을 드러내면서 현실 변혁에 대한 열정을 주로 그리고 있다. 이 시기 바진 소설의 소재는 비교적 광범위해 혁명가의 처지, 항일운동, 자산계급 지식인들의 권력 암투를 그리거나 외세의 침략에 대해 '악에 저항하지 마라'란 주장을 비판한 작품도 있고 노동자들의 비참한 삶을 그린 작품도 있다. 형식도 다양하여 사실적 작품 외에도 역사소설, 동화 이야기 등이 있다. 그중 혁명에 대한 지식청년의 열망을 표현하고 혁명가의 장렬한 희생을 그린 작품으로는 「한 여인」 「장미꽃 향기」 「아버지가 새 구두를 사오실 때」 「봄비」 「눈 녹을 무렵」 「비」 등이 있고, 항일을 소재로 한 작품으로는 「머리카락 이야기」 「창문 아래」 「추락」 「인간」 등이 있다. 작가는 그 작품들에서 직간접적으로 항일의식을 드러내며 매국노와 매국 행위를 비판하고 있다. 또한 민중의 고난에 찬 삶을 그린 작품으로는 「귀향」 「달밤」 등이 있다. 「귀향」은 농민을 수탈하는 촌장이 재선을 위해 관리와 내통하여 부정선거를 획책하는 과정을 폭로하고 있다. 이밖에도 프랑스 혁명을 다룬 세편의 역사소설과 신과 인간의 관계를 다룬 「신」 「귀신」 「인간」 등이 있다. 중기에 들어 작가는 사상적으로 깊어지면서 다양한 인물들을 창조해내고 있다. 전기의 일인칭 소설이나 사랑에 대한 이야기는 훨씬 감소한 반면 작품의 구조가 치밀해지고 인물 심리에 대한 묘사가 원숙해져 전기에 비해 예술적으로 성숙되었다고 평가받는다.

후기의 단편은 작품 수가 많지 않은데 소설집 『환혼초』 『소시민의 일상사』에 모두 실려 있다. 1937년부터 1941년까지 5년간 바진은 단지 세편의 단편소설, 즉 「모나리자」 「환혼초」 「어떤 부부」만 썼는데 모두 『환혼초』에 실려 있다. 『환혼초』는 1941년 초 작가가 충칭에 머물던 시기의 삶을 소재로 하여 일인칭 시점으로 스토리와 감정을 서술하고 있다. 1942년부터 1945년까지 4년간 바진은 「돼지와 닭」 「형과 아우」 「남편과 아내」 「소녀와 고양이」 「삶과 죽음」 등을 썼고 이 단편들은 『소시민의 일상사』에 수록되어 있다. "소위 '보통 사람들의 사소한 이야기'에 특별한 뜻은 없으며, 단지 보통 사람들의 사소한 일들일 뿐이다"라고 스스로 말한 것처럼 이 작품에서부터 바진은 현실의 삶을 세밀하게 관찰하고 신변의 사소한 현실 묘사에 치중하기 시작한다. 이는 현실주의가 더욱 심층적인 탐색으로 진입한 것을 의미하지만 1949년 신중국 수립으로 비교적 짧게 끝나고 만다. 삶의 편린들을 포착해낸 이 시기의 작품들은 보통 사람들이 어떻게 인생을 소모해가는지를 보여주는 동시에 중일전쟁 시기 사회의 혼란과 소시민의 초조함과 번뇌를 보여주고 있다.

사회적 약자에 대한 연민

바진은 살아가는 것의 고단함을 주제로 해 「사자」 「장군」 「마르세유의 밤」 등을 썼다. 「사자」에서 모르디외는 고등학생 때 빠리 대학에 입학하여 철학을 공부할 수 있기를 꿈꾸었다. 그러나 어머니가 사망한 후 돈을 벌어 생계를 꾸려나가야 되었고, 진학의 꿈은 깨지고 만다. 여동생은 그를 돕기 위해 학교 식당에서 일하는데 어머니처럼 강간당할 위기에 처하게 된다. 나중에 그는 학교를 떠나게 되며, 부잣집 자식인 '나'는 그에게 깊은 동정을 느낀다.

별명이 '사자'인 모르디외 학감은 성격이 포악하고 학생들이 조금만 잘못해도 때려서 학생들에겐 공포의 대상이었다. 그러나 이 포악한 인물은 뜻밖에도 자비로운 마음을 지니고 있었으니 평소의 포악한 행동은 가진 자에 대한 복수심에서 비롯된 것이었다. 그가 학교에서 일하는 것은 단지 생계를 꾸리기 위해서일 뿐이다. 그는 또 누이가 어머니처럼 부자에게 짓밟힌 뒤 버림받지 않게 하기 위해서 노력한다. 작가는 당시 세계를 황량한 산으로, 억압받는 대중을 굶주린 사자로 비유하고 있다. 이는 온 세계의 억압받는 대중이 언젠가는 억압자에 저항하는 정의의 투쟁을 할 것이라는, 혁명에 대한 작가의 낙관적인 믿음을 보여주는 것이라 할 수 있다.

바진은 감정을 토로하기 쉽고 독자에게 친숙하게 다가갈 수 있는 일인칭 시점을 많이 사용했다. 「사랑의 십자가」에서 '나'는 결혼 후 오개월간 처갓집에서 살다가 시골에 파묻혀 있는 게 싫어 선량하고 순박한 아내와 함께 난징으로 떠난다. 난징에 도착해 처음엔 친구의 도움으로 교육청에 취직해서 생활을 꾸려갔으나 반년 후 청장이 바뀜에 따라 실직하고 만다. 그후 빈곤과 절망 속에서 가진 것을 팔아 겨우 연명해나갔고 그러다보니 부부는 매일 얼굴을 마주하면서도 말이 없어진다. 그는 아내를 데리고 나와 고생시켜서 후회된다고 말하지만 아내는 한마디 원망도 없이 오히려 그를 위로한다. 그는 백방으로 일자리를 찾으려고 노력했으나 끝내 찾지 못한다. 어느날 집에 돌아와 보니 아내가 독약을 먹고 신음하고 있었다. 그녀는 쓸쓸한 미소를 지으며 "먼저 가니 용서해주세요. 이래야 당신 부담이 덜어질 테니까요. (…) 앞으로 사정이 나아지면 저보다 훨씬 나은 아내를 얻을 수 있을 거예요"(30면)라고 한 뒤 숨을 거둔다. 그는 남은 것을 다 팔아 관을 사서 아내를 넣고 처가로 싣고 온다. 장인 장모는 사위를 원망하지 않고 딸의 죽음은 딸의 팔자라고 하면서 그를 위로한다. 그리고 너무 슬퍼하지 말고 둘째 딸을 줄 테니 여기서 살라고 한다. 그는 병이 났지만 처갓집 식구의 보살핌으로 기력을 회복하게 된다. 처제가 떠나려 하는 그에게 사랑을 고백하나 그는 양심상 그녀의 사랑을 받아들일 수 없었으며 결국 처가를 떠나고 만다. 그는 이후 술로 과거의 모든 것을 잊고자 하지만 잊을 수 없어 방황하며 정신병자, 주정뱅이가 된다.

아내는 자살하고 주인공은 주정뱅이로 전락하고 만다는 이 소설에 대해 작가의 시각이 너무 비관적이고 소극적이라고 말할 수도 있을 것이다. 즉 주인공으로 하여금 그런 삶에서 벗어나려는 노력을 좀더 적극적으로 하게 만들 수는 없었을까 하는 아쉬움이 생기는 것이다. 그러나 다른 한편으로 이 작품이 창작된 1931년 당시 중국은 군벌이 할거하는 내전 상황이었고 외적의 침입까지 있었다. 그 때문에 선량한 사람들이 집을 잃고 유랑하거나 실직해 빈곤상태에 놓여 있는 경우가 많았다. 독재적인 정부, 낙후한 사회는 사람을 질식시켰고, 농촌경제는 파산 상태였으며, 도시 상공업은 불경기여서 중국의 대다수 소시민은 절망적인 처지에 놓여 있었다. 당시 중국의 상황이 선량한 사람을 어떻게 죽음으로 몰아가고 보통 사람들의 고난이 얼마나 심한지 보여주고 있다는 점에서 이 작품의 의의를 찾을 수 있다.

「어머니」는 약자인 여성의 삶을 그리고 있다. 이 작품에서 고아인 내가 '엄마'라고 불렀던 사람은 나의 숙부와 동거하는 여성이다. 그녀는 아버지가 사망하는 바람에 열네살도 안되어 부잣집 하녀로 팔려간 후 다시는 어머니와 남동생을 보지 못한다. 그녀는 부잣집 도련님에게 속아 기루에 팔려갔고 몇년간 고생한 끝에 나의 숙부를 만나게 된다. 그리고 그녀의 빚을 갚아준 나의 숙부와 동거한다. 그녀는 온유하고 선량하지만 숙부의 사망 후 행방이 묘연해진다. 작가는 이 작품에서 하층민들이 햇빛이 비치지 않는 곳에서 요람에서 무덤까지 모욕당하고 학대당하며 빈곤하게 살아가지만 '상류층' 사람 못지않은 인간이라는 점을 말하고 있다. 결말에서 주인공은 앞으로 약자들의 좀더 나은 삶을 위해 살아갈 것을 천명한다.

지식인의 타락과 각성

지식인의 삶 역시 1930년대 바진이 관심을 가졌던 주제 중 하나이다. 작가는 「지식계급」 「침몰」 「봄비」 「비」 「신」 「귀신」 「인간」 등의 작품에서 서로 다른 유형의 지식인 모습을 창조해냈다.

「지식계급」은 1934년에 쓴 단편으로, 당시 중국의 대학 총장, 학장, 교수 및 이들에게 아부하는 대학생들의 추태를 적나라하게 드러낸 작품이다. 소설은 총장이 몇몇 학생을 제적한 후 일어난 시위를 배경으로 교수들이 권력을 쟁탈하기 위해 싸우는 과정을 보여준다.

「비」는 지식청년 위(宇)와 황(煌)이 화(華)가 체포되어 살해당한 후 느끼는 비통한 심정을 그리고 있다. 위는 화의 이종사촌이고 황은 화의 연인이다. 그들은 여러 방법으로 화의 행방을 수소문했고 그녀가 체포되어 살해당했다는 것을 알게 된다. 화는 남들처럼 타락하길 원치 않았고 자신이 하고 싶은 말을 하고 하고 싶은 일을 했기 때문에 체포되어 살해당했다. 작가는 말할 권리마저 빼앗긴 당시의 질식할 듯한 사회 분위기를 보여줌과 동시에 화와 그녀의 아버지가 보인 혁명정신을 찬양하고 있다. 화의 아버지 역시 1911년 신해혁명 때 옥사한 혁명가였던 것이다. 가장 소중한 남편과 딸을 혁명으로 인해 잃은 화의 어머니는 딸의 죽음을 감지했으면서도 비통함을 억누르고 의연하게 집으로 돌아간다. 위와 황은 비가 처연하게 내리는 가운데 새로운 길을 걷고자 다짐한다. 작품은 화의 희생을 계기로 친구들이 더이상 방에 숨어 도피하지 않고 무언가 하고자 결심하는 것으로 끝난다.

「아버지와 아들」은 부부간의 애정문제에 대해 쓴 작품이다. 남편은 아들이 생긴 후 아내의 사랑을 독차지하는 아들을 질투한다. 아내의 연애 감정이 영구히 지속될 거라는 환상을 품었던 남편은 아들을 모질게 대하며 차라리 아들이 죽어 두 사람의 애정이 회복되기를 바랄 정도가 된다. 어느날 비 오는 밤에 아이 울음소리 때문에 깨어 아내와 다툰 그는 아이를 안고 집 밖으로 나간다. 그러나 아이의 말에 그는 돌연 깨닫게 된다. 비 내리는 밤 아이가 아버지에게 말한다. "아버지, 잘못했어요. 이제 안 울게요. 앞으로 다시는 안 울게요. 돌아가요. 여기는 너무 추워요."(83면) "아버지, 돌아가요. 엄마가 기다리잖아요. 밖은 너무 추워요. 앞으론 울지도 않고 떼도 안 쓸게요. 말 잘 들을게요."(같은 곳) 이 말에 그는 자신의 감정이 너무 옹졸했음을 느끼며 참회한다.

중일전쟁 말기 피난지인 구이린에서 쓴 「어떤 부부」는 한 젊은 부부의 가정을 묘사하고 있다. '나'의 친구인 원(溫) 군은 간쑤에 일하러 갔다가 그곳 사정이 여의치 않아 돌아오는 길에 광위안에서 적기의 폭격으로 사망한다. 평범한 여교사인 그의 아내 밍팡(明方)은 남편의 죽음에 굴하지 않고 아이를 잘 키워 아빠가 못다 한 일을 하게 하고 결과적으로 아빠의 복수를 할 수 있게 하겠다고 다짐한다. 이에 화자는 원 군과 같은 운명을 가진 지식인인 그를 포함하여 무수히 많은 어른들이 복수를 해야지 아이에게까지 그 과제를 물려주어서는 안된다고 말한다.

1934년 11월, 일본에 갔던 바진은 친구의 소개로 타께다(武田) 집에서 3개월 동안 머물렀고 그 경험에 의거해 「신」과 「귀신」을 쓴다. 이들 작품에서 모델이 된 타께다는 요꼬하마 상업학교 중국어 교수로 한때 아나키스트였으나 이후 집안 대대로 내려오는 니찌렌종(日蓮宗) 불교 신도가 된다. 「귀신」은 1인칭 관찰자 시점으로 '나'의 친구 호리구찌(堀口)의 삶을 묘사하고 있다. 와세다 대학 정치경제학과 동기생인 호리구찌는 요꼬야마 미쯔꼬(橫山滿子)와 연인 사이였다. 가족의 반대로 헤어질 위기에 처하자 미쯔꼬는 몇차례 동반자살을 호리구찌에게 제의한다. 그러나 호리구찌는 운명에 저항하는 것은 어리석은 짓이라고 여겨 이를 거절한다. 그는 중매결혼을 하고 교사로 일하면서 틈날 때마다 억울하게 죽은 영혼의 상처를 치료한다. 그는 이 세계의 모든 것은 인과응보로서 인간의 선악, 고락은 모두 업보에 의한 것이라고 여긴다. 그래서 그는 틈날 때마다 독경하고 바다에 공물을 바쳐 죽은 영혼을 제도하고자 한다. 그의 영혼은 점점 귀신의 세계에 점령당한다. 나중에 미쯔꼬는 병으로 죽게 되고 호리구찌는 원귀들을 위해 바다에 공물을 던지며 살아간다.

물론 호리구찌도 현실 사회의 불의를 보고 무언가 해야 한다고 느끼지만 이 책임을 이상 세계의 또다른 통치자에게 전가해버리고 자신은 독경과 절하기 등 안전하지만 쓸모없는 거동 속에서 피난처를 찾는다. 현실의 불행을 위로받기 위해 귀신의 세계가 그의 머릿속에서 펼쳐졌으니, 귀신은 바로 이렇게 생겨나는 것이다.

작가는 신이 세계를 창조하고 주재한다는 주장을 부정하고 "인간은 인간에 대해 지고의 존재이다"라고 선언한다. 그래서 "이제 신과 귀신의 영역에서 인간의 세계로 나아가자"고 주장한다. 정신적 노예상태에서 벗어나 인간답게 살 권리를 가져야 한다는 것이 작가의 생각이었다.

「돼지와 닭」은 다세대주택에서 한 세입자가 일으킨 분규 이야기이다. 어렵게 살림을 꾸려가는 중년의 과부 펑씨댁은 마당에서 닭과 돼지를 기른다. 그녀는 이기적이어서 닭과 돼지가 이 집 저 집 마구 돌아다니며 다른 세입자들에게 불편을 끼쳐도 아랑곳하지 않고 오히려 닭과 돼지를 누가 조금이라도 건드리기만 하면 욕을 해대 열살 난 왕씨네 아들과 수시로 다툰다. 돼지 키우는 것을 빌미로 집주인이 방세를 올리자 결국 펑씨댁은 그곳을 떠나게 된다. 남편이 남겨준 얼마 안되는 유산으로 살아가던 펑씨댁은 전쟁 시기 물가 급등으로 인해 닭과 돼지를 키워 생계를 꾸려나갈 수밖에 없는 처지가 된다. 작품은 이런 그녀가 동정을 받을 여지가 있음을 보여준다. 또한 결말에서 닭을 아이처럼 품에 안고 떠나는 펑씨댁의 모습은 살아 있는 동물인 닭과 돼지를 키움으로써 고독을 달래고자 했던 그녀의 심정을 엿볼 수 있게 한다. 작가는 과부에게 아무런 동정의 손길도 보내지 않는 사회의 냉혹함과 야박한 인정을 은근히 비판한다.

바진은 삶의 지배를 받는 사람과 삶을 지배하는 사람을 작품에서 대립적으로 묘사하고 있지만 특권층에 대한 분노를 불러일으키기보다는 인간이 선천적으로 지니고 있는 연민의 정을 확대해 동포에 대한 사랑으로 나아갈 것을 주장한다. 물론 특권층에 대한 분노를 표현할 때도 있지만 그것은 만부득이한 경우이다. 특권층도 인간이어서 동정을 받을 여지가 있기 때문이다. 삶의 의의를 찾고 영원한 청년으로 사는 방법에 대해 작가는 시대의 앞에 선 사람을 본받아 사회를 위해 자신을 희생하는 사람이 되라고 충언한다.

혁명을 위한 헌신

「나의 눈물」은 자본주의 사회제도를 비판하는 작품으로, 싸코와 반제티[1]가 사형을 당하는 과정 속에서 느낀 '나'의 초조하고 비통한 심정을 서술하고 있다. 1927년 1월 프랑스로 유학을 떠난 바진은 당시 빠리에서 이 두 사람에 대한 사형 집행 소식을 듣고 이 작품을 쓰게 된다. "데덤 감옥 안의 죄수인 이딸리아 생선 장수가 내게는 '제네바 공민'[2]보다 더 위대한 거인으로 보였다. '이 세상에서 가장 아름다운 영혼'은 이제 더이상 대학이나 서재나 연구실에 있는 게 아니다. 그는 금권 국가의 감옥, 형사범 감방에 있다."(47면) 이 죄 없는 두 사람에 대한 사형 집행 소식을 듣고 전세계의 양심 있는 사람 중에 공허를 느끼지 않은 사람이 없다고 작품은 말하고 있다.

반제티가 자서전에서 서술한 "나는 모든 가정마다 주택이 있고

---

1 제화공 니콜라 싸코(Nicola Sacco, 1891~1927)와 생선 장수 바르톨로메오 반제티(Bartolomeo Vanzetti, 1888~1927)는 1차 세계대전 때 참전을 반대했던 이딸리아계 미국인 아나키스트들로, 1920년 미국 매사추세스 주의 한 제화공장에서 경리 직원과 경비원을 살해하고 돈을 강탈한 혐의로 기소되었다. 재판은 전세계의 관심을 끌었다. 좌파 지식인들은 두 사람이 급진주의 사상을 가지고 있다는 이유만으로 기소된 것은 부당하다고 주장했다. 그에 따라 항의 집회가 전세계적으로 열렸고 수많은 저명인사들이 탄원서를 제출했다. 그러나 1921년 7월 14일 싸코와 반제티는 1급 살인죄로 유죄를 선고받았고 여러 다른 진술이 있었으나 재심은 기각되었다. 1927년 4월 9일 최종적으로 대법원에서 사형이 선고되었고 사형이 임박해오자 전세계에서 성난 군중들이 미국의 사법 살인에 반대하는 시위와 폭동을 벌였다. 싸코와 반제티는 결국 1927년 8월 23일 전기의자로 사형을 당했다.
2 루소를 가리킨다. 프랑스 유학 시절 바진은 루소를 근대 사상의 아버지로서 자신을 고무시키는 원천이라고 했다.

모든 사람마다 먹을 빵이 있으며 모든 사람이 다 교육을 받고 지혜를 발전시킬 기회가 있기를 바란다"(43면)라는 소망은 곧 작가의 바람이기도 하다. 작가는 이런 신념에 기초하여 그들을 "이 세상에서 가장 아름다운 영혼"이라 찬양한다.

「귀향」은 남방 농민운동을 소재로 한 작품으로, 농촌 청년 탕이(唐義)가 농민을 지도하여 토호 탕시판(唐錫藩)에게 대항하는 과정을 그리고 있다. 탕이의 동생인 지식청년 탕징(唐敬)은 수년간 고향을 떠나 있다가 귀향하면서 고향에서 벌어지는 정치투쟁에 휩쓸리게 된다. 형 탕이는 농민운동의 지도자로서 토호 탕시판 타도 투쟁을 지도하는데, 그는 모두 단결하기만 하면 마을 사람들의 고혈을 빼는 탕시판을 끌어내릴 수 있다고 생각한다. 그는 투쟁 중에 테러를 당하여 부상을 입지만 시종 왕성한 투지를 보이며 최후의 승리는 농민에게 있다고 믿는다. 탕징은 형 탕이의 모습에 감화되어 형이 부상당한 후 형의 뜻을 이어받아 농민운동에 뛰어든다.

「귀향」의 속편이라 할 수 있는 「달밤」은 토호 탕시판이 계속 농민운동을 파괴하면서 탕징과 함께 농민회를 조직한 건성(根生)을 암살한다는 이야기를 담고 있다. 작가는 토호 탕시판과의 투쟁에서 건성이 암살당한다는 줄거리를 통해 토호의 비열함과 잔인함을 드러내고 있다. 사공 리씨가 나루터에서 건성을 기다리고 있는데 건성의 아내가 남편을 찾으러 왔다가 남편이 없자 탕시판에게 잡혀간 줄 알고서 울부짖는다. 모두 급히 건성을 찾기 시작하는데 사공의 아들 린이 연꽃 더미에서 건성의 시체를 발견한다. 이 작품은 스토리의 반전과 아름다운 서정적 문장으로 독자에게 짙은 인상을 남김과 동시에 농민과 토호 간에 전개된 계급투쟁을 보여준다. 사공 리씨는 처음으로 배의 운항을 중단하는데 건성의 뒤를 이어 투쟁할 것임을 암시하고 있다. 건성이 죽은 후의 농민 투쟁이 그려지지는 않았지만 이 희생으로 인해 혁명의 파고는 더욱 높아지리란 것은 예견할 수 있다.

「아버지가 새 구두를 사오실 때」는 대대로 혁명을 해나가야 한다는 당위를 호소한 작품이다. 소설은 두 부분으로 나뉜다. 작품 앞부분은 여덟살인 '나'를 화자로 하여 아버지가 혁명에 참가해서 희생되는 과정을 그리고 있는데, '나'는 생일날 아버지가 새 구두를 사가지고 돌아오길 기다리지만 하필 그날 아버지는 체포되고 만다. 앞부분이 혁명에 종사했던 아버지를 회상하는 내용인 데 반해 뒷부분은 아들에게 남기는 편지이다. 앞부분에는 아버지의 혁명 활동이 그려져 있고, 유언적 성격을 지니는 뒷부분에는 죽음을 초개같이 여기는 혁명가 정신이 언급되고 있다. 이 가정은 대대로 이어져온 혁명가 가정으로 '나'의 할아버지도 혁명을 위해 헌신했고 아버지도 선대의 뜻을 이어받아 혁명에 헌신했으며 이것을 '나'는 여덟살 된 아들에게 편지로 전해준다. '나'는 편지에서 말한다. "내 아버지는 '정의를 위해서 가장 소중한 것도 바쳤다. 내가 처음도 아니고 마지막도 아니다'라고 하셨지. 이제 내가 이 말을 다시 반복할 차례가 되었구나. 이 아비는 정말 처음도 아니고 마지막도 아니란다. '정의를 위해서'라는 말은 마치 유전병처럼 할아버지가 아버지에게 물려주셨고 아버지가 나에게 다시 물려주신 것이다." (166면) "아들아, 가거라. 네가 커서 어른이 되거든 역사를 바꾸어놓도록 해라. 네 증조부의 피, 네 조부의 피, 네 아버지의 피, 네 자신의 피로 역사를 바꾸어놓도록 해라."(167면) 일인칭 시점으로 쓴 이 작품은 사실 선대에 대한 '나'의 대답이기도 하다. 즉 대대손손 자신의 피로써 중국 사회와 역사를 바꾸는 것만이 새로운 중국을

316

건설할 수 있는 길임을 피력하고 있는 것이다. 이 작품은 한 아이의 경험과 시각을 통해 아버지의 혁명활동과 희생을 묘사한다. 아버지는 미행을 따돌리며 혁명을 위해 밤낮으로 동분서주한다. 아이는 아버지의 활동을 이해하지는 못하지만 아버지가 어머니와 자신에게 갖다준 당혹과 공포와 불안을 느낀다. 그러나 아버지는 온화하고 굳세게 말한다. "정의를 위해서 나는 가장 소중한 것도 바쳤소."(157면) "내겐 단지 하나의 마음과 하나의 생명만이 있소. 대중을 위해 가족을 돌볼 수 없게 되었소."(162면) 이 작품은 특히 아무것도 모르는 아이의 시각으로 여덟살 생일에 새 구두를 받을 수 있기를 바라는 마음을 그리고 있다. 아버지는 구두를 사오기로 약속했지만 생일날 아버지는 끝내 돌아오지 못하고 아이는 새 구두를 받지 못한다. 그런 아이가 성장해 이제 아들에게 유서와 같은 편지를 통해 혁명투쟁의 유지를 계승해주기를 바라고 있다.

바진의 단편소설은 아름다운 정서의 시적 묘사일 뿐만 아니라 인류의 고통에 대한 울부짖음이다. 전기의 작품에서는 '청춘, 활동, 자유, 행복, 사랑을 잃은 인간의 비애' 등을 묘사하고 있으며, "불합리한 자본주의 사회제도를 공격하기 위해서 이 작품을 썼다"라고 스스로 밝혔듯이 그의 대다수 단편은 약자에 대한 연민과 현실 변혁을 위해 헌신하는 혁명가의 열정을 그리고 있다. 이에 비해 후기의 단편은 "나는 더이상 전처럼 스토리를 늘어놓고 싶지 않았다. 삶의 모습을 통해 독자에게 내 사상과 감정을 암시하고 독자 스스로 결론을 내리게 하고 싶었다"라고 밝힌 바처럼 사실적 수법을 중시하고 있다. 『소시민의 일상사』에 실린 「돼지와 닭」 같은 단편들에서 작가는 감정을 절제하지 못한 채 흘러넘치게 하지 않으며 이야기를 주절주절 늘어놓지도 않는다. 작가는 삶을 그리면서 설명하는 대신 독자 스스로 결론을 내릴 수 있게 한다.

외국 생활을 소재로, 혹은 중국의 현실을 소재로 소설을 쓸 때 작가의 마음속에 있었던 것은 무한한 동정심이다. "나는 인간에게서 보편적 비애를 느낀다. 이런 비애를 표현하는 것은 모든 인간이 이러한 비애를 느끼게 하기 위해서이다. 이런 비애를 느끼는 사람은 그 비애의 근원을 소멸시키려고 노력할 것이기 때문이다"라고 한 바진은 문예의 특징을 인류의 감정 교류, 즉 작가와 독자 간의 감정 교류라고 여겼다. 그의 단편소설은 약자의 고통을 슬퍼하고 불행한 사람들을 양산하는 사회제도의 개혁을 위해 자신을 희생하는 혁명가의 외침이다. 「아버지가 새 구두를 사오실 때」에서 '나'는 자신의 아버지가 그랬던 것처럼 역사를 위해 자신을 희생하고, 자신의 이상을 위해 장렬하게 산화하려고 한다. 바진의 작품은 이와 같이 개인의 삶을 공동체의 삶에 바침으로써 삶의 의미를 확장하려는 인물들이 주를 이룬다.

주요 단편들을 발표하던 1930년대에 바진은 중국에서 루쉰 다음으로 많은 청년 독자를 지닌 작가였다. 이는 그의 작품이 암흑과 같은 현실사회에 대한 비판이자 광명을 추구하는 것이어서 현실에 비판적이며 출로를 찾던 당시의 청년들에게 짙은 호소력을 지니고 있었기 때문일 것이다. 작품에 유머나 기교가 뛰어나거나 함축미가 있다기보다는 시대의 격랑에 맞서려는 마음을 독자에게 직설적이고 열정적으로 보여주었기 때문에 바진은 영원한 청년의 마음을 지닌 작가로 불린다. "우리는 자신의 생존을 유지하기 위해 필요한 것보다 훨씬 더 많은 동정, 연민, 기쁨, 눈물을 가지고 있기 때문에 이를 반드시 다른 사람과 나누어야 한다. 그러지 않으면 우리의 내부는 고갈되고 말 것이다. 모든 사람의 행복 속에서 개인의 즐거움을 찾고 대중의 해방에서 개인의 자유를 찾아야 한다"는 작가의 생활신조와 같이 그의 단편소설에 드러난 주요 인물들의 약자에 대한 연민과 희생정신은 오늘날 우리가 되새겨보아야 할 가치이기도 하다.

박난영(수원대 중국어과 교수)

작가연보

1904년 쓰촨 청두의 봉건 관료지주 가정에서 출생. 본명은 리야오탕(李堯
棠), 자는 페이간(芾甘)임. 바진(巴金)이란 필명은 1928년 8월 프
랑스에서 첫 소설 『멸망』 원고를 완성한 후 상하이로 부치면서부
터 사용함.

1909년 부친이 광위안 현장(縣長)으로 취임하자 관청 안에서 형, 누나들
과 함께 공부함.

1914년 어머니가 병으로 사망함.

1917년 아버지가 병으로 사망하여 큰형이 집안의 생계를 떠맡음.

1918년 청두 청년회 영어학교에서 영어를 배우기 시작함. 찰스 디킨스의
『데이비드 코퍼필드』(*David Copperfield*), 로버트 루이스 스티븐

슨의 『보물섬』(*Treasure Island*) 등을 원문으로 강독함.

1919년 『신청년』 『매주평론』 등의 간행물을 통해 신사조를 접함.

1920년 끄로뽀뜨낀의 「청년에게 고함」(Aux Jeunes Gens), 『실사자유록(實社自由錄)』에 실린 에마 골드만의 글을 읽고 무정부주의에 경도됨.

1921년 아나키스트 단체인 '균사(均社)'에 가입함. 아나키즘 간행물 『반월(半月)』 『경군(警群)』 등의 편집에 참여하며 아나키스트로 자처함.

1923년 난징의 둥난 대학 부속 고등학교 입학.

1925년 에마 골드만과 서신 왕래. 아나키즘 간행물 『민중』의 발기인으로 참여함.

1926년 끄로뽀뜨낀의 『빵의 쟁취』(*La Conquête du pain*) 번역.

1927년 1월에 프랑스로 유학을 떠남. 당시의 중국 사회를 아나키스트 입장에서 어떻게 변혁할 것인가 하는 문제를 다룬 정치이론서 『무정부주의와 실제문제(無政府主義與實際問題)』 출간.

1928년 끄로뽀뜨낀의 『윤리학의 기원과 발전』(*L'Ethique. Origine et développement*) 상권 및 반제티의 자서전 번역 출간. 12월 초 귀국.

1929년 1월부터 『소설월보』에 중편소설 『멸망(滅亡)』을 연재함. 『윤리학의 기원과 발전』 하권 번역 출간.

1930년 아나키즘 이론서 『자본주의에서 아나키즘으로(從資本主義到安那其主義)』 출간.

1931년 중편소설 『지는 태양(死去的太陽)』 출간. 『시보(時報)』에 『집(家)』 연재. 『동방잡지』에 『안개(霧)』 연재. 단편소설집 『복수(復讐)』 출간. 상하이 에스페란토 학회 6차대회 집행위원으로 선출됨.

1932년 『문예월간』에 『비(雨)』 연재. 프랑스로 가는 도중에 썼던 일기를 정리한 『해행잡기(海行雜記)』 출간. 단편소설집 『광명(光明)』 출간.

1933년	단편소설집『전기의자(電椅)』와『행주(抹布)』출간.
1934년	『문학계간』에 장편소설『번개(電)』연재. 자서전『바진 자전(巴金自傳)』출간. 11월에 일본행. 단편소설집『장군(將軍)』과『침묵(沈默)』출간.
1935년	일본 토오꾜오 교외에서 무정부주의자인 이시까와 산시로오(石川三四郎)와 만남. 8월에 귀국하여 문화생활출판사를 설립하고 총편집을 맡음. 단편소설집『신·귀신·인간(神·鬼·人)』출간.
1936년	『문계월간(文季月刊)』창간. 스쩨쁘냐끄의『지하의 러시아』(Underground Russia) 번역 출간. 단편소설집『침몰(沈落)』과『머리카락 이야기(髮的故事)』출간.
1937년	항전 간행물『봉화(烽火)』출간. 산문집『고발(控訴)』, 단편소설집『장생탑(長生塔)』출간.
1938년	장편소설『봄(春)』출간. 중화전국문예계항적협회(中華全國文藝界抗敵協會) 이사로 선출됨.
1939년	산문집『감상(感想)』과『흑토(黑土)』출간.
1940년	장편소설『가을(秋)』, 장편소설『불(火)』제1부 출간.
1941년	장편소설『불』제2부, 산문집『무제(無題)』출간.
1942년	단편소설집『환혼초(還魂草)』출간.
1943년	단편소설집『소시민의 일상사(小人小事)』출간. 뚜르게네프의『아버지와 아들』(Отцы и дети) 번역 출간.
1944년	샤오산(蕭珊)과 결혼. 중편소설『휴식의 뜰(憩園)』출간.
1945년	장편소설『불』제3부 출간.
1946년	중편소설『제4병실(第四病室)』출간.
1947년	장편소설『추운 밤(寒夜)』출간.
1948년	오스카 와일드의『행복한 왕자』(The Happy Prince) 번역 출간.

1949년	중화전국문학예술계연합회 전국위원회 위원, 중국전국문학공작 자협회 위원, 중화인민정치협상회의 대표가 됨.
1950년	고리끼의 『똘스또이 회고록』(*Лев Толстой*) 번역 출간.
1951년	산문집 『바르샤바의 명절(华沙城的節日—波蘭雜記)』 출간.
1952년	한국전쟁 기간 방문단 단장으로 한국 전선 방문.
1953년	산문집 『영웅들 속에서(生活书局在英們的中間)』 출간. 중국문학예 술계연합회(중국문련) 위원, 중국작가협회 부주석이 됨.
1954년	제1기 인민대표(쓰촨성 대표)로 선출됨.
1955년	'아시아 작가회의' 중국 대표단 부단장.
1957년	문학잡지 『수획(收獲)』 창간.
1958년	『중국청년』『문학지식』『독서』 등에서 바진의 작품에 대한 비판 이 전개됨.
1961년	'아시아·아프리카 작가회의 상임위원회 긴급회의' 중국 작가대 표단 단장으로 일본 방문.
1962년	『바진 문집(巴金文集)』 14권 출간.
1966년	상하이 문련 자료실에 갇혀 강제노동 시작. 가산을 몰수당함.
1968년	아나키스트 거두라는 이유로 TV 비판투쟁대회에서 비판당함.
1972년	아내 샤오산 병사.
1977년	저작의 권리 회복.
1978년	회고록 창작 시작.
1979년	중국 작가대표단을 인솔해 빠리를 방문함. 중국문련 부주석, 중국 작가협회 부주석이 됨. 홍콩에서 『수상록(隨想錄)』 제1집 출간.
1981년	『탐색집』『창작회고록(創作回憶錄)』 출간. 중국작가협회 주석이 됨. 스웨덴에서 개최된 에스페란토 대회에 중국 대표단을 이끌고 참가함.

1982년	『진화집(眞話集)』 출간. 이딸리아 '단떼 국제상' 수상.
1983년	전국인민정치협상회의 부주석이 됨. 프랑스 정부로부터 '레지옹 도뇌르 훈장'을 받음.
1984년	산문집『병중집(病中集)』 출간. 제47차 국제펜(PEN) 대회에서 세계 7대 문화계 인사로 선정됨.
1986년	산문집『무제집(無題集)』 출간.『바진 전집(巴金全集)』이 인민문학출판사에서 출간되기 시작해 1994년 26권으로 완간됨.
1995년	산문집『재사록(再思錄)』 출간.
1997년	『바진 역문(譯文) 전집』 10권이 인민문학출판사에서 출간됨.
2003년	중국 국무원으로부터 '인민작가' 칭호를 받음.
2005년	파킨슨병으로 투병하던 중 별세.

고전의 새로운 기준, 창비세계문학

오늘날 우리는 인간의 존엄과 개성이 매몰되어가는 시대를 살고 있다. 물질만능과 승자독식을 강요하는 자본주의가 전지구적으로 확산되면서 현대사회는 더 황폐해지고 삶의 질은 크게 훼손되었다. 경제성장만이 최고의 선으로 인정되고 상업주의에 물든 문화소비가 삶을 지배할수록 문학은 점점 더 변방으로 밀려나고 있다. 삶의 본질을 성찰하는 문학의 자리가 위축되는 세계에서는 가진 자와 못 가진 자 할 것 없이 모두가 불행할 수밖에 없다.

이 시대야말로 인간답게 산다는 것의 의미가 무엇인지 근본적인 화두를 다시 던지고 사유의 모험을 떠나야 할 때다. 우리는 그 여정에 반드시 필요한 벗과 스승이 다름 아닌 세계문학의 고전이라는 점을 강조한다. 고전에는 다양한 전통과 문화를 쌓아올린 공동체의 경험이 녹아들어 있고, 세계와 존재에 대한 탁월한 개인들의 치열한 탐색이 기록되어 있으며, 새로운 세상을 꿈꾸는 아름다운 도전과 눈물이 아로새겨 있기 때문이다. 이 무궁무진한 상상력의 보고이자 살아 있는 문화유산을 되새길 때만 개인의 일상에서 참다운 인간적 가치를 실현하고 근대적 삶의 의미와 한계를 성찰하는 지혜를 얻을 수 있을 것이다.

'창비세계문학'은 이러한 문제의식에서 출발한다. 세계문학의 참의미를 되새겨 '지금 여기'의 관점으로 우리의 정전을 재구성해야 할 필요성이 그 어느 때보다 절실하다. '정전'이란 본디 고정된 목록으로 존재하는 것이 아니라 그때그때 주어진 처소에서 새롭게 재구성됨으로써 생명을 이어가는 것이다. 우리는 먼저 전세계 문학들의 다양성과 차이를 존중하면서 국가와 민족, 언어의 경계를 넘어 보편적 가치에 기여할 수 있는 가능성에 주목하고자 한다. 근대를 깊이 성찰한 서양문학뿐 아니라 아시아와 라틴아메리카, 중동과 아프리카 등 비서구권 문학의 성취를 발굴하고 재평가하는 것 역시 세계문학의 지형도를 다시 그리려는 창비의 필수적인 작업이 될 것이다.

여러 전집들이 나와 있는 세계문학 시장에서 '창비세계문학'은 세계문학 독서의 새로운 기준이 되고자 한다. 참신하고 폭넓으면서도 엄정한 기획, 원작의 의도와 문체를 살려내는 적확하고 충실한 번역, 그리고 완성도 높은 책의 품질이 그 기초이다. 독서시장을 왜곡하는 값싼 유행과 상업주의에 맞서 문학정신을 굳건히 세우며, 안팎의 조언과 비판에 귀 기울이고 독자들과 꾸준히 소통하면서 진정 이 시대가 요구하는 세계문학이 무엇인지 되묻고 갱신해 나갈 것이다.

　1966년 계간『창작과비평』을 창간한 이래 한국문학을 풍성하게 하고 민족문학과 세계문학 담론을 주도해온 창비가 오직 좋은 책으로 독자와 함께해왔듯, '창비세계문학' 역시 그러한 항심을 지켜나갈 것이다. '창비세계문학'이 다른 시공간에서 우리와 닮은 삶을 만나게 해주고, 가보지 못한 길을 걷게 하며, 그 길 끝에서 새로운 길을 열어주기를 소망한다. 또한 무한경쟁에 내몰린 젊은이와 청소년 들에게 삶의 소중함과 기쁨을 일깨워주기를 바란다. 목록을 쌓아갈수록 '창비세계문학'이 독자들의 사랑으로 무르익고 그 감동이 세대를 넘나들며 이어진다면 더없는 보람이겠다.

2012년 가을
창비세계문학 기획위원회
김현균 서은혜 석영중 이욱연 임홍배 정혜용 한기욱

창비세계문학 52

아버지가 새 구두를 사오실 때

초판 1쇄 발행／2016년 10월 21일

지은이／바진
옮긴이／박난영
펴낸이／강일우
책임편집／허원·김성은
펴낸곳／(주)창비
등록／1986년 8월 5일 제85호
주소／413-120 경기도 파주시 회동길 184
전화／031-955-3333
팩시밀리／영업 031-955-3399 편집 031-955-3400
홈페이지／www.changbi.com
전자우편／lit@changbi.com

한국어판 ⓒ (주)창비 2016
ISBN 978-89-364-6452-3 03820